서당 개 풍월 읊다

강 준 희 소설집

국학자료원

작가의 말

이번 소설집 <서당 개 풍월 읊다>는 당초 <끝>이란 제목으로 문예지에 발표한 백 장짜리(2백자 원고지) 단편이다.

소설 <끝>은 개를 의인화시켜 결단나다시피한 인간 세상의 요계지세澆季之世를 호통과 견유와 풍자와 해학으로 통렬히 고발한 우화소설이다.

이 소설집<서당 개 풍월 읊다>엔 좀 긴 단편 세 편과 정석 길이의 단편 다섯 편 등 모두 여덟 편의 소설이 실려 있다.

나는 내 소설에서 고유한 우리 토착어를 비교적 많이 쓰고 있다. 이는 우리가, 더욱이 글 쓰는 이가 우리 토착어를 잘 쓰지 않고 심지어는 원두한이 쓴 외 보듯 하는 경향마저 있어 내가 의도적으로 많이 쓰는지도 모르겠다.

지금 우리의 아름다운 토착어는 잘 씌어지지 않아 상당 부분 사어死語 내지 폐어廢語로 기지사경에 놓여져 있다. 안타까운 일이 아닐 수 없다. 우리의 고유어 토박이말은 우리 글 쓰는 이들이 책임지고 앞장 서서 지켜가야 할 정언적 명법定言的命法이다.

나는 2006년에 펴낸 내 장편소설(304쪽)<누가 하늘이 있다하는 가>에서 우리 고유 토착어만 560개를 사용, 권말에 뜻풀이를 해놓은 바 있다. 그때 동료 소설가 K씨는 소설 전문 문학지에

    <이 작가 이 작품을 말한다> ─ 펠레의 황홀한 개인기

    강준희 장편소설「누가 하늘이 있다하는가」라는 제하의 글에서 이렇게 쓴 바 있다.

    …전략…

그러나 이런 짓이 어디 머슴이나 노복들뿐이던가. 자녀恣女나 논다니 또는 색줏집의 계명워리가 아닌 한 성숙한 상노床奴나 과년한 요강담살이, 그리고 책비冊婢의 계집종들도 밤이 늦으면 저희끼리는 실난실 자위질을 하고 밴대질을 했다. 여염의 과부나 소박데기, 심지어는 정혼한 남자가 혼인 전에 죽어 망문과부望門寡婦가 된 여

인도 열녀가 아닌 이상 밴대질을 했다.(소설 본문 25쪽)

　여기서 작가는 짧은 문장 속에서도 남색, 계간, 단수, 면수, 육허기, 자녀, 논다니, 계명워리, 상노, 요강담살이, 책비, 는실난실, 밴대질, 망문과부 등 무려 열 네 개의 순 우리 토박이말을 구사하고 있다. 그리고 친절한 어휘풀이까지 했는데 이는 어휘 실력이 여간 해박하지 않고는 꿈도 못 꿀 일이다. 게다가 또 강준희는 이 소설「누가 하늘이 있다하는가」에서 사라져 가는 아름다운 우리 어휘만 물경 560개나 적재적소에 구사해 권말에 그 뜻풀이를 해놓고 있다.
　…후략…

　그런가 하면 문학평론가 L씨도 소설전문지 H지 誌에(2009년 1월호)「강준희, 강고리끼, 새 서해曙海와의 만남」이란 제목으로 내글의 토박이말에 대한 평설을 썼고 2011년에 나온 그의 평론집「한국문학의 다원적 비평」에서도 그 내용을 실어 여기 잠시 소개한다.

…전략…

강준희는 신언서판이 출중한 헌거로운 쾌남아로 꾀가 없고 약지도 못해 산골소년 같은 사람이다. 그는 인내심 많고 약속은 칼처럼 지키는 사람이다. 순진한 그는 그렇게 배 주리고 고생했으면서도 어찌된 영문인지 돈에 대한 애착도, 돈을 벌 재주도 없는 사람으로 알려져 있다. 그러고 보면 그는 안 굶어죽은 게 참 용해 천생 선비로 어렵게 살아야 할 사람이다. 또한 올곧기가 대쪽 같아 지난날 어느 실력자가 그의 학력 없음을 안타까이 여겨 대학 졸업장을 공짜로 얻어주겠다 하자 일언지하에 거절하고 그와 분연히 의절했다고 한다. 뿐만이 아니다. 그는 언젠가 자신이 떳떳하지 못하다 하여 문학상까지 거절했다고 전한다. 또 어휘 실력도 대단해 강준희는 그가 살고 있는 곳에서 걸어 다니는 국어사전이란 소리를 듣는 정도이다. 그는 토박이말은 물론 한자어와 고사, 사자성어까지 많이 알아 해박한 실력을 두루 갖춘 사람이다. 나도 그 자신으로부터 지금까지 국어사전 여러 권을 헐어서 버릴 정도로 골똘하게 익혔다는 말을 들은 바 있다. 근년에 펴낸 「누가 하늘이 있다하는가」(2006, 2008)에는 모두 560개의 낯선 어휘를 후주로 설명해 놓고 있음을 본다. 서두와 끝부분의 경우만 보더라도 흥미롭다. 째마리, 요동시, 열쭝이, 부등깃, 자닝스러워, 백두한사, 중다버지, 가죽절구질, 설원지추, 염알이 등. 이런 토박이 말이나 고사를 즐겨 자주 쓰는 데는 안타깝게도 우리 주위에서 자꾸 사라져가는 모국어를 지키고 되살려 보존하려는 깊은 뜻과 충정이 담겨 있음을 알 수 있다.

…후략…

가뜩이나 우리 고유어와 토박이말을 괄시하고 무시해 가봉자 취급을 하는 판에 어쩌자고 꼭 등재되어야 할 토박이말이 국어사전에조차 빠져 있는지 모르겠다. 국어사전에 등재되지 않은 토박이말은 부지기수로 많지만 이 중에서 몇 개만 예로 들면 '조상매', '조상가림', '서당매', '팔마구리' 따위다. 이 낱말들은 어느 국어사전에도 실려 있지 않아 내 책을 찍는 출판사나 내 글을 읽는 독자가 이게 대체 무슨 뜻이냐 물어오기도 하고 국어사전에 없는 어휘니 잘못 쓴 게 아니냐 하기도 한다. 그렇다면 먼저 '조상매란 무엇인가? 조상매란 자식이 잘못을 하면 부모, 특히 어머니가 그 자식을 잘못 가르쳤다 하여 조상 산소로 데려가 조상님 묘소 앞에서 자신의 종아리를 치고 자식의 종아리까지 때리는 매를 가리킴이요, '조상가림'이란 부부가 관계를 해도 조상님께 죄스럽다 하여 버선이나 속곳 또는 겉치마를 입고 관계함을 말하며, '서당매'란 서당 훈장이 학동들에게 사람이 되라며 때리는 회초리를 말함인데, 이 서당매는 항용 장에 내다 팔기도 한다. 이때 매의 값은 서당 훈장의 덕망과 인격이 훌륭하냐 안 하냐와 학문 또한 깊으냐 안 깊으냐에 따라 매의 값이 싸기도 하고 비싸기도 하다. 그리고 팔마구리란 각종 나방이 겨울이 되기 전에 대추나무나 밤나무 가지 등에 누에가 고치를 짓듯 집을 짓고 월동하는 벌레집을 말함인데 크기는 어른 손 한 마디만 하고 모양은 타원형에 색깔은 연초록이며 흔들면 달각달각 소리가 나는데 이게 팔마구리다.

끝으로 큰 신세를 진 분이 있어 소개하거니와 이 분은 대학에서 컴퓨터 과목을 강의한 분으로 몇 해 전 퇴직을 한 이대훈 교수다. 이 교수는 키가 훤칠한 미남형 신사로 시와 함께 수필집도 여러 권 내놓은 바 있다. 그런데 이 교수가 이 책의 원고를 처음부터 끝까지 컴퓨터로 쳐줘 내가 얼마나 고마운지 모르겠다. 그것도 이번이 처음이 아니어서 몇 년 전에도 온전히 책 한 권 분량의 천여 장(2백자 원고지)을 쳐준 바 있다. 이럼에도 이 교수는 미안해하는 나한테 "선생님 원고 작업을 하다보면 오히려 제가 많은 공부가 됩니다." 하며 되레 고마워하고 있다. 그러며 "아무 염려 마시고 앞으로 계속 원고를 주십시오." 한다. 어허, 이렇게 고마울 때라니.

이 책 <서당 개 풍월 읊다>가 나오면 푸른 달빛 만건곤한 밤에, 배꽃, 복사꽃 만개한 밤에 이 교수와 함께 소동파蘇東坡의 칠언절귀 '춘야春夜'라도 한 소절 읊조려야겠다.

'봄밤의 한 시각은 천 냥에 값하고 꽃에는 맑은 향기 있고 달엔 그늘 있도다.'라는 춘소일각치천금春宵一刻値千金에 화유청향월유음 花有淸香月有陰을…….

2015년 4월

강 준 희

차 례

1. '우리 공원' 이야기

'우리 공원' 이야기

내가 살고 있는 아파트 부근엔 시에서 만든 예쁜 공원이 하나 있다. 흔히들 근린공원으로 부르는 이 공원의 정식 명칭은 '우리 공원'이다. 공원의 규모는 그다지 크지 않지만 갖출 건 다 갖추고 있어 동네 공원으로는 손색이 거의 없다. 우선 공원엔 주민들이 편히 쉴 수 있는 정자가 두 군데나 있고 운동기구도 여남은 개나 마련돼 있는데다 어린이놀이터와 수세식 화장실도 갖춰져 있다.

뿐만이 아니라 좀 후미진 곳에는 방범등과 CCTV도 여러 대가 설치돼 있어 파수꾼 노릇을 단단히 하고 있다. 두 개의 정자 중 윗정자와 아랫정자는 거리가 40여 미터쯤 떨어져 있는데 윗정자는 바깥노인들, 그러니까 남정네들의 휴식공간이자 고스톱 치는 놀이터요, 아랫정자는 안노인들, 그러니까 아낙네들이 고스톱 치는 휴식공간이다. 그런데 가끔 바깥노인들과 안노인들이 한 자리에 모여 너스레를 하고 농지거리를 하면서 고스톱을 치기도 한다. 그러다 볼썽사납게 삿대질을 하며 따따부따 싸우기도 하는데 그러나 며칠 후면 언제 그랬더냐 싶게 또 모여 고스톱을 친다. 그러므로 이들은 싸움 자체가 놀이요 휴식이다. 이런 현상은 해마다 하절기로 접어드는 4월이면 시작돼 기러기 울어예는 낙목한천의 가을이 돼야 자취를 감춘다. 딱히 갈 데가 없고 할 일도 없는 노인네들이니 공원이야말로 더없는 낙원이요 안식처요 도락장이었다. 하지만 이들은 말이 좋아 노인네지 아직 60대 중반에서 60대 후반들이어서 요즘 셈으로 치면 노인이라 할 수 없는 초로들이다. 지난날에야 평균 수명이 30~40세여서 많이 살아야 환, 진갑이었다. 그래서 나이 50대면 벌써 노인소리를 들었다. 이런 연유로 시성詩聖 두보杜甫도 명시 곡강曲江에서 인생칠십고래희人生七十古來稀라 하여 사람이 예부터 일흔을 살기 드문 일이라 했을 터이다. 그러던 것이 의학의 발전으로 인간 수명이 물경 100세 시대로 접어들어 60대는 노인도 아니요 70대 후반이나 80대 초반쯤 돼야 노인 소리를 듣는다. 이러니 얼핏 보면 중년을 갓 넘긴 연치로 밖에 안 보이는 이들이 노인 행세를 하며 정자에 둘러 앉아 줄기차게 고스톱만 쳐대는 것은 왠지 좀 딱하게 느껴지기도 한다.

그러나 딱한 건 이들만이 아니다. 고스톱꾼들을 둘러싸고 있는 구경꾼과 개평꾼, 그리고 훈수꾼도 딱하기는 마찬가지다. 아니 오히려 이들은 고스톱꾼들 보다 더 딱하고 한심해 연민의 정마저 일게 한다. 노름판이나 장기판 같은 데는 으레 구경꾼과 개평꾼, 그리고 훈수꾼이 꼬이게 마련이어서 운이 좋으면 소주 몇 잔에 자장면 한 그릇 얻어먹고 운이 나빠 돈을 잃으면 지청구에 퉁바리맞기 예사다. 한데도 훈수꾼들의 생리란 희한해서 지청구에 퉁바리를 맞으면서도 훈수를 안 들고는 못 배긴다.

공원엔 수도 딸린 수세식 화장실에 각종 운동기구가 있고 근사한 의자(그것도 낭만과 운치가 있는 나무 벤치가) 있는데다 가까운 곳에 식당이며 마트까지 있어 뭐 하나 아쉬운 게 없다. 그러니 이들에게 있어 이보다 더 훌륭한 놀이터와 안식처는 없는 것이다. 여기다 느티나무 그늘은 또 얼마나 시원한가. 봄에는 갖가지 기화요초가 다투어 피고 온갖 새들이 청아한 목소리로 지저귀며 여름에는 흰 구름 둥실 뜬 파란 하늘 밑 푸른 공원 나무마다 참매미 말매미 지울매미 쓰르라미가 귀가 쨍하게 울어 장중한 오케스트라를 연주한다. 이러니 이런 공원을 어찌 주민들이 사랑하지 않겠는가.

공원 사랑은 나도 누구 못지않아 글을 쓰다 막히거나 몸이 찌쁘드드 무거우면 공원을 찾아 스트레칭으로 몸을 푼다. 나는 거의 아침(식전)마다 공원으로 가 한 시간 반 정도씩 운동을 하는데 이는 주로 걷기와 스트레칭이다. 공원은 한 바퀴 도는데 보통 걸음으로 7분 정도 걸려 열 바퀴를 돌면 70분 그러니까 한 시간 10분이 소요된다. 공원엔 소나무를 비롯해 잣나무 느티나무 벚나무 참나무 상수리나무 목련나무 단풍나무 은행나무 후박나무 자귀나무 층층나무 산목련나무 향나무 등 침활엽수의 교목이 있고, 진달래 개나리 철쭉 찔레나무 등의 활엽 관목도 꽤 많이 군락을 이루고 있다. 그래 서겠지만 공원은 4월이면 꽃들의 경염으로 야단들이다. 하얀 목련 을 시작으로 노랑의 개나리, 분홍의 진달래, 보라의 철쭉 등이 자태 를 뽐내듯 다투어 피고 뒤를 이어 흐드러지게 피는 벚꽃과 조팝꽃 은 환상 바로 그것이어서 어질어질 꽃 멀미를 일게 한다.

하지만 공원의 꽃이 이것으로 끝나는 건 아니다. 누가 심어놓았 는지 애기똥풀의 노랑꽃이 토실토실한 강아지풀 사이로 얼굴을 내 밀기도 하고 외따른 언덕배기엔 할미꽃 몇 송이가 땅을 향해 외롭 게 고개를 떨구고 있기도 하다. 그리고 얼토당토않게 며느리 밑씻 개 몇 포기가 풀 속에 숨어 있기도 하다. 아마 짓궂은 누군가가 일 부러 심어 놓은 모양이다. 하지만 며느리밑씻개를 아는 이가 얼마 나 되려고?

야생초와 야생화는 이 외에도 많아 바람꽃, 잔디꽃, 수선화, 금낭 화, 며느리 밥풀꽃, 초롱꽃, 개불알꽃, 복주머니꽃, 매발톱꽃, 보금취 등이 여기저기서 나 좀 봐 주세요 하고 수줍게 얼굴을 내밀고 있다. 이 꽃들도 누가 일부러 심어 놓은 것에 틀림없었다. 안 그렇고야 화훼 단지도 아닌 시민공원에 이렇듯 많은 꽃들이 피어 있을 리 만무였다.

그럴 것이다. 이 공원이 이처럼 훌륭히 꾸며진 데는 주민들의 애 정과 정성이 각별해서였을 것이다. 우선 나도 시청에 말을 해서 공 원의 빈 공간에다 느티나무와 단풍나무를 심게 했고 운동기구도 여남은 개에 철봉이며 평행봉도 세우게 했다. 그리고 한쪽에다 농구대도 만들게 해 청소년들이 틈틈이 여가선용의 건전한 스포츠를 즐기게 했다. 내가 시청에 민원을 넣은 것 중엔 벤치도 있는데, 이 벤치야말로 낭만과 운치가 있어 내가 공원에 기여한 것 중 가장 멋있는 일이라 할 수 있다.

이 공원에 의자가 없는 건 아니다. 하지만 쇠로 만든 등받이 없는 일자 의자가 아니면 역시 등받이가 없는 시멘트 일자의자였다. 그러니 이 얼마나 삭막해 비인간적인가. 쇠붙이 의자와 시멘트 의자는 여름엔 뜨겁고 겨울엔 차가워 앉을 수가 없다. 그런데 이런 의자를 시민들 보고 앉으라고 만들어 놓다니. 알토란 같은 혈세를 받아가지고.

나는 좀 화가 나 어느 날 시청으로 달려가 정 떨어지는 쇠붙이 의자와 비인간적 시멘트 의자 대신 인간미 풍기는 나무의자 벤치로 당장 교체하라 청원했다. 공원은 산책도 하고 운동도 하는 곳이지만 벤치에 앉아 사색도 하고 명상도 하며 때로는 시도 읊고 인생도 생각하는 곳이다. 그리고 연인들이 밀어를 속삭이며 사랑에 취하는 곳이기도 하다. 낙엽이 쓸쓸히 뒹구는 깊은 가을엔 외투 깃을 올리고 외롭게 앉아 깊은 사념에 빠지기도 하는 곳이 공원의 벤치다.

이렇듯 공원은 그 목적이 다양해 봄이면 갖가지 기화요초와 함께 뻐꾸기 꾀꼬리 후투티 휘파람새 밀화부리 찌르레기 방울새 곤줄박이 같은 텃새와 나그네새들의 아름다운 소리와 모습을 보기 위해 찾는다.

'우리공원'은 조용하고 숲이 좋은데다 자동차의 매연과 소음이 거의 없어 꾀꼬리 휘파람새 같은 미성의 후조들이 끊임없이 찾아들어 주민들의 사랑이 각별했다. 게다가 부리가 길고 머리 위에 접었다 폈다 할 수 있는 댕기 깃이 인디언 추장의 모자와 비슷하다 해서 '인디언 추장 새'라고도 불리는 후투티도 녹음 사이로 언뜻 언뜻 모습을 보였고, 가증스럽기로 유명해 여간해서 몸통을 드러내지 않는 샛노란 황금조 꾀꼬리도 나뭇잎 사이로 눈부신 몸을 살짝 보이며 가장 아름답고 청아한 소리로 '내 성은 고가요오' 하고 목청을 뽑는다. 그러면 어디선가 휘파람새가 내 소리도 한 번 들어보라는 듯 '호오호 호게꾜오' 하고 영롱한 소리로 맞장구를 친다.

그런데 이 휘파람새가 때로는 '고비용 고비용' 하고 운다고 해 '고비용새'라 부르기도 하고 어느 때는 또 피죽도 못 먹은 것처럼 힘없이 운다고 해 '피죽새'로 불리기도 한다. 새들은 이 외에도 '또로롱 또로롱' 하고 우는 방울새와 '지쪽 지쪽 지쪽'하고 우는 지쪽새, 그리고 '뻐꾹 뻐꾹 뻑뻐꾹' 하고 우는 뻐꾸기, '부우꾹 부꾹 부우꾹' 부꾹이 아니면 '구우꾹 구꾹, 구우꾹 구꾹'하고 청승맞게 우는 멧비둘기가 있고, '하르르 하르르' '똑똑 또그르르 똑똑 또그르르' 하고 우는 이름 모를 새들도 있다.

이렇듯 '우리 공원'은 나무와 꽃과 새와 오밀조밀한 분위기로 주민들의 사랑을 받고 있다. 물론 나도 이런 '우리 공원'을 지극히 사랑해 매일 안 가는 날이 없다. 어떤 날은 하루 두세 번 가는 날도 있다. 나는 아름다운 새소리에 매료돼 무아지경에 빠지기 여러 번이었고 그러다 문득 문득 헨리 데이비드 소로가 돼 월든 호숫가의 숲길을 거닐며 온갖 새소리를 듣기도 한다. 쏙독새, 티티새, 개똥지빠귀, 붉은 풍금조, 바위종다리 등등의 새 소리를. 소로는 개똥지빠귀의 아름다운 지저귐을 '궁정의 악장樂長이자 음유시인'이라 했고 개똥지빠귀의 노랫소리는 '내 눈을 맑게 하는 특효약이자 내 감각을 젊게 유지시켜주는 샘물'이라 했다.

뿐만이 아니다. 소로는 또 월든의 호수를 가리켜 '대지의 눈'이라 했고 '자연의 가슴에 달린 거울'이라 했다. 그리고 '나는 어디서 무엇을 위하여 살았는가.'에서는 숲속의 노래꾼들 티티새, 개똥지빠귀, 붉은 풍금조, 바위종다리, 쏙독새와 그 밖의 많은 새들과 한 몸이 돼 하루하루가 즐거웠고 마침내는 '모든 자연은 나의 신부'라고까지 말했다.

그렇다. 소로가 아니라도 자연에 깊이 탐닉하면 물아일체物我一體가 돼 내가 곧 자연이요 자연이 곧 내가 된다. 그것은 내가 '우리 공원' 벤치에 앉아 소로가 된 채 눈을 감고 월든 호숫가의 숲길을 거닐며 온갖 새소리의 아름다운 지저귐에 빠져 나를 잊는 것과 같은 현상이다. 나는 이런 현상에 길들여져 자주 '우리 공원' 벤치에 가 앉아 눈을 감는다. 그러면 소로가 말한 '대지의 눈'과 '자연의 가슴에 달린 거울' 월든 호수가 숲과 함께 나타나며 온갖 아름다운 새

소리가 들린다. 이때 나는 시공을 초월해 눈을 감으면 월든 호수와 함께 숲이 사라진다. 나는 문득 지난 6월의 어느 날이 생각났다. 그날도 나는 '우리 공원'으로 산책을 나갔다. 그날은 하루 종일 햇살이 눈부셔서 투명한 가을 날씨 같았다. 나는 한녘진 벤치로 가 앉았다. 그런데 바로 이때 목련나무 밑으로 새 한 마리가 포록 날아와 앉는가 하더니 무엇인가를 물고 숲 속으로 사라졌다.

"아, 저 새!"

나는 나도 몰래 소리치며 새가 날아간 숲쪽으로 눈을 주었다. 그새는 콩새였다. 때까치보다는 크고 찌르레기보다는 작은 저 콩새. 머리가 황갈색이고 등과 어깨는 갈색이며 눈앞과 멱, 날개는 검은색에 목덜미는 희색이던 새. 저놈은 틀림없이 그 때 그 콩새일지도 모른다. 그런데 겨울 철새 콩새가 왜 이 하절기 6월에 나타난 것일까. 나는 순간 지난 겨울 어느 아침이 떠올랐다. 그날은 몹시 추웠고 해가 막 뜰 무렵이었다. 이상하게 베란다 쪽이 시끄러워 유리문을 통해 내다봤더니 글쎄 웬 새 한 마리가 에어컨 실외기 위에 널어놓은 대바구니의 사과 껍질을 쪼아 먹으며 공원 쪽을 향해 뭐라고 연방 소리쳤다. 콩새였다. 콩새는 입을 벌려 소리칠 때마다 조그마한 입에서 하얀 입김이 모락모락 나왔다. 이렇게 한참 동안 하얀 입김을 토하며 뭐라고 소리치자 어디서 나타났는지 콩새 세 마리가 날아와 사과 껍질을 쪼아 먹기 시작했다. 암수 한 쌍과 혼자 날아온 콩새의 짝인 것 같았다.

"햐아, 저놈들 봐라!"

나는 귀엽기도 하고 신기하기도 해 숨어 서서 놈들을 지켜봤다. 놈들은 꽤 많은 사과 껍질을 얼추 먹고나서야 배가 부른지 포록포록 날아갔다. 잘 먹었다는 인사 한 마디 없이. 고얀놈들 같으니라고. 나는 실소를 금치 못했다. 누가 저것들을 미물이라 업신여길 수 있단 말인가.

나는 콩새로 하여 또 한 마리의 미물 까치를 떠올렸다. 내 어릴 적 동네 입구에 낯선 이가 나타나면 어디서 모여드는지 순식간에 까치가 동구의 나무마다 앉아 낯선 이를 보고 까까거렸다. 까치로서는 경계음인 것이다. 늘 눈에 익은 동네 사람들만 보다 처음 보는 낯선 침입자(?)에 까치들이 경계령을 내린 것이다. 이렇듯 동네가 떠나가게 까까거리던 까치들도 낯선 이가 안 보이면 그 시각부터 굿을 하다 그친 듯 조용해진다.

까치들이 모두 지남지북 날아갔기 때문이다. 이런 까치는 모성애와 부성애가 강하고 단결력과 협동심도 강해 알이나 새끼가 위험에 처하면 목숨을 내놓고 덤벼든다. 물론 혼자 힘으로 안 되면 근방의 까치까지 다 동원된다.

한 번은 이런 일도 있었다. 내가 열 서너 살 적 이야기니 오래 전 일이었다. 여름이었다. 동네 앞 버들방천에 미루나무 몇 그루가 있었는데 그 몇 그루의 미루나무 중에 까치집이 하나 있었다. 그리고 그 까치집엔 까치 알이 몇 개 들어있었다. 그런데 뱀이 어떻게 알았는지 미루나무를 기어오르고 있었다. 까치 알을 먹기 위해서였다. 까치는 처음 암수 두 마리가 까까거리며 뱀을 공격하더니 얼마 후에는 수십 마리로 늘어났다. 나는 동무들과 미루나무 밑으로 뛰어가 수십 마리의 까치가 번차례로 갈마들어 뱀을 부리로 쪼는 것을 가슴 조이며 구경했다. 뱀은 얼마 후 꿈틀거리며 땅으로 떨어졌다. 그런데도 까치들은 뱀이 완전히 죽어 꿈틀대지 않을 때까지 계속 쪼아댔다.

"야아! 뱀이 죽었다. 까치가 이겼다."

우리는 겁나기도 하고 무섭기도 해 슬멋슬멋 뒷걸음질을 치면서도 까치가 이겼다는 승리감에 박수를 쳤다.

콩새와 함께 잠시 아득한 까치의 추억에 빠져 있던 나는 다시 현실로 돌아와 공원 끝자락 2층 양옥으로 눈을 주었다. 양옥 어디선가 감미로운 피아노의 선율이 들려왔기 때문이었다. 양옥은 지붕만 빼고 온통 담쟁이덩굴로 뒤덮여 있었는데 피아노의 선율은 담쟁이덩굴의 열려진 창문으로 흘러나오고 있었다. 그것은 노산 이은상鷺山 李殷相의 '동무생각'이었다.

아, 동무생각!

나는 '동무생각'을 조그마한 소리로 따라 부르기 시작했다.

"봄의 교향악이 울려 퍼지는
청라 언덕 위에 백합 필적에……"

나는 피아노의 선율을 놓칠세라 귀를 쫑긋 세우고 따라 불렀다. 피아노의 선율이 아주 작아 귀를 세우지 않고는 들을 수가 없었다.

"나는 흰 나리 꽃 향내 맡으며
너를 위해 노래 노래 부른다
청라 언덕과 같은 내 맘에
백합 같은 내 동무야
네가 내게서 피어날 적에
모든 슬픔이 사라진다."

실제로 내가 앉아 있는 잔디 끝자락 담쟁이덩굴 밑에는 향기 짙은 백합 몇 송이가 순결한 여인처럼 피어 있었다. 그리고 이 시는 대구의 한 골목 청라 언덕(동산 언덕 이라고도 함)과 동산병원 내 선교사 사택을 배경으로 지어졌다는 사실을 알만한 이는 알고 있다. 이 시를 작곡한 박태준이 계성학교에 다닐 때 같은 계열의 신명학교에 한 송이 백합꽃 같은 여학생을 짝사랑하다 마산 청신학교 음악교사로 왔을 때 같은 학교 동료 교사이던 이은상에게 짝사랑 이야기를 했고 문재文才가 뛰어난 이은상은 이를 예술작품으로 승화시켜 오늘에 이르렀다. 그런데 이런 명시, 명곡 '동무 생각'이 백합꽃 피는 '우리 공원' 담쟁이덩굴 청라 언덕에서 불려지고 있다니. 그것도 피아노의 선율을 타고 이 초하初夏의 6월에……."

이런 며칠 후 나는 다시 담쟁이덩굴 창문 사이로 흘러나오

는 예의 피아노 선율을 들었는데 이번에는 이은상의 '그 집 앞'
이었다.

> '오가며 그 집 앞을 지나노라면
> 그리워 나도 몰래 발이 머물고
> 오히려 눈에 띌까 다시 걸어도
> 되오면 그 자리에 서졌습니다.'

첫 번째의 피아노 '동무 생각'은 중년 부인의 것이었고 두 번째의
피아노 '그 집 앞'은 여중 3년생쯤으로 보이는 단발머리 소녀의 것
이었다. 그것은 피아노 연주가 끝난 다음 창문을 통해 보여진 그녀
들의 실루엣으로 알 수 있었는데 그녀들은 아마도 모녀인 듯했다.

이런 일이 있고부터 나는 이 2층 양옥에 대해 부쩍 호기심이 생
겼고 이 두 여인에 대해서도 궁금증이 생겼다. 그래서 공원에만 나
오면 나도 몰래 담쟁이덩굴의 2층 양옥 창문으로 눈이 갔고 혹여
피아노 선율이 흘러나오지 않을까 귀를 기울였다.

이러던 어느 날이었다. 초가을이었다. 그날 나는 잔디밭에 앉아
두 팔을 뒤로 짚은 채 예의 그 창문을 바라보고 있었다. 그런데 이
때 거짓말처럼 창문을 통해 피아노의 감미로운 선율이 흘러나오기
시작했다. 나는 두 귀를 쫑긋 세웠다.

'아 그리운 내 고향
너 부디 잘있거라
나폴리 내 사랑아
너 떠나가노라…….'

노래는 산타 루치아의 작곡가 테오도르 콧트라우의 창작 민요로 유명한 나폴리 민요 '잘있거라 나폴리'였다. 나는 심호흡으로 숨을 한 번 고른 후 다음 노래에 귀를 기울였다. 이번엔 이태리 민요 '돌아오라 소렌토로'였다.

'그리운 그 빛난 햇빛
내 맘 속에 잠시라도
떠날 때가 없도다
향기로운 꽃 만발한 동산에서
내게 준 그 귀한 언약
어이하여 잊을까…….'

그리고 마지막으로 흘러나온 것이 대니보이로 유명한 아일랜드 민요 '아! 목동'이었다.

'아! 목동들의 피리소리들은
산골짝마다 울려나오고
여름은 가고 꽃은 떨어지니
너도 가고 또 나도 가야지…….'

이러고는 그만이었다. 아니 이러고도 한동안 피아노의 선율은 창문을 통해 흘러나왔다. 그런데 금년 이른 봄, 정확히는 3월 말부터 피아노 소리는 뚝 그치었다. 나는 처음 며칠은 무슨 사정이 있겠거니 하고 대수롭지 않게 여겼다. 그런데 한 달이 가고 두 달이 지나도 피아노 소리는 들리질 않았다.

이렇게 또 몇 달이 흘렀다. 최초의 피아노 소리를 듣던 작년 6월에서 1년이 지났다. 나는 괜히 불안하고 안타까워 매일을 공원으로 나가 담쟁이덩굴 창문에 눈길을 주었지만 그때마다 창문은 굳게 닫혀 있었다.

이상하다. 혹시 이사라도 간 것일까? 아니면 다른 무슨 사정이라도 생긴 것일까?

나는 자꾸 사사망념이 생겼고 방정맞은 생각도 들었다. 그러자 이상하게 치솜의 법칙과 머피의 법칙이 떠올랐다. 잘못될 가능성이 있는 일은 언젠가 잘못되고야 만다는 치솜의 법칙과, 뭔가 잘못될 수 있는 일이라면 틀림없이 누군가 그 잘못을 저지르게 마련이라는 머피의 법칙 말이다. 그리고 나쁜 결과가 일어날 수 있는 일은 틀림없이 일어나고야 만다는 파이나글의 법칙도 떠올랐다.

생각이 여기에 미치자 나는 더는 견딜 수가 없어 담쟁이덩굴 소녀의 집을 찾았다. 나는 소녀의 집을 찾아가면서도 내가 이게 무슨 소녀적 감상인가 싶었다. 얼굴은 물론 성도 이름도 모르는 소녀를 나는 대체 무엇 때문에 찾아 가고 있는가. 내 나이 지명도 넘어 이순을 바라보는 터에. 알 수 없는 일이었다. 참으로 알 수 없는 일이었다.

"저, 할머니 말씀 좀 여쭙겠는데요."

내가 담쟁이덩굴 양옥 앞에 다다르자 웬 할머니 한 분이 담벼락 밑에 의자를 내다 놓고 해바라기를 하고 있었다.

"뭐유?"

할머니가 내 아래 위를 훑어보며 물었다.

"예, 저어……."

나는 머뭇거리며 양옥에 대해 물었다.

"이 집과는 잘 아는 사이슈?"

할머니가 또 내 아래 위를 훑어봤다.

"아, 예, 좀……."

나는 마땅한 말이 생각 안 나 우물우물 휘갑을 쳤다. 그러자 할머니가 혀를 끌끌 차며

"그럼 그 여학생 소식 듣고 오셨구랴. 에이그 불쌍한 것. 봉오리가 피기도 전에 몽우리로 졌으니 원"

할머니가 소매 끝으로 눈자위를 꾹꾹 찍어 누르며 깊은 한숨을 토했다.

"예? 봉오리가 피기도 전에 몽우리로 지다뇨?"

나는 이게 대체 무슨 소린가 싶어 빠른 말로 물었다.

"아, 그렇잖우. 이제 겨우 여고 1학년 열일곱 살인데, 그 몹쓸 백혈병인가 뭔가로 이승을 떠났으니 봉오리가 피기도 전에 몽우리로 졌지."

할머니는 또 한숨을 쉬며 하늘을 쳐다봤다. 하늘이 원망스러운 모양이었다.

"아, 예에!"

나는 적이 놀랐다. 얼굴도 이름도 모르는 소녀. 나이도 학년도 모르는 소녀. 다만 담쟁이덩굴의 창문과 그 창문을 통해 들려오던 피아노 선율과 실루엣. 이것만이 내가 아는 소녀의 전부였다. 그리고 미루어 짐작한다면 소녀는 중학교 3학년이 아니면 여고 1학년 쯤 됐을 거라는 점이었다.

"그 여학생과는 어떤 관계슈? 친척이슈? 아니면 학교선생님이시든가"

할머니는 내가 몹시 궁금한지 자꾸 쳐다봤다.

"아, 예……"

나는 애매모호하게 대답했다. 그럴 수밖에 없었다.

"학교 선생님이면 그 학생 피아노 잘 치는 거 아시겠구랴. 피아노를 얼마나 잘 치면 전국 대회에 나가 1등을 여러 번 했겠수. 그 학생 얼굴도 예쁘고 얌전도 했는데. 게다가 귀하디귀한 무남독녀 외동딸이었으니……"

할머니는 친손녀를 잃기나 한 듯 애젓한 표정까지 지으며 의자에서 일어났다.

"그럼 지금 이 집에 두 내외분만 사시나요?"

내가 얼른 할머니 앞을 가로막듯 다가서며 묻자

"선생님 같으면 이 집에 사시겠수? 환심장이 된 내외는 서둘러 집을 팔고 이살 갔대요. 미국인가 호준가로 이민 갔다는 소리도 들리구"

할머니가 담쟁이 양옥을 힐끗 쳐다보며 말했다.

"아, 예에!"

나는 가슴을 쓸어내렸다. 그리고 부질없는 내 행동에 깊이 후회했다.

아, 이 무슨 참불가언의 기막힌 참사인가. 아니 어찌 이런 끔찍한 일이 아무렇지 않게 생긴단 말인가.

나는 이날부터 이름도 성도 모르는 피아노 소녀를 내 가슴 한구석에 상장喪章으로 달았다. 그리고 이날부터 나는 애써 담쟁이덩굴 양옥에 눈을 주지 않았다. 아니 담쟁이덩굴 창문 쪽을 의도적으로 보지 않았다는 게 옳은 표현일 것이다.

이러고 얼마 후. 아마 월여 쯤 지나서였을 것이다. 나는 석재공장에 부탁해 영혼을 맑게 인도하는 '리그베다의 노래' 한 구절을 자연석에다 새겨 담쟁이덩굴 양옥 창문이 잘 보이는 곳에 세웠다. 하나의 위령비였다. 아니 진혼비였다. 어쩌면 위령과 진혼을 합친 추모비일지도 몰랐다.

가는 자여
네 눈은 태양으로 가라
그리고 네 기운은
바람 속으로 들어가라
하늘로 땅으로
제게 맡겨 뜻대로 가라
그렇지 않으면
물로 가라
그리고 네 뜻에 맞거들랑
사지는 초목 속으로 갈지어다.

내가 '우리 공원'에서 보고 듣고 겪은, 그래서 알게 된 일들은 이 외에도 유수해 여기 몇 개만 소개하거니와 이도 온전히 '우리 공원'을 사랑하는 소이연임을 밝혀둔다.

내가 살고 있는 S시는 인구가 많지도 적지도 않은 30여만 명으로, 사람이 살기 좋은 조건을 갖춘 그런 도시다. 그러므로 공원도 자연 여기에 맞춰 꾸며져 있다. '우리 공원'엔 시도 때도 없이 창唱을 부르며 발성 연습을 하는 30대 젊은이가 하나 있다. 그는 장차 명인 명창이 돼 인간문화재로 대성할 요량인지 열성이 여간 아니다. 안 그렇고야 시도 때도 없이 피토하게 목구성을 다듬을 리 있겠는가. 다음으로 '우리 공원'엔 밤마다 하늘에다 대고 때로는 애절하고 구슬프게 때로는 씩씩하고 열정적으로 트럼펫을 부는 40대의 장년도 있고, 세상일쯤 초월한 듯 껄껄껄 웃으며 알아들을 수 없는 말을 횡설수설 지껄이며 산책하는 50대 중년도 한 사람 있다. 물론 나도 남이 보면 이들과 같아 보통사람들과 차별될지 모른다. 그것은 내가 공원 벤치나 잔디에 앉아 허밍으로 아리아를 부르거나 휘파람으로 아리아를 부를 때 내 곁을 지나며 주고받는 여인들의 대화로 알 수 있었다. 여인들은 대개 '우리 공원' 근처가 아니면 내가 사는 아파트에 살고 있어 낮이 익은 이들이었다. 게다가 나는 명색이 소설가로 책도 몇 십 권 냈고 책이 나오면 신문이나 방송에 인터뷰가 나가고, 문예지를 비롯한 여러 잡지에 글이 발표돼 유명(?)해져 있었다. 때문에 산책하는 여인들 중 누군가가

"저어기 저 벤치에 앉아 있는 분, 소설가 선생님 아냐?"

하고 나를 돌아볼라치면

"그렇군, 글을 쓰다 상이 안 떠올라 산책 나오신 모양이네."

"역시 달라. 저 정자를 좀 봐. 모두들 고스톱 치느라 정신들이 없는데 소설가 선생님은 정자 쪽으로 눈길 한 번 안 주잖아."

"속된 말로 노는 물이 다르잖아. 생각도 다르고."

"맞아 가치관이 다르니 행동과 사유思惟도 다를 수밖에."

여인들이 이런 말을 주고받으며 나를 흘끔거리기라도 하면 나는 고개를 들어 하늘을 쳐다본다. 자칫 걸어올지도 모를 여인들의 가납사니를 미리 차단하기 우해서였다. 며칠 전에도 나는 이런 상황에 부딪쳐 여인들의 반대 방향으로 걸은 적이 있었다.

"산책 나오셨군요? 괜찮으시다면 여기 좀 앉으세요."

앞만 보고 시적시적 걷는데 누군가가 이렇게 말하며 친절을 베풀었다. 보니 어떤 노인이 벤치에 앉아 환하게 웃고 있었다. 처음 보는 노인이었다.

"아, 예. 고맙습니다."

나는 노인 옆 자리에 조용히 앉았다. 노인은 무엇인가를 읽다가

"한 번 읽어보실래요?"

하고 종이 한 장을 내밀었다.

"예, 어르신."

노인이 내민 것은 A4 용지에 인쇄된 '부생모육父生母育'이란 제목의 사사조四四調 율시였다. 나는 노인이 준 구투의 글을 읽기 시작했다.

부생모육父生母育

부생모육 그은혜는 태산보다 높고큰데
청춘남녀 많다지만 효자효부 안보이네
시집가는 새색시는 시부모를 마다하고
장가가는 아이들은 살림나기 바쁘도다

제자식이 장난치면 싱글벙글 웃으면서
부모님이 훈계하면 듣기싫은 표정이네

시끄러운 아이소리 잘한다고 손뼉치며
부모님의 회심소리 듣기싫어 빈정대네

제자식의 오줌똥은 맨손으로 만지면서
부모님의 기침가래 불결하다 밥못먹네
과자봉지 들고와서 아이손에 쥐어주나
부모위해 고기한근 사올줄은 모르도다

애완동물 병이나면 가축병원 달려가도
늙은부모 병이나면 그러려니 태연하네
열자식을 키운부모 하나같이 키웠건만
열자식은 한부모를 귀찮스레 여겨하네
자식위해 쓰는돈은 아낌없이 쓰건만은
부모위해 쓰는돈은 아까워서 따져보네
자식들의 손을잡고 외식함은 잦건만은
늙은부모 위해서는 외출한번 안하도다.

　　나중에야 안 일이지만 이 노인은 우리 아파트에서 가까운 곳에 사는 분으로 홍만식洪晩植이라는 올 해 94세의 어른이었다. 한데도 이 어른은 건강이 좋으셔서 얼굴에 주름살 하나 없었고 머리도 반백에다 숱도 많았다. 이 어른은 나보다 연치가 자그마치 40여 년이나 많은 데도 나에 대한 언행이 여간 깍듯하질 않아 내가 아주 곤란했다. 아무리 말씀을 놓으시라 해도 아니라며 또박또박 경어를 썼다. 후생後生이 가외可畏여서인가?

이런 홍 어른이 나에게 더 깍듯이 대하기 시작한 것은 내가 작품집 세 권에다 서명을 해 드리고 나서였다.

월여 전이었다. 그날 나는 '우리 공원'에서 홍 어른과 장시간 담소를 나누다 홍 어른을 모시고 우리 집으로 왔다. 내 저서 몇 권을 서명해 드리고 싶어서였다. 그런데 홍 어른이 서재에 들어서자마자

"아이구 학자 선생님."

하고 국궁을 했다. 그러더니 서재를 향해 큰절을 했다. 나는 기겁을 하며

"왜 이러십니까. 어르신!"

했지만 홍 어른은

"선생님 제가 짐작은 했지만 미련했습니다. 이렇게 훌륭하신 선생님이 지척에 계셨는데도 몰라뵈었으니요. 이러니 이거 제가 미랭시未冷尸에 다름 아니지요."

했다. 나는 이 무슨 천만 부당한 말씀이냐며 손사래로 휘갑을 치며 쪽방에서 책 세 권을 꺼내와 서명을 했다. '선비란 누구이며 무엇인가?'의 칼럼집과 '호미씻이'란 단편집, 그리고 '대한민국'이란 장편소설이 그것이었다.

나는 예상치 못한 홍 어른의 태도에 남도 목사동에서 배 농사를 지으며 향토색 짙은 소설을 쓰는 이재백 작가를 떠올렸다.

작년 여름 어느 날이었다. 생각지도 못한 이재백 작가가 이곳을

지나게 되었다며 부지중에 들렀다. 그런데 그가 서재에 들어서자 마자 큰 절을 했다. 이유인즉 책 한 권 한 권마다 내 혼이 스며있고 그 스민 혼속에서 작품을 쓰셨으니 어찌 절을 하지 않을 수 있겠느냐 했다. 나는 가늘게 "아!" 했다. 내가 이곳에서 이십 수년을 사는 동안 수백 명의 사람들이 다녀갔고, 그 수백 명의 방문객 중 서재를 향해 절을 한 사람은 이재백 작가와 홍만식 어른뿐이었다. 대개의 사람들은 아니 거의 대부분의 사람들은 서재에 눈길도 주지 않고 어찌 어찌 눈길을 준다 해도 무슨 책이 이리 많으시냐는 표정이었다. 내가 누구라는 걸 알고 찾아와 놓고도 이런 짓둥이를 하면 나는 "아, 예. 서점을 하다 망하는 바람에 집에 갖다 놓은 책이지요."한다. 그러며 이렇게 덧붙인다. "그들 조상님들 중에 책을 읽다가 죽은 귀신이 뒤집어씌운 모양입니다. 안 그러고야 책을 그렇게 안 읽을 리 있나요."하고

그런데 이재백 작가와 홍만식 어른은 서재에다 절을 했다. 책을 보고 절을 했다. 모르긴 해도 책을 보고 서재를 향해 절을 하는 이는 앞으로 없을 것이다. 어쩌면 이 두 분이 공전절후가 될 것이다.

홍 어른은 내가 드린 책 세 권을 봉투에 넣어가지고 '우리 공원' 정자에서부터 시작해 동네 슈퍼, 식당, 경로당, 노인정, 심지어는 노인복지회관까지 찾아가 자랑을 했다. 우리 동네에 이런 분이 있는데 그분한테 귀한 책을 세 권씩이나 직접 받았다고. 이러던 홍 어른이 내가 드린 책 세 권을 다 읽고 난 후부터는 나를 대하는

태도가 더 깍듯해졌다. 나는 민망하고 죄스러워 전전긍긍하는데 홍 어른은

"선생님. 백락伯樂이 있어야 천리마千里馬를 알아보잖습니까? 종자기鍾子期가 있어야 백아伯牙의 거문고 소리를 알아듣잖습니까? 그런데 지금은 백락도 없고 종자기도 없는 세상입니다. 성인지 능지성인聖人知 能知聖人으로 성인이래야 성인을 알아보지 않습니까. 선생님이 주신 책을 읽어보니 선생님은 산장山長 일민逸民이십니다. 그런데 이런 선생님을 사람들이 몰라보고 돈과 권력에만 눈이 멀었으니 큰일입니다."

홍 어른은 내 손을 덥석 그러잡으며 고사故事까지 인용했다. 고사에 대한 지식이 상당한 모양이었다.

홍 어른은 나만 보면 순진한 소년처럼 해맑게 웃으며 아주 좋아했다. 그 모습은 흡사 고기가 물을 만난 것처럼 약여히 드러났다. 홍 어른과 나는 며칠에 한 번씩은 만났고 만나면 봇물 터지듯 대화가 홍수를 이뤘다. 홍 어른은 서양 문물이 분별없이 들어 와 우리의 미풍양속을 해쳤다느니, 그러므로 효 사상과 도의 도덕이 땅에 떨어져 요계지세澆季之世가 됐다느니 하며 막돼먹은 세상을 통탄했다.

왜 안 그렇겠는가. 아직 50대 밖에 안 된 나도 세상 돌아가는 꼬락서니가 하 기막혀 통탄을 금치 못하는데 하물며 구십 세가 훨씬 넘어 인의예지仁義禮智와 삼강오륜三綱五倫을 인간 가치의 최고 덕목으로 알아 하늘 같이 떠받들고 살아온 홍 어른으로서야 요즘 세

상이 모두 결딴나 보였을 것이다. 이런 홍 어른은 며칠 전 '우리 공원' 벤치에서 나와 함께 말동무가 돼 많은 이야기를 나누었다. 그날 홍 어른은 고스톱 판이 벌어진 정자 쪽을 바라보며

"선생님. 선생님은 고스톱 치는 거 어떻게 생각하세요. 저는 아주 못마땅하게 생각합니다."

했다. 그러더니 목소리를 높여

"왜냐하면 간교한 일제가 우리 대한제국을 망치려고 화찰花札이라는 일본 화투 하나후다를 만들어 우리 조선에 보급시켰으니까요."

했다. 나는 홍 어른의 말을 기다리기라도 한 듯

"그렇습니다. 어르신, 세상이 온통 고스톱 판이니 망국적 현상입니다. 통탄할 일이지요."

나는 홍 어른의 말에 전적으로 찬동했다. 그러자 홍 어른이 들었다 봤다 하고

"그렇지요? 망국적 현상이지요? 통탄할 노릇이지요?"

홍 어른이 내 손을 덥석 잡고 흔들었다.

"그렇습니다. 어르신, 화투는 저 간악무도한 일제가 우리 한반도를 잠식, 영원한 식민지로 만들기 위한 우민화정책의 일환으로 만들었으니까요. 화투 즉 하나후다는 1720년에 만들어져 백년 후인 1820년에 우리 조선에 보급시켰습니다. 하나후다가 재미있나 없나 하고 백 년 동안의 시험 기간을 거쳐서 말입니다."

나도 홍 어른의 손을 맞잡아 흔들었다. 홍 어른이 어린애처럼

좋아했다.

"그런데도 딱한 우리 조선 백성들은 이 간교한 놈들의 속내도 모르고 얼씨구나 하고 논 팔고 밭팔고 심지어는 묘위답墓位畓까지 팔아 노름을 했으니 이런 기막힌 일이 어디 있습니까."

내가 계속 홍 어른의 편을 들어 추임새를 넣자 홍 어른의 얼굴색이 붉으락푸르락해졌다.

"그런데도 말입니다. 어르신, 때와 장소를 가리지 않고 모였다 하면 전천후로 고스톱을 쳐대지 않습니까. 고스톱 열풍이 한창일 때는 나라 전체가 온통 커다란 고스톱장이였지요."

나는 홍 어른의 말에 전적으로 동의하며 큰소리로 맞장구를 쳤다. 그러자 홍 어른이 만면에 희색을 띠며 고개를 끄덕였다. 그 모습이 어쩌나 천진한지 어린애 같았다.

"어르신, 고스톱이 요원의 불길처럼 전국적으로 한창이었을 때는 때와 장소를 가리지 않고 두 세 사람만 모여도 고스톱을 쳤지요. 여기엔 남녀가 없고 노소가 없었습니다. 그래서 비행기 안에서도 고스톱을 쳤고 식당에서도 고스톱을 쳤습니다. 숙직실은 말할 것도 없고 사무실에서조차 고스톱이었습니다. 엄숙해야 할 제삿날 밤에도 고스톱이고 비통을 극한 상가에서도 고스톱을 쳤습니다. 병아리 같은 초등학교 1학년 어린이를 데리고 외국나들이를 간 인솔 교사들이 남의 나라 공항 대합실에서 고스톱을 치는가 하면 시아버지와 며느리가 무릎을 맞대고 앉아 피박이니, 싹쓸이니, 아버님 똥 싸셨네요, 아버님 똥 잡수세요. 해가며 고스톱을 쳐댔으니 이런 작태는 고금동서에 예의지국이라 자처하는 우리나라 밖에 없을 것입니다. 어르신."

내가 홍 어르신의 뜻을 깍듯이 존중하며 목소리를 높이자

"암요. 그렇고말고요. 학자 선생님이라 모르는 게 없으세요."

홍 어른이 다시 내 손을 흔들어대며 파안대소를 했다.

"어르신, 요즈음은 그래도 그전처럼 고스톱에 덜 미쳐 다행입니다. 몇 년 전까지만 해도 예쁜 여인들이 예쁜 양품점에서 예쁜 얼굴만큼 예쁜 책이라도 읽는다면 얼마나 예쁘겠습니까만, 음식 시켜 먹은 그릇 신문지로 덮어 한쪽 구석에 밀쳐놓고 고스톱을 쳐대더니 얼마 후엔 나랏일을 보고 나랏법을 만들어 나랏살림을 살아야 할 신성한 국민의 대표기관 국회에서까지 고스톱을 쳐댔습니다. 그 잘난 의원님들의 기사들이 대기실에서 말입니다. 참으로 기막히고 한심해 개탄을 금할 길 없습니다. 도대체 이 나라는, 이 대한민국이라는 나라는 이렇게도 형편없어 잡기에 능하니 부끄러워 살 수가 없습니다. 일본은 이런 한국을 보고 "강고꾸징와 쇼가 나이(한국인은 할 수 없다)"하며 가가대소로 희희낙락하고 있습니다. 어르신, 이 얼마나 치욕적이요 모욕적이요 굴욕적이요 수욕적입니까. 이 나라는 자존심도 없고 이 민족은 자긍심도 없습니까? 우리나라 국민 의식이 이 정도로 한심하다면 일본에 무시당해 쌉니다. 아니 경멸당해 쌉니다. 안 그렇습니까 어르신?"

나는 홍 어른에게 따지듯 물었다. 나는 흥분해 있었다.

"암요. 그렇지요. 여부가 있습니까. 그렇고말고요."

홍 어른이 아까보다 더 세게 내 손을 잡고 흔들었다. 어디서 그런 힘이 생기는지 몰랐다. 그것은 94세 상노인의 힘이 아니었다. 그것은 40~50대 건장한 중년의 힘이었다.

이날 나는 끝내 홍 어른과 의기투합, 술집으로 향했고 잠시 후 권커니 잣거니 술잔을 부딪쳤다. 그리고 발칙하게도 홍 어른과 망년우忘年友가 되었다.

ㄲ
ㅌ

끝

나는 개다.

개 중에서도 천대 받고 괄시 받는 재래종 똥개다. 그러므로 나는 소위 말하는 '족보'도 '혈통'도 보잘것없는 막개다. 요즘은 상전벽해로 세상이 많이 변해 개 팔자가 상팔자여서 족보 있고 혈통 좋은 애완견은 고관대작 부럽지 않게 잘 먹고 잘 산다. 끼니 때마다 쇠고기 꽃등심에 온갖 맛있는 고량진미 다 먹으며 호텔 같은 방에서 주인 여자의 향기로운 가슴에 안겨 갖은 사랑 다 받는 금지옥엽의 공주처럼 산다.

뿐만이 아니다. 개 전용 병원에 개 전용 미용실과 미용사는 말할 것도 없고 개 전용 보험까지 드는 판국이니 우리 같은 똥개는 언감생심 바랄 수조차 없다. 하지만 애완견이나 반려견으로 사랑 받는 귀한 몸들은 개 팔자가 상팔자여서 세상에 부러울 게 하나 없다.

하기야 상전이 벽해로 변하지 않던 옛날에도 개 팔자가 상팔자여서 오뉴월 불볕더위에도 사람들은 들에 나가 구슬땀을 흘리며 코에서 단내 나게 일을 하는데도 우리 개들은 허구한날 빈둥빈둥 먹고 놀기만 했으니 개 팔자가 상팔자란 말이 사뭇 허언은 아니었다. 우리 개 팔자가 얼마나 상팔자면 울타리 밑에 개 팔자니, 댑싸리 밑에 개 팔자니 하는 말이 생겼겠는가. 이런 우리 개들이 오죽 부러웠으면 하는 일 없이 먹고 놀며 편하게 사는 사람을 일러 개 팔자라 했을 것인가.

그렇다. 이렇게 본다면 우리 개 팔자가 상팔자라 할 수 있다. 밥 걱정이 있나, 옷 걱정이 있나, 그렇다고 사람들처럼 날만 새면 어두울 때까지 뼈 빠지게 일 할 걱정이 있나. 만고에 먹고 노는 게 일이니 딴은 모두가 부러워할 만도 하다. 이럼에도 우리 똥개들은 불만이 아주 많다. 개면 다 같은 개지 어떤 개는 애완견이다 반려견이다 하면서 갖은 호강 다 시키고, 그러고도 모자라 요란한 치장에 화장까지 시켜 보석 다루듯 귀히 다루고 신주 단지 모시듯 정성을 다해 모시니 천불이 나서 견딜 수가 없는 것이다.

하지만 이것뿐이라면 그런대로 눙쳐 참을 수도 있다. 그런데 '뽀삐'니 '베이비'니 '엔젤스'니 하는 희한한 이름을 지어 부르며 잠시 품에서라도 떨어졌다 안을라치면 "오, 사랑하는 내 새끼야. 그래그래, 엄마가 많이 보고 싶었쩌? 아이구, 이쁜 내 새끼!" 하고 물고 빨고 야단이다. 참 알 수 없는 일이다. 개 꼬리 삼 년 묵어도 황모 못 되듯 개는 어디까지나, 그리고 언제까지나 개지 사람이 아니다. 그런데 어떻게 개가 사람 새끼가 되고 사람이 어떻게 개 엄마가 될 수 있는가. 그럼 주인 여자도 개란 말인가.

우리 똥개는 애완견처럼 좋은 팔자를 타고나지 못해 귀한 몸도 아니요 보물단지도 아니어서 신다 버린 신발짝처럼 천대 받는 똥개일 뿐이다. 우리 재래종 개 중에도 진돗개나 풍산개는 그래도 명견 소리를 들어 진돗개는 천연기념물 53호요 풍산개는 천연기념물 128호다. 그래서인지 사람들로부터 많은 관심을 가져 떠받듦을 받고 있다. 이럼에도 우리 똥개들은 구박데기요 천덕꾸러기여서 누구 한 사람 애정을 가지고 대해주질 않는다. 참 젠장맞을 노릇이다.

우리 똥개들은 또 먹고는 놀아도 집을 지키고 도둑도 지켜 밥값을 한다. 어찌 집과 도둑뿐이겠는가. 주인이 들에라도 갈라치면 앞장서 가며 길라잡이 노릇도 하고 주인이 외출에서 돌아오기라도 하면 반가워 꼬리 흔들며 길길이 뛰기도 한다. 하지만 어찌 또 이것뿐이겠는가. 쥐란 놈이 담에 구멍을 내거나 기둥을 갉아 먹으면 날쌔게 물어 죽이고 더러 뱀이 장독대나 마당 안으로 스르로 침입이라도 하면 쏜살 같이 달려가 산멱을 물고 흔들어 패대기쳐 죽여 버리기도 한다. 그런데도 우리 똥개들은 종당엔 개장수한테 팔려가 주인에게 적지 않은 경제적 이득까지 안겨 준다. 그리고 또 고약한 주인 만나면 죽임을 당해 주인은 물론 가족들 보신용으로 희생되기도 한다.

우리 똥개들은 털이 희면 흰둥이, 털이 검으면 검둥이, 털이 누러면 누렁이로 불리고 이런 이름마저 없는 똥개는 도꾸가 아니면 그냥 워리로 불려 문자 그대로 똥개 취급을 당한다. 생각하면 억울하기 짝이 없어 몽니를 부리거나 주인한테 대들기라도 하고 싶지만 천만의 말씀. 우리 똥개 사회에서는 이는 절대로 있을 수 없는 일이다.

왜 그런지 아는가?

우리 똥개는 어떤 일이 있어도 주인한테 덤비거나 대들면 안 되는 게 우리 사회의 윤리요 불문율이기 때문이다. 인간들은 걸핏하면 제대로 지키지도 못하는 오륜五倫을 진날 나막신 찾듯 찾으며 잘난 척 곤댓짓을 하지만 우리 똥개들은 그렇지가 않다. 오륜으로 말할 것 같으면 만물의 영장이라는 인간들이 우리 똥개들의 오륜을 본받아 반면교사로 삼아야 한다.

왜 그런지 아는가?

그것을 똥개인 내가 지금부터 만물의 영장이라는 인간들에게 일러줄 것이니 잘 들어 실천하기 바란다.

인간 사회의 오륜 중 첫 번째가 무엇인가? 부자유친父子有親 아닌가. 부자유친이 무엇인가? 아버지와 아들 사이의 도리는 친애에 있음을 말함이다. 그러므로 아버지와 아들은 세상에서 가장 가까운 사이다. 때문에 아들은 아버지를 공경해야 하며 아버지는 아들을 사랑해야 한다. 그 다음은 군신유의君臣有義로 이는 임금과 신하 사이의 도리를 말함인데, 이 도리는 의리에 있음을 말함이다. 세 번째 부부유별夫婦有別은 지아비와 지어미 즉 남편과 아내 사이의 도리는 서로 침범하지 못할 구별이 있어야 하며, 그 네 번째의 장유유서長幼有序는 어른과 아이 사이에는 상하의 엄격한 차례가 있고 복종해야 할 질서가 있음을 말함이다. 그리고 마지막 다섯 번째 붕우유신朋友有信은 벗과 벗 사이는 서로 믿음이 있어 이를 생명처럼 지켜야 함을 말함이다. 그런데 이렇듯 훌륭한 오륜을 사람들은 지키고 있는가? 입이 있으면 어디 한 번 말해보라. 양심 있는 사람이라면 입이 열 개 있어도 할 말이 없을 것이다.

그럼 이제 우리 개들의 오륜에 대해 말할까 하니 잘 듣기 바란다. 인간들의 오륜 중에 첫 번째인 부자유친을 우리 개 사회에서는 부색자색父色子色이라 한다. 이게 무슨 뜻이냐 하면 우리들 개는 아버지 개의 빛깔을 따라 자식 개의 빛깔도 같다는 뜻이다. 그러니까 아버지 개가 희면 자식 개도 희고 아버지 개가 검거나 누러면 자식 개도 검고 누렇다는 뜻이다. 두 번째 군신유의는 우리 개들은 불범기주不犯其主라 하는데 이는 개가 절대로 주인한테 대들거나 덤비지 않는다는 뜻이다. 더러 개가 주인한테 덤비거나 물어 해치기도 하는데 이는 미친갯병에 걸린 광견이 아니면 결단코 없는 일이다. 그러므로 미친갯병을 정상 개로 봐서는 안 된다. 세 번째 부부유별을 우리 개들은 유시유정有時有情이라 하는데 이는 때가 아니면 절대 어울리지 않는다는 뜻이다. 다시 말하면 우리들 개는, 인간들처럼 아무 때나 그 짓거리를 하지 않아 발정기 때만 교미라고 하는 흘레를 한다는 뜻이다. 네 번째의 장유유서는 불범기장不犯其長으로 어린 개가 버르장머리 없이 어른 개한테 대들거나 덤벼들지 않는다는 뜻이요, 마지막 다섯 번째 붕우유신은 일폐군폐一吠群吠로 한 마리의 개가 짖으면 온 동네 개가 다 짖는다는 뜻이다.

자, 보라. 이쯤 되면 우리 똥개가 사람보다 나으면 나았지 못할 게 조금도 없다. 이럼에도 사람들은 화가 나거나 마음에 들지 않으면 '개새끼'니 '개자식'이니 '개 같은 놈'이니 하고 애먼 우리 개에 비겨 욕을 해 댄다. 참 어처구니없는 일이다. 이게 그래 삼강오륜을 독판 찾는 만물의 영장이라는 사람들이 할 말인가? 이는 인간들이 우리 개를 한껏 얕보고 능멸한 소이연이어서 명예훼손의 모독에 다름 아니다. 우리들 개가 말을 못하니 망정이지 만일 말을 할 줄 안다면 인간들은 명예훼손의 모독죄로 고소당해 크게 경을 칠 것이다. 벙어리가 말은 못해도 날짜 가는 줄은 안다고, 우리들 개가 말은 못하지만 시是와 비非는 알고 의義와 불의不義도 안다. 그러기 때문에 선善과 악惡도 당연히 알아 개가 개 노릇을 못하고 말째의 인간처럼 만무방 짓을 하면 "에잇 천하에 인간만도 못한 개야!" 하고 욕을 한다. 인간 사회에서는 개새끼니 개자식이니 개만도 못한 놈이니 하는 욕을 대단한 욕으로 알지만 우리 개 사회에서는 개가 개 노릇을 못할 때 '에잇 인간만도 못한 개야!' 하는 게 가장 큰 욕이다.

사마천의 사기史記란 책에 보면 결견폐요桀犬吠堯와 척지구폐요

跖之狗吠堯란 말이 나온다. 걸견폐요는 하夏나라의 폭군 걸왕桀王의 개도 그 주인을 위해 어질기로 이름난 요堯임금을 보고 짖는다는 뜻이요, 척지구폐요는 사람의 간肝에 소금을 쳐서 먹는 흉악한 도 척盜跖의 개도 그 주인을 위해 천하의 성군 요임금을 보고 짖는다 는 뜻이다. 이 고사만 보더라도 개가 얼마나 의리 있는 충직한 동물 인가를 알 수 있다. 그래서 뜻있는 사람들은 언제부터인가 이런 우 리 개한테 충견忠犬이란 말을 붙여 의리의 화신으로 여기고 있다. 말이 났으니 말이지만 우리들 개는 주인을 위해서라면 죽을 수도 있어 충사忠死는 물론 순사殉死도 불사한다. 그 대표적인 예를 몇 가 지만 들면 우선 전라도 임실의 김개인金蓋仁이란 사람을 살리고 죽 은 충견을 말하지 않을 수 없다. 그 개는 불에 타 죽을 뻔한 주인을 살리고 대신 죽은 진화구주鎭火救主의 충견으로 순사의 본보기라 할 수 있다.

어느 날 김개인은 개와 함께 이웃 마을 잔치에 다녀오다 술에 취 해 풀밭에 쓰러져 잠이 들었다. 이 때 김개인은 입에 물고 있던 담 배가 떨어져 풀밭에 불이 붙었다. 개는 몸이 달아 주인을 향해 맹렬 히 짖었지만 주인은 술이 취해 인사불성이었다. 개는 발로 풀밭을 긁고 꼬리로 불을 꺼봤지만 역부족이었다. 개는 할 수 없이 개울로 뛰어가 온몸에 물을 적셔다 주인과 그 주변에 뿌렸으나 이도 역시 무위에 그치었다. 새벽이 돼 한기를 느낀 주인이 잠에서 깨어보니 개는 안타깝게도 새카맣게 탄 채 죽어 있었다. 이후 주인은 개의 무덤을 만들어 개의 충성을 뜻하는 나무를 심어 개오獒, 나무수樹 즉 오수라 했고 마을 이름도 '오수리'라 했다.

구한말 고종 때 나온 '증보문헌비'라는 책에는 백제가 망할 때 사비성泗沘城의 모든 개들이 왕궁을 향해 슬피 울었다는 기록이 나오고, 고려말 개성의 진고개란 곳에 염병으로 부모를 잃은 눈 먼 고아가 있었는데, 그 집 개가 그 고아에게 자신의 꼬리를 잡게 해 밥을 얻어 먹였고 밥을 먹고 나면 샘으로 인도해 물을 먹였다. 이 충견 이야기를 들은 조정에서는 그 개의 갸륵함에 정삼품의 벼슬까지 내렸다.

조선조 중종 때 강원도 정선의 효구총孝狗塚 이야기는 눈물겨운 바 있어 듣는 이로 하여금 옷깃을 여미게 한다. 이야기인즉슨 사람들이 잡아먹고 버린 어미 개의 뼈를 그 새끼가 물어다 양지바른 곳에 묻고 그 곁에서 굶어 죽었다니 이는 감동 그 자체다.

역시 조선조 때 평양 선교리 대동강변 둔덕에 있는 의구총義狗塚은 수절 과부인 여주인이 이웃집 건달한테 겁간 당하고 자결하자 그 주인을 따라 죽은 개의 무덤이다. 이 개는 안주인이 건달에게 겁간을 당하자 그 길로 관찰부로 달려가 밤낮을 짖었는데 이상히 생각한 관찰부에서 개를 따라가 봤더니 겁탈한 이웃 건달 집으로 데려가 범인을 잡았다. 그러나 개는 그날부터 아무것도 먹지 않고 굶어죽고 말았다.

장이나 잔칫집에 갔다 오다 술에 취해 풀숲에 쓰러져 자다 담뱃

불에 불이 붙어 개가 주인을 구하고 죽었다는 이야기는 임실의 오수 말고도 경북 선산의 도개, 평남의 용강, 충남의 홍복 등 많다. 그러더니 20여 년 전에는 서울의 성수동에서 한겨울에 술에 취해 정신을 잃은 주인을 제 몸을 덮어 녹여 동사에서 구해냈다는 의로운 개 이야기가 매스컴을 통해 나오더니 10여 년 전에는 또 어미 개가 죽자 새끼개가 어미 무덤을 찾아가 밤낮 없이 지키다 굶어 죽었다는 눈물겨운 이야기가 역시 매스컴을 통해 보도됐다.

 개에 대한 감동 이야기는 우리나라에만 있는 게 아니어서 서양에서도 마찬가지다. 고대 희랍 배우 포러스가 죽어 화장되자 애견이 그 주인을 따라 불속에 뛰어들어 함께 타 죽은 이야기며, 로마의 폭군 황제 티베리우스가 반대편 사리너스를 처형, 강물에 던져버리자 사리너스의 애견이 강물에 뛰어들어 주인의 시체를 끌어올리려다 지쳐 죽은 이야기며, 프랑스의 왕비 마리 앙뚜와네트가 감옥에 갇히자 디비스라는 애견이 밤낮을 가리지 않고 감옥을 돌며 울부짖다가 지쳐 죽은 이야기는 너무도 장한 순사여서 고개를 숙이지 않을 수 없고, 스페인 산다노스에 있는 산타마리아 공동묘지에 시시오라는 개가 하루도 빠지지 않고 주인 마리아 고레데라의 무덤을 찾은 일이며, 자살하려던 주인을 극적으로 구하고 자신이 대신 죽은 카자흐스탄 카라간다에서의 충견 이야기도 감동이어서 고개를 숙이지 않을 수 없다. 스페인 산다노스에 있는 산타마리아 공동묘지에는 12 살 된 시시오라는 개가 하루도 거르지 않고 여주인 마리아 코레데라의 묘지를 찾았다. 고인은 평생 유기견을 데려다 돌보는 등 개에 대한 사랑이 남달랐다. 장례식 날 주인의 마지막 가는 모습을 묵묵히 지켜본 시시오는 장례 다음 날부터 매일 묘지를 찾았다. 그리고 또 매주 성당에도 나갔다. 주인이 생전에 다니던 성당이었다. 성당에 갈 때면 주인은 언제나 애견 시시오를 데리고 갔고 이런 시시오는 매주 성당에 나가 주인을 기다렸던 곳에 앉았다가 묘지로 향하곤 했는데 이런 시시오는 주인 마리아 코레데라의 묘지에서 끝내 굶어죽었다. 카자흐스탄 카라간다에서 주인을 구하고 죽은 충견 이야기도 고개를 숙이게 한다. 주인은 사업 실패로 술을 잔뜩 마신 채 철로에 드러누웠다. 제 정신으로 기차에 치어 죽을 용기가 없어서였다. 술에 수면제까지 타서 마신 주인은 곧 잠이 들었다. 충견은 꼼짝 않고 주인을 지켰다. 그러다 얼마 후 굉음을 울리며 기차가 다가오자 철길로 뛰어들어 주인을 철로 밖으로 밀어냈다. 그러나 애석하게도 충견은 기차에 치여 그 자리에서 숨졌다.

자, 어떤가. 이래도 사람들이 개를 욕할 수 있는가? 화나거나 속상할 때, 그리고 부도덕한 행동을 하거나 인간 이하의 짓거리를 할 때 개새끼니 개 같은 놈이니 개만도 못한 놈이니 할 자격이 있는가? 아니 사람들이 욕을 할 때 우리 개를 대상으로 삼는 자체가 우리 개들은 불쾌해 견딜 수가 없다. 왜 하필 개를 대상으로 욕을 하는가. 개가 그렇게 만만한가? 개가 충복처럼 복종 잘하고 주인을 위해 죽기까지 하니 아무렇게 해도 괜찮다는 건가? 그런가? 옛말에 머리 검은 짐승은 구제할 게 못 된다더니 과연 그런가? 머리 검은 짐승이 누구인가. 사람 아닌가. 오죽하면 머리 검은 짐승 인간은 구제할 게 못 된다는 말이 생겼겠는가.

　이르노니 사람들은 제발 원형이정元亨利貞대로 살기 바란다. 그러려면 하늘을 법으로 알고 착하고 정직하게 살아야 한다. 그리고 무엇보다 도덕적 윤리적으로 부끄럽지 않게 살아야 한다. 왜냐하면 이것이 인간이 인간답게 사는 가장 큰 가치의 덕목이기 때문이다. 그런데 이렇게 살아야 할 사람이 그 반대로 온갖 못된 부도덕한 짓거리를 능사로 한다면 당장은 몰라도 언젠가는 그 화가 반드시 자신에게 돌아온다. 이것이 하늘의 이치인 천리天理요 섭리다. 그러기에 비리법권천非理法權天이란 말이 생겼을 터이다. 비리법권천이 무엇인가. 비는 이치에 못 이기고, 이치는 법에 못 이기고, 법은 권력에 못 이기고, 권력은 하늘에 못 이긴다는 뜻이다.

　일찍이 증자曾子라는 분은 맹자孟子라는 책 양혜왕 하梁惠王 下에서 '출호이자 반호이出乎爾者 反乎爾'란 말씀을 하셨는데 이 말은 '네게서 나온 것이 네게로 돌아간다.'는 뜻이다. 그러므로 만물의 영장이라 잘난 척 으스대는 인간들은 먼저 수신修身 즉 제 몸부터 잘 닦아 혼자 있어도 하늘에 부끄럽지 않은 몸가짐을 가져야 한다. 이를 대학大學이라는 책에서는 '신독愼獨'이라 하는데 이는 홀로 있을 때도 도리에 어그러짐이 없이 말과 몸가짐을 바로 해야 한다는 뜻이다.

사람들은 내가 어려운 문자를 쓰고 경서를 구사한다고 아니꼽게 볼 지도 모른다. 그리고 또 비아냥댈 지도 모른다. 기껏 똥개 주제에 가당찮게 무슨 놈의 문자를 쓰고 경서를 주절거리느냐면서.

그럴 것이다. 왜 안 그렇겠는가. 하지만 놀라지 말라. 나는 이래 봬도 대단히 유식한 개다. 우리 속담에 서당 개 삼 년이면 풍월을 읊는다는 말이 있잖은가. 이를 문자로 쓰면 당구삼년堂狗三年에 폐풍월吠風月 또는 당구삼년에 영풍월詠風月이라 한다. 이는 아무리 무식한 사람이라도 유식한 사람과 오랫동안 같이 있으면 견문이 넓어져 요동시遼東豕를 면한다는 뜻이다. 요동시가 무엇인가? 견문이 좁아 우물 안 개구리 정저와井底蛙처럼 세상일을 모르고 저 혼자 득의양양함을 이르는 말이다. 이 말은 옛날 요동의 어떤 돼지가 머리가 흰 새끼를 낳자, 이를 신기하게 여긴 주인이 임금께 바치려고 하동河東으로 가지고 갔다가 그곳 돼지는 모두 머리가 흰 것을 보고 부끄러워 돌아왔다는 고사에서 나온 말이다. 그러므로 내가 만일 무식한 주인 만나 허구한 날 들과 산으로 주인이나 따라다녔으면 영락없이 요동시나 정저와가 돼 어로불변魚魯不辨의 판무식꾼을 면치 못했을 것이다. 그러나 나는 참으로 다행히 최 학자라는 당대 최고의 이름 높은 대 한학자 댁에서 자그마치 삼 년의 세 곱절도 넘는 십 년 간을 함께 살면서 동몽선습 계몽편 명심보감 소학으로부터 시작해 사서와 삼경, 더 나아가서는 예기禮記 춘추春秋의 오경까지 공부하는 사람들 학동 틈에 끼어 장장 십 년을 함께 익혔으니 웬만한 건 꿰뚫고 있어 출출문장出出文章이다. 그러니 똥개라고 섣부른 수작질로 깔보지 말라. 최 학자님은 학문이 워낙 깊고 높은 태산교악泰山喬嶽이서서 대학 교수는 물론 대학생 공무원 회사원 사업가 가정주부와 그 밖의 직장인들까지 찾아와 오전 오후 야간반으로 나누어 공부하는데 초급반은 동몽선습 계몽편 명심보감 등을 배우고 중급반은 소학과 사서를 공부하며 상급반은 삼경과 함께 예기 춘추의 오경을 공부한다. 상급반이 최 학자님과 격조 높은 고담준론을 논할 때는 그 현학의 깊이를 헤아릴 수 없어 숨도 제대로 쉴 수가 없다.

자, 그럼 나는 이제부터 만물의 영장이라 자처하며 이 세상 어천만사를 다스리고 지배하며 쥐락펴락 큰소리치는 인간들에 대해 말 좀 해볼까하니 듣기 싫더라도 약으로 생각하고 듣기 바란다. 본시 몸에 좋은 약이 입에는 쓰고 귀에 거슬리는 말이 행동에는 이로운 법이다. 이를 문자로 쓰면 양약良藥은 구고口苦나 이어병利於病이요, 충언忠言은 역이逆耳나 이어행利於行이라 한다.

이 세상 모든 동물 중에 인간 동물이 그중 똑똑하다. 사람도 동물임에 틀림없으니 당연히 동물의 범주에 드는데, 이런 사람을 사회적 동물이라 정의하고 있다. 그런데 모든 동물 중에 인간이 가장 똑똑하고 머리도 제일 좋아 고등동물 소리를 듣고 고등동물 소리를 들으니 세상사도 당연히 머리 좋은 고등동물 인간이 지배할 수밖에 없다.

그러나 인간들은 그 좋은 머리를 사회를 위해 나라를 위해 더 나아가서는 인류를 위해 헌신 공헌하는 사람이 있는가 하면 반대로 사회는 물론 나라나 인류에 해악을 끼쳐 해서는 안 될 일을 하거나 있어서는 결단코 안 될 일을 자행하는 암적 존재의 인간들이 도처에 시글시글 널브러져 있다. 이럼에도 이자들이 입을 열면 효孝를 찾고 충忠을 찾고 신信을 찾고 예禮를 찾는다. 그리고 사회에 만연한 부정부패와 비위 비행을 척결해야 한다고 역설한다. 참으로 뻔뻔하기 짝이 없는 철면피요 낯가죽 두꺼운 후안무치다. 이왕지사 말이 났으니 말이지만 위선 위악 사기 협잡이 인간보다 더한 동물은 이 세상 어디에도 없고 중상 모략 시기 질투도 인간보다 더한 동물은 이 세상 어디에도 없다. 뿐인가? 공갈 폭력 강간 유괴도 인간보다 더한 동물은 없고 납치 강도 살인 횡령도 인간보다 더한 동물은 없다. 그러니 살인 강도가 횡행을 하고 배임 횡령 위조 날조는 숫제 죄의식도 느끼지 않는다.

하지만 해서는 안 될 일이 어디 이뿐인가. 사람이 사람을 죽이고, 아내가 남편을 죽이고, 남편이 아내를 죽이는 끔찍한 일이 건성드뭇 일어나고 하늘 무섭게도 자식이 부모를 때리고 내다버리다 못해 시해까지 하는 천인공노의 강상지변綱常之變도 며칠이 멀다 저질러지고 있으니 오호라 세상은 바야흐로 말세의 요계지세澆季之世다. 강상지변이 무엇이며 요계지세란 또 무엇인가? 강상지변은 삼강오상三綱五常에 맞지 않는 일, 곧 사람이 지켜야 할 도리에 어긋나는 일을 말함이며, 요계지세란 세상의 아름다운 인정이 메마르고 도의 도덕이 땅에 떨어짐을 말함이다.

만물의 영장이라는 사람들아. 예의 염치와 윤리 도덕을 최고선의 덕목으로 삼는다면서도 위선의 표리부동한 이중인격자로 양두구육羊頭狗肉 하는 인간들아. 세상이 부끄럽지도 않은가. 하늘이 두렵지도 않은가. 저 중국 송나라 때의 익지서益智書라는 책에는 '만일 악한 마음이 가득 차면 하늘이 반드시 벌을 내리리라' 했는데 이는 '사람의 마음속에 악한 생각이 가득 차 있다면 이는 이미 선善을 좋아하는 대자연의 섭리에 반하는 행위여서 하늘의 뜻을 거역한다는 뜻이다. 그러므로 천벌을 받지 않을 수가 없다'라는 뜻이다. 그러니까 이는 '악한 일을 해 하늘에 죄를 지으면 잘못을 빌 곳이 없다'고 한 공자님의 말씀과 맥을 같이 한다 할 수 있다. 이는 모두가 천분天分과 순명順命을 중히 여긴 아주 귀한 말이라 아니할 수 없다.

대저 인간이 인간다울 수 있는 요건은 무엇인가? 그것은 인간다움이다. 그렇다면 인간다움은 또 무엇인가? 인간으로 해야 할 일을 하고 인간으로 해서 안 될 일은 하지 말아야 함이다. 그러니까 인성人性을 가진 인격체로 도덕적 생활을 하며 사단四端에 충실하게 사는 행위, 이를 인간다운 요건이라 할 수 있다.

생각해 보라. 인간이 본성에서 우러나오는 네 가지 마음씨인 인仁 의義 예禮 지智의 사단四端과 그 사단에서 우러나오는 네 가지 마음씨를. '인'에서 우러나는 건 불쌍히 여겨 언짢아하는 마음 측은지심惻隱之心이요, '의'에서 우러나는 건 불의를 부끄러워하고 불선不善을 미워하는 마음 수오지심羞惡之心이며, '예'에서 우러나는 건 사양할 줄 아는 마음 사양지심辭讓之心이다. 그리고 마지막 '지'에서 우러나는 건 시비를 가릴 줄 아는 시비지심是非之心이다. 이를 또 자유지정自由之情이라고도 하는데 인간이 이 자유지정의 사단만 지키면 인간의 도리와 자격을 갖췄다 할 수 있다. 그런데 놀라지 말라. 왜 내가 놀라지 말라는지 아는가? 그것은 만물의 영장이라는 인간이 사단의 인의예지를 지키기는커녕 오히려 비웃듯 짓밟으며 금수도 하지 않는 천벌 받을 짓거리를 하늘 무섭게 하고 있기 때문이다. 서당에 공부하러 오는 사람들이 주고받는 말에 따르면 요즘의 인간 세상엔 별 해괴한 일이 다 벌어지고 있다 한다. 그게 무엇인가 하면 '스와핑'인가 뭔가 하는 것인데, 이는 부부나 애인이 남의 부부 남의 애인과 서로 바꿔가며 성행위를 한다는 것이다. 참 기도 차지 않는 일이다. 이는 보통 3명 이상의 집단 성관계가 아니면 그룹 섹스 등 변태적인 성행위를 해 차마 입에 담기조차 민망한 일이 비일비재로 벌어지고 있다는 것이다. 예절과 체면과 도덕과 윤리를 중시한다는 인간 사회에서 이런 기막힌 일이 벌어진다면 이는 세상이 끝장난 요계澆季에 다름 아니어서 곡지통할 노릇이다.

저 강구연월康衢煙月의 요순시대엔 사람마다 어질고 집집마다 착해 모두 상을 줄만 했다하여 역사는 이를 '비옥가봉比屋可封'이라 했고, 길에 물건이 떨어져도 누가 주워가지 않아 며칠 후에 가 봐도 그 자리에 그대로 있었다는데 이를 역사는 또 '도불습유道不拾遺'라 했다. 헌데 어째서 요즘의 인간 세상엔 걸핏하면 사람이 사람을 속이고 사기치고 협박하고 공갈치고 그래도 모자라 죽이기까지 하는가. 어장魚場이 망하려면 해파리만 꼬이고 마방馬房이 망하려면 당나귀만 들어온다더니 세상이 끝장나려니까 별 망측한 일이 다 생긴다.

이 스와핑인가 뭔가 하는 모임에는 사회적으로 상당한 수준에 있는 사람들까지 모여 이 짓거리를 즐긴다는데 이들은 아마도 사디스트가 아니면 매저키스트인 모양이다. 안 그러고야 짐승들도 하지 않는 애인 또는 부부 바꿔치기 섹스를 할 리 있겠는가.

그렇다고 나는 열녀는 두 지아비를 섬기지 않는다는 열녀 불경이부烈女不更二夫나, 한 마리의 말 등에 두 개의 안장을 얹을 수 없듯한 여자가 두 남자를 섬길 수 없다는 일마 불피양안一馬不被兩鞍 같은 공맹孔孟시대의 도덕을 말하는 건 아니다. 그리고 또 아침에 도道를 깨달으면 저녁에 죽어도 좋다는 조문도 석사가의朝聞道夕死可矣나, 목이 말라도 도천盜泉의 물은 마시지 않는다는 갈불음 도천수渴不飮盜泉水의 엄격한 도덕률을 말하는 것도 아니다.

인간 사회에서 웬만한 지식인이면 다 아는 노블레스 오블리주란 말을 당신들은 알 것이다. 이 말의 뜻이 무엇인가? 높은 신분에 따르는 도덕상의 의무, 이것을 인간 사회에서는 마치 전가傳家의 보도

寶刀처럼 잘도 써먹고 있다.

참 좋은 말이다.

역경易經이란 책에는 '이귀하천 대득민야以貴下賤 大得民也'란 말도 있는데 이 말은 또 무슨 뜻인가? 귀한 지위에 있는 사람이 겸허한 자세로 낮은 데로 내려가 백성들의 뜻을 구하면 크게 백성을 얻는다는 뜻이다. 일찍이 바빌론의 율서에서는 중상을 하는 자, 중상을 듣는 자, 중상을 당하는 자는 죽인다 했고 비방은 개의 웅변에 지나지 않는다고 해 또 우리 개를 욕 먹이고 있다. 만만한 놈은 우리 개여서 걸핏하면 우리 개만 들먹인다. 참 복장 터져 죽을 노릇이다. 당부하노니 만물의 영장이라는 인간들이여. 우리 개만큼만 살아라.

논어라는 책에서는 '조이불망 익불사숙釣而不網 弋不射宿'이라 하여 낚시질로는 고기를 잡되 벼리 달린 그물로는 고기를 안 잡고, 날짐승을 잡음에 있어서도 나는 새는 주살로 쏘되 잠자는 새는 쏘지 않는다 했다.

뿐만이 아니다. 논어에서는 또 '자솔이정 숙감부정子帥以正 孰敢不正'이라는 말이 있는데 이는 계강자季康子라는 노나라 실권자가 공자에게 정치를 묻자 공자는 '정치란 정正이니 그대가 거느리기를 바로 하면 누가 감히 바르지 않겠는가.'라는 뜻이다.

인간들이여! 만물의 영장이라며 잘난 척 우쭐대는 인간들이여! 목에 힘주며 내로라 뻐기는 높은 자리에 있는 사람들이여!

당신들이 잘나면 얼마나 잘났는가. 눈곱만 한 미물 벌레 한 마리도 못 만드는 위인들이, 눈이 몇 센티만 와도 차가 벌벌 기고 비가 몇 밀리만 와도 차가 곤두박질치기 다반사로 맥을 못 추는 주제에 뭐? 개가 어떻다고? 우리들 개는 눈이 한 자가 와도 내달릴 수 있고 비가 몇 십 밀리가 와도 당신들 사람처럼 쩔쩔매지 않는다. 당신들이 따뜻한 방에서 가족끼리 맛있는 음식 먹으며 안락을 즐길 때도 우리 똥개들은 마루 밑이나 날봉당에 앉아 발발 떨며 집을 지키고, 당신들이 먹다 남은 음식 찌꺼기 한 술 주면 먹고 안 주면 굶으면서도 단 한 번 당신들을 탓하거나 원망하질 않는다. 그러면서도 주인이 야단치면 야단맞고 화가 나 배때기 걷어차면 그대로 얻어맞는다. 그래, 이래도 똥개라고 무시하고 개새끼니 개자식이니 개만도 못한 놈이니 할 것인가? 많이 배워 잘났다는 당신들이, 그래서 출세하고 권력 잡아 떵떵거리고 사는 사람들이, 못 배우고 가난하고 출세 못하고 권력 없는 가엾은 백성들을 제발 좀 위하고 받들어 위민정치 위민행정을 하기 바란다. 자고이래로 군주는 백성을 하늘로 삼았고 백성은 먹는 것으로써 하늘을 삼았다. 이게 이민위천以民爲天이요 이민행정以民行政이다. 그래서 내 당신들에게 묻겠는데 앞에서 말한 조문도 석사가의가 무슨 뜻인지 아는가? 그리고 갈불음 도천수는 또 무슨 뜻인가? 이귀하천 대득민야는 무슨 뜻이고, 조이불망 익불사숙은 무슨 뜻인가? 출세하고 권력잡아 내로라하는 이들 중에 아는 이도 있겠지만 모르는 이가 훨씬 더 많을 것이다.

그러니 자술이정 숙감부정은 더더욱 모를지 모른다. 위민정치 위민행정을 하는 이들이라면 적어도 위에서 내가 말한 것쯤은 알아야 한다. 똥개인 나도 아는데 한나라의 내로라하는 높은 당신들이 이를 모른다면 정말 똥개만도 못하다.

　나는 행인지 불행인지 모르지만 이를 팔자소관으로 봐야 할 것이다. 운 좋게 한학의 대가 최 학자님 댁에서 장구한 십 년 세월을 학생들과 함께 동문수학을 하다 보니 들은 풍월 얻은 문자로 식자깨나 안다. 그래서 문자를 좀 썼으니 아니꼽다고 욕하고 같잖다고 비아냥대지 말라. 다 식자가 우환으로 빚어진 현상이니까. 저 당송팔대가唐宋八大家의 한 사람이던 북송北宋의 대시인 소동파蘇東坡도 일찍이 인생식자우환시人生識字憂患始라 하여 사람으로 태어나서 글을 안다는 게 벌써 근심의 시작이라 술회했고, 한일합방의 국치를 통분하다 절명시 4편을 남기고 음독 자결한 매천 황현梅泉黃玹선생도 추등엄권회천고秋燈掩卷懷千古에 난작인간식자인難作人間識字人이라 하여 가을 등불에 읽던 책 덮어두고 천고의 옛일 생각하니, 인간으로 태어나 식자인(선비) 노릇하기 어렵다 하고는 자진하지 않았는가. 나는 비록 똥개지만 황 현 선생을 존경한다. 식자인인 선비라면 적어도 황 현 선생 정도는 돼야 하지 않겠는가. 선비의 나라 조선이 야만의 일제 강압에 못 이겨 1910년 국치의 한일합방이 되었을 때 나라 망한 맥수지탄麥秀之嘆을 한하고 자문自刎 또는 음독으로 목숨을 끊은 선비는 황 현 선생 말고도 많았다. 그렇다면 황

현 선생은 왜 자결하셨는가? 글을 아는 괴로움 때문이다. 아니 글을 아는 선비가 나라 망한 맥수지탄에 죽음으로 항거한 때문이다. 나라의 위태로움을 보면 목숨을 내놓으라던 논어의 사견위치명士見危致命을 몸소 실천했기 때문이다.

글! 글을 안다는 것. 글을 안다는 괴로움! 그렇다면 이렇게 괴롭고 어려운 글을 도대체 왜 배우는가. 인간 노릇 제대로 하기 위해 배우는 것이다. 사람 노릇 제대로 하기 위해 배우는 것이다. 어느 것이 옳고 어느 것이 그른가를 바로 알기 위해 배우는 것이다. 선악, 미추, 시비, 곡직, 의, 불의, 정, 부정을 제대로 알아 행하기 위해 배우는 것이다. 한데도 요즘 식자인들은 곡학아세로 출세하기 급급하고 수단 방법 가리지 않고 권력 잡아 치부하기에 혈안이 돼 위민정치와 민생행정은 뒷전인 경우가 허다하다. 그래서 내 또 감히 이르노니 지도자들은, 이 땅의 정치와 경제와 행정과 교육을 책임진 이들은 다른 건 몰라도 정치와 위민의 교과서라 할 수 있는 논어 맹자 중용 대학의 사서만은 반드시 읽고 뭐를 해도 하기 바란다. 당신들이 흔히 쓰는 말 가운데 수신제가 연후에 치국평천하 하라는 말은 괜히 있는 말이 아니다. 수신修身이 무엇인가? 악을 물리치고 선을 북돋아서 마음과 행실을 바르게 닦아 수양하는 게 수신이다. 그럼 제가齊家는 무엇인가? 집안을 잘 다스려 바로 잡는 게 제가이고 치국평천하治國平天下는 나라를 잘 다스리고 온 세상을 평안하게 하는 것이 치국평천하다. 그런데 이래야 할 사람들이 제가는커녕 수신도 제대로 못한 주제에 치국평천하 한답시고 용케 만인지상萬人之上의 항룡亢龍 자리에 오르더니 비자금인가 뭔가 하는 나랏돈 수천여억 원씩을 소화제 한 알 안 먹고 꿀꺽꿀꺽 삼키다 체해 그만 감옥살이를 하고 말았으니 아뿔싸 이런 참불가언이 어디 있으랴.

도대체 무슨 말을 어떻게 해야 될지 모르겠다. 어지간해야 하룻밤 샌님하고 벗을 한다고 우연만해야 말을 안 하고 넘어가지, 이건 세상이 하도 막돼 도저히 그냥 넘어갈 수가 없다. 이런 세상에도 원형이정대로 살려고 노력하는 가상한 사람들이 아주 없는 건 아니어서 인성교육이니 도덕성회복이니 선비정신 계승이니 바르게살기운동이니 하는 단체를 만들어 나름대로 애들을 쓰나 세상이 워낙 크게 망가져 있어 가까운 날의 가시적 효과는 기대난이어서 한강투석이다. 하지만 이런 이들이 있어 세상이 이나마도 유지되는지 모르겠다. 누가 지난날의 자식들처럼 부모님 침소에 들어 밤사이 안녕히 주무시라 여쭙고, 이른 새벽에 부모님 침소를 찾아 밤사이의 안후를 여쭙는 혼정신성昏定晨省을 바라고, 누가 지난날의 효자들처럼 부모님 돌아가신 후 3년 동안 산소 옆에 여막을 짓고 눈 오면 눈치고 비 오면 비치면서 시묘侍墓살이 수묘守墓를 바라며, 누가 지난날의 대효들처럼 부모가 편찮으면 제 손가락을 태워 그 타는 손가락의 아픔으로 부모님의 병고를 함께 느끼면서 한 손가락을 태우면 일소지一燒指 세 손가락을 태우면 삼소지, 열 손가락을 태우면 십소지의 고통 공감으로 감천치병感天治病 하기를 바라는가.

　지난날엔 자식이 부모에게 불효함이 용납 안 돼 멍석말이에 조리돌림을 시킨 후에 동네에서 쫓아냈다. 그러니 부모 구타와 시해는 더더욱 용납이 안 돼 패륜 중의 패륜으로 여겨 나라에서 그 고을을 강등시켰다. 그리하여 그 고을에 효자 충신 효녀 열부가 나야 비로소 복권시켰다.

　자식이 부모를 시해하거나 신하가 임금을 시해하는 강상지변을 시해弑害 또는 시역弑逆이라 했고 부모님이 돌아가심은 하늘이 무너지고 땅이 꺼지는 것에 비해 천붕지통天崩之痛이라 일렀다. 그러니까 부모와 자식 간의 인륜은 곧 하늘의 도인 천륜이라는 이야기다. 그러므로 자식에게 있어 부모는 하늘이요 천지 만상의 우주 일체와 같은 것으로 보았다. 그리고 이것은 천도天道의 원형이정이요 사단四端의 인의예지로 본 것이다. 그러기에 원형이정은 하늘의 도리라 일컫는 천도지상天道之常이요 인의예지는 사람의 도리를 일컫는 인성지강人性之綱이라 한 것이다. 효라는 개념 자체가 본시 인의예지에서 말미암지 않은 게 없기 때문에 이를 저버리면 짐승만도 못하다 했다. 이 짐승 속엔 또 우리 개가 들어가 있다. 개돼지니 개짐승이니 하면서. 그렇다면 한 번 따져보자. 짐승이 제 부모 죽이는 것 보았는가. 말馬은 제 조상 5대조까지 알아보고 까마귀는 반포反哺라는 안갚음으로 부모가 늙으면 먹이를 물어다 먹이며 효도를 한다. 그래서 까마귀를 효조孝鳥 또는 반포조라 하는데 이런 까마귀의 효에 감동한 당나라의 대시인 백낙천白樂天은 '자오야제慈烏夜啼'란 시에서 '자오부자오慈烏復慈烏 조중지중삼鳥中之曾參'이라 했는데 풀이하면 '까마귀여 까마귀여 새 중의 증삼이로다'라는 뜻이다. 여기서 증삼은 증자曾子를 말하는 것으로 증자는 천하의 대효大孝였다.

돼지만 해도 그렇다. 인간들은 몸이 뚱뚱하면 돼지 같다 하고 뭘 맛있게 잘 먹어도 돼지처럼 먹는다 하는데 오해하지 말라. 돼지는 자기 위胃가 60%만 차면 더는 먹지 않는다. 인간들처럼 미련하게 과식하고 소화제 먹는 따위의 우를 범하지 않는다. 그리고 돼지는 또 그 새끼들이 어미젖을 먹을 때 자기가 빨던 젖이 아니면 절대로 다른 젖은 빨지 않는 지절志節이 있다. 이래도 개돼지 같은 놈이니 뭐니 하겠는가? 어찌 개돼지뿐인가. 저 명明나라 때의 학자 양신楊愼은 벌을 가리켜 벌은 임금(여왕벌)을 받드는 군신의 충 忠이 있고, 까마귀는 어버이를 섬기는 효가 있으며, 닭은 불러서 모이를 같이 먹는 붕우朋友의 정이 있고, 기러기는 절개를 지키는 부부의 별別이 있다 했다. 그런가 하면 육운陸雲이라는 학자는 또 '한선부서寒蟬賦序'에서 매미의 오덕五德을 기렸는데 첫째 매미는 머리에 반문班文이 있으니 그것은 문 文이요, 둘째 이슬만 마시고 사니 그것은 청 淸이며, 셋째 곡식을 먹지 않으니 그것은 염廉이요, 넷째 집을 짓지 않고 사니 그것은 검 儉이다. 그리고 마지막 다섯 번째가 계절을 지키고 사니 그것은 신 信이다 라고 했다. 그래서 매미는 깨끗한 이슬만 먹고 산다하여 명선결기鳴蟬潔飢라 한다.

자, 보라!

말 못하는 금수, 하잘것없는 미물도 이렇듯 제 길을 가고 제 할 바를 지켜 한 치의 어긋남도 없는데 어찌 이 세상 온갖 만물 중에 제일이라는 사람이 사람의 길을 못 가고 사람의 도리를 못한 채 하늘 무서운 짓을 능사로 삼는가. 서당에 가면 천자문 다음으로 배우는 것이 아이들이 먼저 익힌다는 동몽선습童蒙先習이다. 이 책에 보면 첫 머리에

천지지간天地之間 — 하늘과 땅 사이

만물지중 萬物之衆 — 만물 가운데 유인唯人이 최귀 最貴하니

　　　　　　　　— 오직 사람이 가장 귀하니

소귀호인자所貴乎人者 — 그 귀한 바 사람이란 이귀유오륜야以貴有五倫也라 오륜이 있기 때문이다. 라고 돼 있다.

그렇다. 삼라만상 중에 가장 귀한 것은 사람이다. 사람이 만물 중에 가장 귀한 것은 사람으로 마땅히 지켜야 할 도리가 있어서이다. 한데도 이런 사람이, 그리고 인명이 언제부터인가 가장 천한 존재가 되고 말았다. 기막힌 일이 아닐 수 없다.

그렇다면 왜 이런 현상이 생겨났는가. 사람으로 마땅히 지켜야 할 도리를 저버렸기 때문이다. 인간으론 당연히 행해야 할, 인도人

道를 벗어났기 때문이다. 눈을 들어 천지 사방을 한 번 보라. 귀를 세워 전후 좌우의 소리를 한 번 들어보라. 사람이 사람을 속이고, 사람이 사람을 해치고, 사람이 사람을 모략하고, 사람이 사람을 중상하고, 사람이 사람을 증오하고, 사람이 사람을 저주하다 끝내 죽이기까지 하는 이 몸서리쳐지는 인간 군상을. 친구가 친구를, 아내가 남편을, 남편이 아내를 살해하고 아무 이유 없이 묻지 마 살인으로 불특정 다수를 마구 살해하는 이 끔찍한 참담무비의 인간 세상을.

하지만 어디 또 이뿐인가. 앞에서도 말했지만 하늘같은 부모님, 그 가없는 은혜 못 갚는 풍수지탄風樹之嘆도 망극한데 어찌 자기를 낳아 먹이고 입히고 재우고 가르치고 혼인까지 시켜준 부모님을 버리고 때리고 시해까지 하는가.

내 이 말만은 안 하려 했지만 이왕에 말이 났으니 토설해 버리겠다. 이게 무엇인가 하면 차마 입에 올리기조차 민망한 부녀간父女姦과 모자간母子姦이다. 이 이야기도 서당에 공부하러 오는 이들이 쉬는 시간에 주고 받는 말을 들어서 안 것인데 이들은 평소 행실이 점잖을 뿐만 아니라 사회적으로도 대우 받는 처지여서 한 사람은 대학교수요 한 사람은 중견회사의 간부여서 믿을 만했다. 먼저 대학교수의 말은 친아버지와 친딸 간의 상피相避로 딸은 올 해 열여덟 살의 여고 2년생인데 딸이 여중 2학년이던 열다섯 살 때부터 아버지가 범해 몇 번이나 죽을까 하다 뜻을 이루지 못했다는 것이다. 아버지는 아직 한창인 40대로 엄마만 집에 없으면 술을 마시고 딸을 괴롭혀 그때마다 아버지를 죽이고 자신도 죽을까 했지만 그것도 마음뿐이었다 했다. 그런데 딸이 그만 공황장애와 정신착란에 걸려 다 죽어간다 했다.

　다음은 중견회사 간부의 말로, 그는 모자간의 상피를 말했다. 어머니는 남편이 없는 과부로 역시 40대라 했다. 아들은 대입 재수생으로 혈기 왕성한 스무 살의 청년이었다. 어머니는 어느 날 공부하는 아들방에 간식을 들고 갔다가 그만 못 볼 것을 보고 말았다. 아들이 수음에 한창 열중하고 있었기 때문이다. 이 광경을 본 어머니는 순간 저것이 끓어오르는 욕정에 얼마나 견딜 수 없으면 저러랴 싶은 안쓰러움에 자신도 모르게 아들의 욕구를 채워줬다 한다. 그런데 이게 그만 빌미가 돼 모자는 거의 매일이다시피 관계를 했고 그러다 보니 다시는 헤어나지 못할 나락으로 떨어졌는데 이 어머니도 앞의 경우처럼 공황장애와 정신착란에 걸렸다는 것이다. 그러나 이와 유사한 상피는 부녀 사이나 모자 사이 말고도 많아 의붓아버지가 의붓딸을 범하고 삼촌이 조카딸을 추행하고 형수와 시동생이 상간하고 친오빠와 친여동생간의 상피도 있다 했다. 그러니 형부와 처제, 스승과 제자, 사장과 여비서, 상사와 부하 여직원 간의 통정이야 더 많을 게 아니냐 했다. 상황이 여기에 이르고 보면 갑남을녀의 간부姦夫나 간부姦婦가 혼외정사로 벌이는 간통쯤이야 다반사가 아니겠느냐는 거였다.

인간들이여!

천지 조판 이래 만물의 영장이라 자처하며 잘난 척 뻐기는 인간들이여! 그리하여 도리와 정도正道를 독판 찾고 염치와 예절도 독판 찾는 이중인격의 야누스들이여!

그대들은 저 18세기 영국의 역사가 기번Gibbon이 쓴 '로마제국 쇠망사'를 읽었는가? 안 읽었으면 이 기회에 읽어두기 바란다. 기번은 그 책에서 이런 말을 한 바 있다. '로마는 건전한 사람들에 의해 건설되고 불건전한 사람들에 의해 망했다'라는.

내 끝으로 당부하노니 인간들이여, 똥개의 말이라고 무시해 허투루 듣지 말고 잘 새겨듣기 바란다. 삼강오륜을 철저하게 잘 지키는 개의 말이니 잘 듣지 않으면 당신들은 정말 인간도 아니다. 첫째로 당신들은 사람과 그 인명을 최고로 귀하게 여기는 정신을 가져야 한다. 이 세상에 생명보다 더 소중하고 귀중한 게 어디 있는가. 둘째, 부모님께 효도하고 어른을 잘 공경하라. 당신들도 미구불원 늙을 테니까. 셋째, 자기 언행에 책임을 지고 어떠한 경우에도 약속은 반드시 지켜라. 약속은 그 사람을 가늠할 수 있는 잣대이니까. 넷째, 남을 속이거나 이용하려들지 말고 항상 정직하고 성실하라. 그리고 바르고 옳음이 아니면 좇지 말라. 이를 좌우명으로 삼는다면 처음에는 손해를 보는 듯해도 마침내는 그 반대가 된다. 다섯째, 하늘은 언제 어디서고 당신들이 하는 일을 지켜본다는 것을 잊지 말라. 하늘은 마음만 먹으면 하지 못하는 일이 없는 무소불위 無所

不爲이요, 무엇이든 못하는 것이 없는 무소불능無所不能이요, 이르지 않는 데가 없는 무소부지無所不至다. 그리고 있지 않는 곳이 없는 무소부재無所不在에 모르는 것이 없는 무소부지無所不知다.

자, 이런데도 당신들은 지금처럼 함부로 막 살아 세상을 끝장 볼 것인가, 아니면 내 말 대로 살아 강구연월의 격양가소리 들으며 태평성대를 누릴 것인가. 이는 전적으로 당신들 마음먹기에 달렸지만 지금으로 봐서는 아무래도 끝장에 가까우니 큰일이다.

오, 통탄할지고!

망년우 忘年友

망년우 忘年友

<hr />

    나이를 초월해 사귀는 벗을 망년우忘年友 또는 망년교忘年交라 한다. 이는 망년지우忘年之友나 망년지교忘年之交의 준말로, 글자대로 풀이하면 나이를 잊은 벗이라는 뜻이다. 그러니까 나이 따위는 구애 받지 않고 허물없이 사귀는 벗을 망년우라 일컫는다. 하지만 말이 쉬워 망년우지 나이가 몇 살 위도 아니요 자그마치 여남은 살 위거나 스무남은 살 이상 위라면 아무리 망년우로 허교許交한다 할지라도 나이 적은 입장에서는 여간 어렵질 않아 일거수 일투족이 조심스럽다.

    그렇잖은가.

    생각해 보라. 우리 한韓민족은 자아시自兒時로 유교사상이 뿌리 깊이 박혀 있고 또 이것이 유전자로 자자손손 내려와 나이 차이가 다섯 살까지는 견사지肩事之라 하여 벗으로 지내지만 나이가 열 살만 많으면 형사지兄事之라 하여 형님처럼 섬긴다. 그리고 나이가 스무남은 살 차이가 나면 부사지父事之라 하여 아버지처럼 섬겨야 함이 불문율의 관습법이다. 그렇기 때문에 막 돼먹은 불상놈이나 상종 못할 만무방 또는 구나방이라면 몰라도 예의범절을 알고 도의 강상綱常을 지키는 사람이라면 망년우란 힘든 일이어서 여간한 이해심이나 늘품성이 아니고는 몇 십 년의 나이 차이를 극복, 망년우되기가 어려운 일이다. 그러므로 나이에 구애 받지 않고 사귀는 망년우란 첫째 마음이 협협하고 늡늡해 잘 통하고 뜻이 맞는 의기투합이 제일이어서 의견의 불일치가 없어야 한다. 그러려면 두 사람이 서로 마음이 잘 맞아야 하는데 이게 보통 어려운 일이 아니어서 의견의 일치가 대단히 힘들다.

가령 이렇다. 어떤 문제를 놓고 한 사람은 이렇게 하자 하는데 다른 한 사람은 저렇게 하자 한다든지, 한 사람은 이것이 옳다고 주장하는데 다른 한 사람은 저것이 옳다 우기며 갑론을박 한다면 어떻게 되겠는가. 이리 되면 외손뼉만으로는 소리가 나지 않는 고장난명孤掌難鳴이 돼 의견 일치가 될 수 없다. 때문에 나이를 초월한 망년우는 첫째도 의기투합이요 둘째도 의기투합이다. 아니 의기투합만이 아니어서 추임새까지 곁들여져야 할 일이다.

그렇다면 추임새란 또 무엇인가? 추임새란 조흥사助興辭 혹은 조흥구助興句라 하여 판소리에서 고수가 창하는 이의 흥을 돋우기 위해 중간 중간 '얼씨구' '좋다' '암' '그렇지' '그렇고말고' 하는 따위의 보비유를 넣는 행위로 창에서는 반드시 있어야 할 불가결한 행위다. 그러니 이 메마르고 삭막하고 황량하고 부라퀴 같은 세상에 나이를 뛰어 넘어 사귀는 망년우가 있다는 것은 창에서 보비유 추임새를 넣는 것만큼 중요한 일이요 축복받은 일이다. 정자를 과전 瓜田에 세우면 원두막이 되고, 길가에 세우면 쉼터가 되고, 산수 간에 세우면 누樓나 대臺나 각閣이 되듯 사람도 문자향文字香 서권기書卷氣가 풍겨 어느 지경에 이르면 만나는 데가 시詩가 되고 부賦가 되고 운韻이 되고 율律이 된다. 그리고 끝내는 수창酬唱에 이른다. 이러면 이런 경지의 의기투합한 망년우가 어찌 근사하지 않을 수 있겠는가.

나는 이런 망년우가 계셨다. 그 분은 나보다 춘추가 자그마치 25년이나 높아 아버지뻘 되시던 시인 서번 박재륜西藩 朴載崙 선생님이신데 선생님은 아호를 국초菊初, 국사菊史, 서번西藩 이렇게 세 개를 가지고 계셨다. 초년엔 국초, 중년엔 국사, 말년엔 서번으로 즐겨 쓰셨다. 그래 나도 서번 선생님으로 더 많이 쓰기 시작했다.

그럼 이제부터 서번 선생님에 대해 말해볼까 한다.

서번 박재륜 선생님은 앞에서 말했듯 시인이신데 풍모가 아주 멋진 옥골선풍玉骨仙風이셔서 누구나 부러워 할 만큼 잘 생긴 분이시다. 나는 이런 선생님을 뵐 때마다 풍채는 두목지杜牧之에 문장은 소동파蘇東坡요 글씨는 왕희지王羲之 같다는 착각에 빠지곤 한다. 선생님은 충주 남한강반의 가흥可興이란 곳에서 태어나 이곳에서 어린 날을 보내시다 서울 휘문고보로 유학, 그곳에서 당대 제일의 국문학자이자 시조시인이시던 가람 이병기李秉岐선생으로부터 문학에 대해 많은 영향을 받아 약관이던 1920년대 말 시단에 등단, 당시 한국시단에 대두되었던 주지 주의적 모더니즘 문학이론을 배경으로 작품 활동을 시작하셨다. 그러시다 1940년 이후 시단에서 침묵 1958년에 다시 시필을 잡아 '궤짝 속의 왕자'(1959년) 메마른 언어(1969년) '전사통신田舍通信'(1972년)을 내놓으셨고 뒤이어 시집 '인생의 결을 지나면서'(1982년) 수상집 '천상川上에 서서'(1982년) 서번 시문집 '고원高原의 풀밭'(1986년) 시집 '설령雪嶺 높은 마루'(1987년) 등을 내놓으셨다. 선생님이 태어나신 남한강반 가흥은 교통이 불편하던 시절 창艙이 있던 곳이어서 소금 곡식 피륙 등 생활용품을 서울로 실어가고 실어오던 장삿배가 들고나던 창이어서 한 때는 제법 은성하던 곳이었다. 게다가 경관도 빼어나 멀리 나갔던 돛단배가 돌아오는 원포귀범遠浦歸帆에 평평한 모래펄에 기러기 떼 날아와 앉는 평사낙안平沙落雁이며, 흰 백사장에 그림이듯 들어선 푸른 소나무 청송백사靑松白沙는 가히 시인 묵객과 함께 활수 잡색까지 번다히 팔로모산八路募散했을 만한 곳이다. 그래서 선생님은 고향 가흥을 '고향도회故鄕圖繪-남한강-이란 시에서 이렇게 노래하셨다.

그 옛적 고려와 조선조
뱃길이 발달하였다는 이 물줄기에
오늘은 다만 글자와 화상 뭉개진 조상彫像만 남았고
곡식과 소금이 오르내리던 장삿배의
그림자는 그치었다
지난 한 때는 공산군과 대진對陣하여 총탄과 포화가 서로 맞
서던 곳
예 있던 집 간 곳 없이
주추만 남은 빈자리에
지금은 배추꽃이 한창이다
원포遠浦에는 돌아오는 돛단배도 있었다면
평사平沙에는 기러기 짝지어 내려앉음도 있었으리
마음에 그려보는 부조父祖의 멋
내가 그 멋을 아무렇지도 않게 지내 듯
강물이 흐른다
내가 오늘을 목메어 하듯
흐르는 강물이 바위를 넘는다.

선생님은 젊은 한 때 서울과 일본과 북관北關 등에 20여 년 두류
하시다 불혹지년에 환고향 하신 후 교육과 시작詩作에 몸을 바치셨
다. 그때의 심정을 선생님은 이렇게 술회하셨다.

'도시가 비만해지고 전원田園이 헐벗었다지만, 그래도 우리를 낳
아주고 키워주고 메마른 정서를 다시 불러 일으켜 주는 곳이 있다
면 그곳은 바로 전사田舍요, 강촌江村, 야취野趣와 산정山情이 깃들인

곳. 펼쳐진 들에 우연히 있겠는가. 보리와 밀이 자라나는 진실 앞에 어찌 얕은 재주와 언어의 유희遊戲가 있겠는가. 산의 의연毅然함은 오늘만의 모습은 아니리라. 강이 도도滔滔 함은 어제만의 소리도 아니리라. 강산은 동강나고, 전사田舍는 메말라졌다 해도 정서情緖는 내일에도 살아남는 것. 그리고 너와 나를 손잡게 하는 것. 그래서 그리움이 생기는가보다.

　<두고 온 산하山河>

　<잊혀진 전가田家>

　그런 곳들이 나의 마음을 몹시도 잡아 흔드는구나!

　이런 귀거래사歸去來辭를 남기고 낙향하신 선생님은 중고교 교사, 교장, 군교육구郡敎育區 교육감을 거쳐 국민학교(요즘의 초등학교) 교장으로 퇴임하셨는데 나는 선생님이 퇴임하시자 사흘이 멀다 뵈면서 인생에 대해 문학에 대해 많은 것을 배우고 영향을 받았다. 이 중에서도 선생님이 달랫강과 남한강이 합류하는 합수머리의 달천達川 초등학교에 교장으로 재직하실 그 한 해 여름은 내가 평생을 두고 잊을 수 없는 그리운 날의 삽화였다. 그 해 그러니까 1972년도의 여름을 나는 온전히 선생님 댁 교장관사에서 보내며 글을 썼다. 그때 쓴 글이 단편 '용냇마을 이야기'와 '그해 여름'이었다. 교장 관사는 학교 옆 과수원 안에 있었는데 나는 선생님이 출근하시면 마당가 소나무 밑 들마루에 나앉아 글을 썼고 선생님이 퇴근하시면 낭자한 풀벌레 소리와 함께 쏟아질 듯 현란한 밤하늘의 별을 바라보며 이야기꽃을 피웠다. 이야기가 어느 날은 이 李 두 杜 한韓 백白이 주조를 이뤘고 어느 날은 정靜 퇴退 율栗 송宋이 주조를 이뤘다. 여기서 이, 두, 한, 백이란 저 유명한 이백李白과 두보杜甫와 한유韓愈와 백낙천白樂天을 말함이며, 정, 퇴, 율, 송은 정암 조광조 靜庵 趙光祖, 퇴계 이황退溪 李滉, 율곡 이이栗谷 李珥, 우암 송시열尤庵 宋時烈을 말함이다. 그런가 하면 선생님은 또 어느 날은 1930년대 시단에 한창 대두되던 주지주의적主知主義的 모더니즘에 대해 말씀 하셨고 교우하시던 문사 이상李箱 김광균金光均 김기림金起林 이한 직李漢稷 조지훈趙芝薰 장만영 張萬榮 최재서崔載瑞 제씨와 춘원 이광 수春園李光洙 육당 최남선六堂 崔南善 금동 김동인琴童 金東仁등 명과 실이 상부한 당대 최고의 문사에 대해 말씀하셨다. 그런가 하면 선 생님은 또 울프와 조이스, 말라르메와 보들레르에 대해서도 말씀 해 주셨고, 영시英詩는 박술음朴術音 선생, 미술은 장발張勃 선생한 테서 배웠노라 자랑하셨다.

선생님이 계시는 이곳 달천은 속리산에서 발원하여 괴산을 거쳐 수주팔봉을 감돌아 흐르는 달랫강과 오대산이 수원이 돼 영월 단 양을 지나 충주 앞을 흐르는 남한강이 서로 합치되는 이른바 합수 머리 근처에 자리 잡고 있었는데 이 합수머리, 즉 달랫강과 남한강 이 합류하는 곳 지호지간에 탄금대彈琴臺라는 곳이 있었다. 이 탄금 대는 저 유명한 대가야국의 악성樂聖 우륵이가 신라 청년들에게 가

양고를 가르쳐 주던 유서 깊은 곳이다. 뿐만 아니라 임진왜란 때 신입 장군과 김여물 종사관을 비롯한 수많은 장졸들이 최후의 배수진으로 왜적과 싸우다 강물에 몸을 던져 장렬히 전사한 곳으로 유명하다. 그러나 지금은 이 탄금대가 시립공원으로 지정돼 문화관을 위시해 야외 음악당, 반공탑 충혼탑, 육각정, 노래비(이 고장 출신의 항일 동요시인 권태응의 노래비)등이 있고 울창한 송림 사이로 내려다보이는 강안江岸의 풍경은 일품이어서 두률杜律의 '곡강曲江'을 연상케 한다. 옻갓이라는 칠금漆琴마을을 휘돌아 흐르는 강물은 영락없는 두보杜甫의 청강일곡포촌류清江一曲抱村流에 장하강촌사사유長夏江村事事幽란 시 '곡강'을 닮았기 때문이다.

생각해 보라.

'맑은 강물 한 굽이 마을 안고 흐르니

긴 여름 날 강마을이 일마다 그윽하다'는 시 곡강. 이런 날 밤이면 선생님은 "여보게 운촌耘村. (운촌은 나의 아호)"하며 소년처럼 해맑게 웃으신다. 이때는 영락없이 달이 밝고, 풀벌레 소리가 낭자하고, 반딧불이가 어지러이 날아다니고, 건넛산 어디선가 부엉이가 부엉부엉 하고 우는 날이다.

"예, 선생님!"

내가 대답하며 선생님을 쳐다보면

"어떤가? 달이 저리 밝으니 우리 수작酬酌 한 번 함이."

선생님이 벽공에 걸린 달을 쳐다보며 주안상을 내놓으신다.

"오늘이 보름쯤 될 게야. 이백은 대작할 자가 없어 월하독작月下獨酌을 했다지만 우린 대작할 수 있으니 수작을 함세"

선생님은 오늘 밤 교교한 달빛이 만건곤滿乾坤함을 미리 알고 주안상을 준비하신 듯했다.

"예, 선생님!"

"운촌, 저 달을 좀 보게나. 저 달은 월무족이보천月無足而步天이라, 발이 없어도 하늘을 걷잖나"

선생님이 달을 쳐다보며 말씀하셨다.

"그렇습니다. 하지만 어찌 달 뿐이겠습니까. 풍무수이요수風無手而搖樹라, 바람은 손이 없어도 나무를 흔들지 않습니까. 선생님!"

내가 수창을 하자 선생님이 무릎을 치시며

"옳거니 거참 기막힌 절구로구만!"

선생님이 두 팔을 벌려 달을 감싸 안으시며 파안대소를 하셨다. 그런데 이때 난데없이 택시 한 대가 사택 밖에 멎더니 이내 훤칠한 사나이 두 사람이 이쪽으로 뚜벅뚜벅 걸어오는 게 아닌가.

누구일까? 누가 이 한밤에 택시까지 타고 왔을까. 정체는 이내 드러났다. 시내 N고등학교 최성렬崔星烈 교장과 양태전梁泰鱣 교감이었다.

"아이구, 이거 웬일들이십니까. 이 밤에"

내가 평상에서 내려서며 그들을 맞자

"여어, 안녕들 하십니까? 아, 제가 존경하는 박 시백詩伯님과 강

작가님을 뵈러왔지요. 허허허!"

최 교장이 그 특유의 호탕한 웃음을 껄껄 웃더니

"참 멋진 밤입니다. 이 멋진 밤을 어이 그냥 넘길 수 있습니까. 그래 왔지요. 멋쟁이 두 분을 찾아서 말입니다." 하고는 갖고 온 술을 내놓았다. 술은 죠니워카였다. 우리는 권커니 잣거니 술을 마셨다. 술을 본시 잘못하는 나는 죠니워카 반잔에 홍당무가 되었다.

"자, 우리 노래 부릅시다. 토셀리의 세레나데"

최 교장이 노래를 부르기 시작했다.

"사랑의 노래 들려온다. 옛날을 말하는가 기쁜 우리 젊은 날
…….""

그는 이런 분이었다. 그런데 그런 그가 얼마 후 청주 여고 교장으로 전근이 되고 말았다. 그는 충주를 떠나면서

"이거 두 분(서번 선생님과 나)이 눈에 밟혀 어떻게 떠납니까. 이별만은 못할 일입니다."

하고는 눈을 섬뻑거렸다. 이런 그와 함께 있어서인지 양 교감 또한 헌거로운 쾌남아였다. 그는 우선 몸부터가 기골차 씨름깨나 하게 생겼는데 그의 일거수일투족이 또 기골 못지않게 정열적이다. 그는 본디 수의학을 전공했는데 전공과는 전혀 무관한 교육에 정열을 쏟고 있으니 엉뚱한 데가 있는 이다.

청주 여고 교장으로 전근을 간 최 교장은 얼마 후 청주시 교육장이 되었고 교육장이 된 얼마 후 충청북도 교육감이 된 로맨티스트

였다. 그는 멋이 있고 낭만이 있고 풍류가 있고 해학이 있고 골계가 있고 위트가 있었다. 그는 음악에 대한 조예가 깊어 방송에서 클래식 해설을 했고 문학에 대한 조예도 남달라 세계문학전집을 통독했으며, 미술에 대해서도 전문가적 경지에 이르러 미술평도 쓴 바 있다. 이런 그는 술을 좋아해 대낮에 술을 마시면 운치가 없다면서 창에 시커먼 천을 치고 술을 마셨다. 술은 어두워야 맛이 나지 밝으면 술맛이 안 난다는 게 그의 지론이었다.

이런 그는 내가 글을 탈고하거나 새로 신간이라도 나오면 나를 찾아와 어깨동무를 하고 시내서 4Km밖 십 리 허에 있는 달천의 서번 선생님 댁으로 갔다. 동요와 가곡을 부르면서…….

작품 단편 '용냇마을 이야기'와 '그해 여름'을 탈고하자 나는 질곡에서 해방된 기분이었다. 그 사이 장마가 져 집필이 좀 빨랐던 것이다. 장마로 살인적인 더위를 별로 느끼지 못해 글을 빨리 쓸 수 있었기 때문이었다.

그런데 이 무슨 예기치 못한 청천벽력인가. 며칠 간 비가 그쳐 장마가 끝나는가 했는데 생게망게 하게도 다시 장마가 시작돼 비를 억수로 퍼부어댔다. 안 그래도 오랜 장마에 땅이 물을 먹을 대로 먹어 조금만 비가와도 물이 홍수가 되고 물마가 되고 시위를 이뤄 산지사방에 개심이 터져 물 천지인데 여기다 또 눗날 드리듯 비를 퍼부어대니 일은 난 일이었다. 남한강은 영월 영춘 단양 쪽 상류에서

비가 많이 와 개력을 이뤘고 달랫강은 속리 괴산 수주 쪽의 상류에서 비가 많이 와 홍수를 이뤄 남한강과 달랫강이 만나는 지점 합수머리와 요도천이라는 개울물이 합쳐 무서운 기세로 들판을 잠식, 학교를 향해 점령군처럼 쳐들어왔다.

"선생님, 이러다간 학교가 위험하겠습니다. 이 사택까지두요."

나는 산이라도 집어삼킬 듯 사납게 쳐들어오는 시뻘건 너울을 바라보며 발을 동동 굴렀다.

"이 사람아. 지금 사택이 문젠가? 우선 교무실의 중요한 서류부터 빈 교실로 옮기세."

물은 파죽지세로 불어났다. 이제 물과의 거리는 몇 백 미터에 불과했다. 그런데 문제였다. 학교가 방학 중이어서 사람은 일직 교사한 사람뿐이었다. 우리(선생님과 일직교사와 나)는 눈이 동그레졌다. 그러나 어쩔 도리가 없었다. 이 분초를 다투는 초미지급에 사람이 없다고 한탄한 채 수수방관 할 수가 없었다. 우리는 교무실의 주요 서류를 빈 교실로 옮기기 시작했다. 아, 그러나 어쩔거나. 서류를 반도 옮기기 전에 물은 벌써 학교 운동장까지 들이닥쳤다. 우리는 사생결단의 복서처럼 필사적으로 덤벼들었다. 그런데도 비는 더 세차게 쏟아지고 있었다. 누가 이기나 어디 한 번 해보자는 듯.

얼마를 죽기 기를 쓰고 서류를 옮겼을까. 교무실의 중요한 사류를 얼추 옮겨놓고 교실의 문을 닫아걸었을 때는 운동장은 이미 완전히 파묻혀 어디가 어딘지 분간할 수가 없었다. 기가 찬 일이었다. 우리는 곧 사택으로 달려갔다. 그리곤 아무 것이나 주워들고 헤엄치듯 교실을 내왕했다. 홍수는 어느새 배꼽까지 올라와 있었고 설상가상으로 날은 이미 어두워지고 있었다. 우리는 더 이상 어쩔 수 없어 우선 홍수부터 피하고 보자 했다. 나는 민진 군(선생님의 막내 영식. 당시 초등학교 2학년)을 업고 나섰고 일직교사는 할머니(선생님의 노모 90객)를 업고 나섰다. 선생님은 단신으로 책 몇 권만 챙기셨다. 이때 사모님은 시내에 출타 중이셔서 안 계셨고 여중 3년의 따님 은희 양도 시내에 가고 없었다. 물은 목까지 차올랐다. 우리는 학교 앞 신작로(국도. 이 길도 이미 파묻혔다)를 건너 달천역(기차역) 안으로 갔다. 역에도 어느새 난민들로 북새통을 이루고 있었다. 우리는 빈 화차 안으로 올라갔다. 화차 안에도 사람들이 빼곡 들어차 있었다. 그러나 사람들이 없다 해도 오래 있을 수가 없었다. 물이 화차 안까지 들어왔기 때문이었다. 우리는 화차에서 내려 이번엔 역 앞 산으로 올라갔다. 어느새 산에도 수백 명의 난민들이 아비규환을 이루고 있었다. 비는 계속 줄기차게 쏟아졌다. 우리는(난민들 모두가) 비를 노박이로 맞으며 서로의 얼굴만 쳐다봤다. 이때 어느 난민한테서 라디오 소리가 들렸다. 난민들은 라디오 쪽으로 귀를 모으며 일기예보를 들었다. 비가 그친다는 예보는 없고 되레 영월 쪽의 남한강과 속리산 쪽의 달랫강 물이 더불어 유속이 빨라지는 추세니 남한강변과 달랫강변에 거주하는 주민들은 각별히 조심하라는 경고성 방송만 흘러나왔다. 그러자 여기저기서 집과 땅을 죄 잃었으니 이젠 꼼짝 없이 죽었노라 했고 어떤 이는 우리 애가 없어졌다며 울부짖기도 했다. 그리고 또 어떤 이는 하늘도 너무하잖아. 씨팔! 대관절 사람을 죽이자는 거여 살리자는 거여 하며 하늘에다 팔뚝욕을 하기도 했다. 그래도 하늘은 여전히 비를 쏟고 있었다.

날이 샌 다음 날 아침.

1972년 8월 20일.

하늘은 언제 비가 왔느냐는 듯 활짝 갰다. 그러나 눈 아래의 세상은 부우연 물안개에 덮여 아무것도 보이질 않았다. 얼마가 지나서야 동쪽 계명산마루로 해가 솟았다. 그리고 또 얼마가 지나서야 안개가 서서히 걷히기 시작했다. 아, 그런데 이럴 수가. 눈 아래 펼쳐진 세상, 그것은 완전히 대해 大海였다. 대우방타大雨滂沱가 만들어 낸 노아의 홍수였다. 나는 그만 어이가 없었다. 집 하나 보이지 않는 대해. 그 대해 위로 신작로의 가로수 포플러가 한 뼘 정도 나와 있고 학교의 교사校舍는 고기의 등처럼 지붕만 거무티티 드러나 있었다. 운동장엔 아직도 물이 바다를 이루고 있었다. 나는 학교 교문 앞에서 사택을 바라봤다. 사택은 반나마 부서진 채 앙상하니 잔해만 드러났다.

그런데 저건 뭔가? 잔해만 앙상한 지붕 위엔 누렁이가 겁먹은 표정으로 끙끙대며 사방을 두릿거리고 있었다. 그것은 주인을 찾는 애처로운 모습이었다. 나는 "누렁아!"하고 놈을 불렀다. 그러자 놈은 이쪽을 흘깃 한 번 바라보더니 제자리 맴을 몇 번 돌고는 그만 물로 풍덩 뛰어들었다. 그리곤 이쪽을 향해 헤엄쳐 오기 시작했다. 그러나 털털거리던 선풍기와 앉아 놀던 평상은 찾을 길이 없었다.

선생님이 정년퇴임을 하시자 나는 거의 매일 선생님을 찾아뵈었다. 선생님은 정년을 비료공장으로 유명한 남한강반의 목행牧杏 초등학교에서 하셨는데 선생님은 퇴임을 하시자마자

"여보게 운촌! 자네 나랑 여행가세"

하시더니 서둘러 여행길을 독촉하셨다. 적이나 하면 사모님과 함께, 아니 당연히 두 분이 함께 가셔야 할 여행을 선생님은 굳이 나와 같이 가자하셨다. 내가

"선생님, 여행은 사모님과 함께 가셔야 합니다."

해도 선생님은 무슨 소리냐는 듯

"이사람 운촌! 집사람한테 못할 말도 자네한텐 할 수 있잖아. 자넨 내 망년우 아닌가, 망년우!"

이렇게 막무가내로 나오시는 선생님을 나는 어쩔 수 없이 모시고 온양 온천으로 여행을 떠나 2박 3일 동안 다방에서 차를 마시고 목로에서 술을 마시고 호젓한 길을 산책하고 시끌벅적한 시장 구경을 하면서 많은 이야기를 나누었다. 인생에 대해, 사랑에 대해, 문학에 대해 산다는 것에 대해. 그런데 제발 곤란한 것은 선생님이 담배를 태우실 때마다 나에게도 담배를 권하는 것이었다. 그러면

"예, 선생님!" 하고 담배를 받아야지 안 그러면 "자넨 내 친구 아냐. 친구 간에 담밸 안 피우다니. 자넨 내 망년우 아닌가 망년우!"하고 삐치신다. 그래 할 수 없이 담배를 받아 태우는데 아무래도 반지빠르다 싶어 맞담배질을 못한 채 고개를 돌려 태운다. 하지만 이는 처음에 비하면 아주 편해 견딜 만했다. 그런데 선생님을 처음 뵈었을 땐 숫제 벌을 받는 기분이었다. 왜냐하면 선생님을 처음 찾아뵙고 (1965년 경) 월여 쯤 지나자

"운촌, 나랑 친구하세. 나이를 잊은 망년우忘年友로서의 문우文友말일세."

하시더니 담배를 내놓으셨다. 나는 기절을 하다시피 놀라 손사래를 쳤지만 선생님은 자네가 내 앞에서 담배를 안 태우면 친구가 아니라며 손수 담배에 불을 당겨주셨다. 나는 화들짝 놀라 자리를 일어섰지만 선생님은 빙긋 웃으시며

"그 어쩨 글을 쓴다는 사람이 도덕군자 같은가. 내가 자네와 친구 됨을 허교許交하니 괘념 말고 태우게."

선생님이 연기가 피어오르는 담배를 내 손에 들려주셨다. 할 수 없었다. 나는 담배를 받아 벌 받는 기분으로 돌아 앉아 끽연을 했다.

이렇게 해서 선생님 앞에 담배를 태우게 된 나는 매일 아침 아홉 시면 선생님을 찻집에서 뵙고 모닝커피(당시는 아침 일찍 다방엘 가면 계란 한 개씩을 서비스로 넣어주었는데 이를 모닝커피라 했다) 한 잔에 담배도 서너 대씩 태우며 한동안 이야기 했고 어떤 날

은 한나절 가까이 이야기꽃을 피우다 녹두전에 칼국수로 점심까지 나누고 헤어졌다. 이러고도 석양이 곱게 비끼거나 서녘 하늘에 노을이 살굿빛으로 곱게 물드는 날 박모薄暮가 되면 선생님과 나는 또 만나 시가지를 산책하고 서점을 들르고 찻집에서 커피를 마신다.

이런 선생님은 내 첫 창작집 '하느님 전 상서'가 나오자 당신 저서가 나온 것 이상 좋아하시며 '내가 아는 강준희 군'이라는 제하의 발문을 써주셨는데 인용하면 다음과 같다.

무릇 모든 작품행위가 다 어렵겠지만 그 중에서도 문학행위가 가장 어렵지 않을까 하고 나는 생각한다. 그 이유는 다른 어느 예술보다 말, 즉 언어의 수단을 빌어 나타내는 문학예술은 다른 예술에 비해 더 많은 소재 素材, 더 많은 시간, 더 많은 섭렵 涉獵, 더 많은 취재 取材를 해야 함에도 가난하기는 더 많이 가난하기 때문이다.

그렇다고 서구의 문명국들처럼 작가들이 최고의 명예의식이나 최고의 귀족인으로 대접 받는 것도 아니요 스웨덴처럼 단 한 권의 저서만 내놓아도 국가에서 1년에 4천불이라는 적지 않은 돈이 나와 생활에 보탬이 되는 것도 아닌, 아니 오히려 글을 씀으로 해서 소외 내지 경원까지 당하고 그러다간 필경엔 국외자가 되는 게 오늘의 우리네 실정이니 말이다. 헌데도 불구하고 이 모든 악조건에 도전, 작품을 쓰는 작가도 불무하니 우선 강준희 부터가 그 좋은 예다.

아는 분들은 다 알겠지만 강준희는 열정과 패기와 의지와 집념을 빼놓으면 아무것도 없는 젊은이다. 아니 열정과 패기와 의

지와 집념을 빼놓은 강준희는 생각할 수가 없다. 그런데도 그는 약하다. 마음이 약하다. 의지와 정신은 강한데 마음이 약하다. 그는 센티멘탈리스트요 니힐리스트다. 그리고 아이디얼리스트요 로맨티스트며 옵티미스트다. 그는 절망한다. 그는 껄껄거린다. 언제나 여유가 있다. 그리고 도도滔滔하고 도저到底하다. 돈은 있으나 옹졸하고 가난하게 사는 사람이 있고 가난은 하지만 넉넉하고 멋스럽게 사는 사람이 있다면 그는 후자에 속한다. 그는 안 해본 일이 거의 없다. 그는 언필칭 학력學歷이라는 것도 없어 국졸이 전부다. 그는 오직 독학으로 학력學力을 쌓은 실력가다. 내가 알기로 그보다 더 우여곡절이 많고 어려움을 많이 겪은 사람은 젊은이들 중엔, 특히 문단엔 별로 없는 것으로 본다. 그런데도 그는 용케도 버티며 잘도 이겨낸다. 누가 그의 얼굴에서, 그의 표정에서 그 기막힌 신산을 읽을 수 있으랴. 그런 속에서도 그는 공부를 한다. 잘은 몰라도 그는 아마 천권서는 족히 독파했으리라. 나는 여기서, 이런 점에서 강준희의 인간을 높이 산다. 그리고 집요한 인간 긍정의 사상이 깔린 강렬한 그의 문학을 믿는다.

그는 아부도 못하고 수단도 없다. 아부가 다 뭔가. 그는 원칙이 아니면 안 통하는 정통적 고집쟁이다. 강준희가 적당히 시의 時宜에 편승하고 요령 있는 속물로 살아왔다면 부자는 몰라도 집칸이나 마련하고 자가 자전거쯤은 넉넉히 타고 다닐 것이다. 그러나 그는 쉽게 사는 방법을 버리고 어렵게 사는 방법을 택했다. 생각하면 딱하고 안타까워 밉기도 하다. 그런데도 웬일일까. 하루만 못 만나면 보고 싶다. 그래 만나야 한다. 만나야 직성이 풀린다. 그는 말한다. 인간은 쓸개가 하나지 두 개가 아니라고.

　여보게 운촌!

　자네 호를 운촌耘村이라 했것다?

　운촌!

　자네 고집대로 살게나. 그리고 문학도 자네 고집대로 밀고 나아가게나. 자네 말마따나 인간은 쓸개가 하나지 두 개가 아니까 말일세.

1976년 10월

만리산하 萬里山下에서

서번 박재륜 西蕃 朴載崙

　내가 선생님을 며칠만 못 뵈면 견딜 수가 없어 선생님을 찾아가듯 선생님도 나를 며칠만 못 보시면 나를 찾아오신다. 어느 때는 내가 선생님 댁으로 가고 선생님은 내 집으로 오시다 서로 길이 어긋나 못 뵌 적이 한두 번이 아니다. 그리고 또 어느 때는 예기치 않게 길에서 선생님을 뵙고 깜짝 놀라기도 한다. 이때 나는

　"선생님, 어디 가십니까?"

　하고 여쭈면 선생님은 빙긋 웃으시며

　"운촌, 자네한테 가는 길이지. 헌데 자넨?"

　"저도 선생님께 가는 길이지요."

　"그래?"

　"예, 선생님!"

"허허 그것 참!"

이러면 우리는 가까운 다방으로 들어가는데 이런 일은 한두 번이 아니었다. 그때만 해도 관공서와 회사 다방 또는 큰 음식점이나 상점이 아닌 가정집엔 여간 잘살지 않으면 전화가 없어 볼일이 있으면 매번 걸어 다녀야 했다.

이러던 중 나는 어느 날부터 갑자기 바빠지기 시작했다. 생각지도 않은 일간지 C일보에서 장편 연재소설 청탁이 왔기 때문이었다. 나는 수락하고 연재를 하기 시작했다. '촌놈'이라는 제목의 장편이었다. 이 장편 연재소설은 원제가 '이단 異端의 성 城'이어서 처음 얼마간은 원제대로 하다가 '촌놈'으로 바꿔 연재했는데 자그마치 492회로 끝났다. 나는 이 연재물을 쓰는 동안 2~3일에 한 번씩 선생님을 찾아뵙고 며칠 분 연재물을 읽어 드렸고 그러면 선생님은 아주 좋아하셨다.

연재소설 '촌놈'이 끝나고 얼마가 지나자 이번엔 K일보에서 연재 청탁이 왔다. 나는 평소 구상해 놓았던 소설 '개개비들의 사계'를 연재했다. 이 연재물은 책 한 권 분량인 181회로 끝났다. 그랬는데 얼마 지나지 않아 J일보에서 또 장편연재 청탁이 왔다. 이번엔 '그리운 보릿고개'란 소설이었다.

이렇듯 바쁜 속에서도 나는 며칠에 한 번씩은 선생님을 뵈었고 그때마다 며칠치 연재물을 읽어드렸다. 그리고 선생님의 시문집 '고원 高原의 꽃밭' 출간에 발문을 좀 쓰라는 말씀에 외람되이 '한 마리 학 같은 당신 −서번西蕃선생 시문집 고원의 꽃밭' 상재에 붙여−란 제목으로 졸문을 썼다.

　송나라의 화정선생和靖先生 임포林浦는 서호西湖의 고산孤山에 띠풀집을 짓고 살면서도 20년 동안 저잣거리 한 번 나가지 않은 산장山長 일민逸民 은사隱士였다.

　그는 학문이 높고 인격이 고매할 뿐만 아니라 매사에 초연한 자세로 은일한 생활을 하면서도 평생을 독신으로 살면서 매화 아들과 학 아내로 유명한 이였다.

　그는 마당에 매화를 심어 그것으로 아들을 삼았고 우리檻에 학을 길러 그것으로 아내를 삼았다. 그러니까 곧 매자학처梅子鶴妻인 셈이다.

　그는 일찍이 두 마리의 학을 풀어놓으면 구름 속까지 날아올라 하늘을 유유히 선회하다 돌아왔다.

　임포는 배를 타고 서호의 여러 승지를 돌아다녔는데 이때 집에 손님이 와 임포를 찾기라도 하면 학들은 우리를 나와 하늘 높이 날아올라 임포에게로 왔다. 그러면 임포는 곧 띠풀집으로 돌아갔다. 학이 손님 온 것을 알렸기 때문이다.

　위에서 든 예는 중국 송나라 때의 은사 화정선생 임포에 대한 한낱 고사에 불과한 희적염훤喜寂厭喧으로 자연과 인간을 인아일시人我一視한 선적禪的 경지의 비현실적 이야기의 한 토막이다. 그런데도 웬일인지 서번 선생님을 대하면 문득 문득 화정선생 임포를 연상케 된다.

　어째서일까? 이는 두 말할 나위도 없이 당신의 속기俗氣 없으신 고결

한 인품과 외수外數 모르시는 고매한 인격에서 비롯되지 않았나 싶다.

그렇다.

당신을 뵙노라면 그 외모부터가 영락없는 한 마리의 학을 연상케 한다. 깨끗하신 풍모와 고아高雅하신 성품. 호랑이가 주려 죽어도 초식을 먹지 않고 봉황이 굶어죽어도 좁쌀은 쪼지 않는다면 학 또한 이와 다르지 않아 함부로 살지 않는다. 그러기에 학은 땅이 더러워 외다리로 서면서도 기품을 잃지 않고 야윈 몰골로도 사뭇 지고 至高의 기개 같은 것을 보여주지 않는가.

속기俗氣가 많으면 욕심이 생기고 욕심이 많으면 탐욕이 생겨 인간은 추하게 된다. 때문에 석가도 탐욕은 곧 불구덩이요 괴로움의 바다라고 했다. 그러므로 마음이 깨끗하면 거센 불꽃도 연당蓮塘이 되고 마음의 배는 피안에 이른다 했다.

내가 당신을 누구보다도 가까이 그리고 자주 모시며(아마 문단 전체를 통틀어 당신을 나만큼 잘 알고 또 자주 뵙는 이는 없을 것이다) 당신의 행行과 적跡을 하나하나 뵐 때마다 느끼는 소회는 당신은 천생 한 마리 학 같으시다는 느낌 바로 그것이다. 희수喜壽의 연세에 들어서신 지금까지 어렵게 사시면서도 세사와 손잡지 않으신 채 물외物外의 경지에서 결곡하게 사신 학 같은 기품의 소이연所以然이 아니고는 결코 안 될 일이다. 승관발재昇官發財의 환로宦路나 명철보신明哲保身의 처세를 함으로써 얻어지는 명리와 영달을 당신이라고 왜 모르셨을까만 생래生來가 한 마리 학으로 나신 당신은 그것 자체를 뜬 구름처럼 보신 채 오직 청명淸名 하나만을 지켜 은일隱逸의 숲에 묻혀 사셨다. 진정한 정의사회가 실현되려면 권력은 청권淸權이 돼야 하고 관계官界는 청관淸官이 나야하고 재계財界는 청부淸富

가 돼야하듯 진정한 문사라면 깨끗한 이름 청명을 얻어야 한다. 이것만이 문사에게 있어 가장 잘사는 길이요 재백財帛 관작官爵과 바꿀 수 없는 공명수죽백功名垂竹帛이다.

청장년의 한 때를 외지에서 보낸 당신이 지명에 가까워 고향 충주에 머무심도 세속적인 허명虛名 따위에 연연치 않은 한운야학閑雲野鶴의 증좌라 보아 마땅하다.

이제 희수를 맞으신 당신!

부디 강녕 보전하시고 미수米壽까지 아니 백수白壽와 기이期頤까지 강건하셔서 발칙한 저희 고장에 학 같으신 고결한 기품과 큰 어른 큰 스승으로 우뚝 서 계시면서 저희들로 하여금 우러름 받으시는 화정선생이 되시길 간절히 빕니다.

선생님!

당신은 저 청청한 소나무 위에 앉은 한 마리 고고한 야학이십니다.

1986년 8월
어초재 몽함실漁樵齋 夢含室에서
강준희姜晙熙 돈수頓首

이렇게 5~6년 동안 나는 정신없이 바빴다. 신문에 연재소설 쓰랴 각종 문예지에 청탁 원고(거의 단편) 쓰랴 매일 두 시간씩 아이템플이라는 학원(고입 및 대입)에서 강의하랴 몸이 몇 개라도 부족할 지경이었다. 지금은 이 도시에 학원이 수도 없이 많지만 그때는 이 도시에 고입 및 대입학원이 아이템플학원 하나뿐이었다. 나는 학원에서 하루 두 시간씩 국어를 가르쳤는데 고입 반은 국어와 한문, 대입 반은 국어 현대문 고문 한문을 가르쳤다. 이 바람에 선생님을 자주 뵐 수 없어 일주일에 한 번 일요일에 잠깐씩 찾아뵈었다. 이러는 사이 나는 해마다 저서(작품집)가 한 권씩 나왔고 어떤 해는 두 권씩 나오기도 했다.

　내가 J 매일의 논설 (상임)위원으로 위촉된 건 이 무렵이었다. J 매일은 도청소재지 C시에서 창간했는데 생각지도 않게 나를 상임 논설위원으로 위촉하고 싶다했다. 나는 생각해 보겠노라 하고 며칠의 장고 끝에 수락을 했다. 직필의 춘추필법春秋筆法과 직설의 동호지필董狐之筆로 추상열일秋霜烈日 같은 논설과 칼럼을 소신껏 한 번 써보고 싶어서였다. 나는 며칠 후부터 사설과 칼럼을 써서 이곳 지사에서 팩스로 본사 편집국으로 원고를 보내고 본사 논설 위원 실에는 일주일에 한 번 정도 나가 있다 오곤 했다. 이때 나는 이미 아이템플학원은 그만둔 다음이었다. 신문에 매일 사설이 나가고 일주일에 한 번씩 고정 칼럼이 나가자 얼마 후(아마 3~4개월 후부터였을 것이다) 이 단체 저 기관에서 강의 청탁이 오고 이 대학 저 대학에서 특강 의뢰가 와 눈코 뜰 새가 없어서였다. 게다가 나는 이때 운명과 같은 섭리에 의해 아내와 이혼을 하고(아이들 3남매도 함께) 혼자 밥해 먹고 빨래하고 설거지하고 청소하고 살 때여서 정신 차릴 수 없이 골몰했다. 이 문제에 대해서는 내 자전소설 '이카

로스의 날개는 녹지 않았다' 상, 중, 하 3권과 역시 자전소설 '땔나무꾼 이야기'에 자세히 설명돼 있어 여기서는 생략하거니와 하여간 나는 이때 말할 수 없는 고뇌와 번민과 골몰과 분망으로 심한 트라우마와 패닉상태에 빠져 있었다. 이런 속에서도 나는 글을 쓰고 책을 내고 사설을 쓰고 칼럼을 썼다. 그리고 강의를 하고 살림을 하면서 한눈 팔지 않고 꿋꿋이 살아왔다. 좌우명座右銘 '깨끗한 이름' 청명淸名과 사훈私訓 '하늘 무서운 줄 알자'를 철칙으로 지키면서.

이렇게 또 얼마가 지났을까. 누군지도 모를 유령인들로부터 한밤중에 공갈 전화가 걸려오고 협박 전화가 걸려왔다.

"당신은 도대체 얼마나 떳떳하고 깨끗하기에 독야청청하냐. 당신은 털면 먼지 안 나냐? 앞으로 조심하라."

뭐 이런 식의 협박 전화였는데 이를 안 지인들 중엔 "좋은 게 좋은 거잖아. 강하면 부러져. 그러니 좀……."

하는 이도 있었고 더러는 비겁하게 나를 경원하는 위인들도 있었다. 심지어는 신문사측에서도 가끔 내 사설과 칼럼을 읽고

"대단하시던데요? 역시 기개와 기백이 살아 있어요."

하는가 하면

"엄청나십니다. 전국의 어느 신문에서도 위원님과 같은 시퍼런 논설 칼럼은 없을 겁니다. 아찔아찔 합니다."

하기도 했다. 그러나 나는 내 식대로 썼다. 논객이 자기주장을 못 펴고 아세阿世로 글을 쓴다면 이는 혹세무민惑世誣民에 다름이 아니

어서 글을 안 쓰느니만 못하다 싶었다. 그러므로 논객이란, 그리고 신문이란 보도의 기능도 중요하지만 비판의 기능도 보도의 기능 못지않게 중요하다. 이것을 나는 척당불기倜儻不羈(뜻이 크고 기개가 있어서 남에게 얽매이거나 굽히지 않음) 정신이라 여겼다.

이렇게 또 얼마가 지나자 나를 폄훼하고 중상 모략하던 이가 점차 사라지고 대신

"야, 지금 세상에 강준희처럼 강직한 사람이 있으니 참 신기하다!"

"강준희 그 사람 초등학교 밖에 안 나왔다는데도 박학다식해 그의 칼럼을 읽으면 공부가 절로 돼 스크랩 하는 이가 많다더군. 안 해본 일 없이 밑바닥생활 다 하면서 죽을 고생을 했다는데도 때 하나 묻지 않고 깨끗하게 산다니 존경스러워"

"말 들으니 그 사람 돈과 권세에 타협하지 않고 독야청청 산다더군. 요즘 세상에 보기 드문 선비야!"

내가 말하는 것과 행동하는 것과 글 쓰는 것이 똑같다고 느끼자 사람들의 입에서 이런 말들이 나와 인구에 회자되기 시작했다. 어떤 이는 전화를 걸어 참으로 용기 있게 훌륭한 칼럼을 써주서서 감사하다 했고, 어떤 이는 내 집까지 일부러 찾아와 선생님 칼럼을 읽으면 십 년 묵은 체증이 다 내려간다며 융숭한 식사 대접까지 하고 가기도 했다. 그런가 하면 어떤 이는 또 그토록 강하게 정치와 권력, 부정과 부패를 비판하고 고발해도 괜찮으냐며 민주화가 되긴 된 모양이라고도 했다. 이후 나는 4백여 편의 칼럼 중 3백 편을 골

라 제1칼럼집 '껍데기', 제2칼럼집 '사람 된 것이 부끄럽다' 제3칼럼집 '너무도 아름다워 눈물이 난다'를 출간했다.

내가 선생님의 시비詩碑 건립을 생각한 건 이때였다. 나는 이때 문득 선생님의 시비를 해 세워드려야겠다 싶었다. 그것은 섬광 같은 생각이었다.

그래. 해 드리자. 내가 왜 진작 이 생각을 못했을까. 선생님 연세가 70세도 아니요 80세도 넘어 90을 바라보는 망구望九가 아니신가. 사람이 무슨 일을 기림에 있어 그 사람이 관에 들어 관 뚜껑을 닫기 전에는 그 사람을 평가할 수 없다하여 개관사시정蓋棺事始定이란 말이 생겼지만 그러나 이는 사안에 따라 얼마든지 다르다. 우선 선생님의 춘추가 90을 바라보는 망구시고 또 건강도 나쁘셔서 자주 병석에 누워 자리보전을 하시는 터에 나머지 인생이 욕될 게 무엇인가.

그래 세워드리자!

나는 이날부터 계획을 세워 가칭 '박재륜 선생 시비 건립 추진위원회'를 만들어 추진 위원장에 선생님과 교분이 두터운 이 고장 원로 의료인 이낙진박사(제중병원 원장)를 모셨다. 그리고 선생님의 제자 지인들을 찾아다니며 시비 건립에 대한 당위성을 설명하고 회합도 여러 번 가졌다. 그런 다음 내가 먼저 성금을 내놓고 모금운동에 나섰다.

모금한 지 4년여 만에 거금 7백여만 원을 모금, 이곳 시립체육관 앞 잔디 광장에 박재륜 선생 시비를 세웠다. 그날이 1993년 10월 13일이었다.

내 여기서 처음 밝히지만 선생님의 시비건립비는 시나 도의 지원금 한 푼 받지 않고 백퍼센트 순수한 성금 모금으로 이뤄졌다. 여기엔 당시 J매일신문 사회부장 최근배 씨(이후 충북방송사장 역임. 현재는 C시 시의원)의 도움도 컸다.

이날 선생님은 휠체어에 몸을 의지해 제막식에 나오셔서 내 손을 꼬옥 잡으신 채

"여보게 운촌! 자네가 자네가……."

하시며 말을 잇지 못하셨다. 나는 선생님의 이 말씀이 무슨 뜻인지 알 것 같았다. 그것은, 그렇다. 그것은 불립문자 不立文字요 교외별전 敎外別傳이었다. 그리고 천언만어 千言萬語였다.

선생님께서 하세下世하신 건 이로부터 8년 후 선생님 춘추 91세 때셨다. 2001년 5월 14일. 때는 화란춘성 만화방창의 호시절이어서 초목이 푸르고 햇빛 찬란히 눈부셨다. 선생님은 3일장으로 이곳 공원묘지에 묻히셨고 나는 하늘 무너지고 땅 꺼지는 천붕지괴 天崩地壞의 비통과 허무 속에 충격이 이만저만 아니었다.

선생님이 노환으로 오랫동안 자리보전하실 때 나는 며칠에 한 번씩 선생님을 찾아뵙고 몇 시간씩 말동무해 드리다 오곤 했지만

선생님이 떠나고 안 계시니 그립고 또 그리워 견딜 수가 없었다.

아, 이제 선생님은 영영 뵐 수 없는가? 그 학 같으시던 분, 그 멋진 풍모의 옥골선풍을 이제는 뵐 수 없단 말인가?

아니 디아!

(Anitya. 범어 梵語. 한문으로는 '阿儞怛也'라고 적으며 뜻은 '無常'이라 번역함. '덧없다'는 말로 사람의 마음과 세상의 온갖 현상이 시시각각 변해 그대로 있지 않음을 이름.)

그렇다. 세상사 진실로 아니디아로다.

그러기에 부처님도 화엄경華嚴經에서

생종하처래生從何處來

사향하처거死向何處去라 하여 '어디로서 와서 어디메로 가는고' 했을 터이다.

어찌 또 부처님뿐이겠는가. 어린 중이 세상을 떠나자 청허선사淸虛禪師는 화엄경의 구절을 본떠 '구름과 오더니만 달 따라 가 버렸네. 오고 간 그 한 사람 어즈버 어디 있나'하며

내여백운래來與白雲來

거수명월거去隨明月去

거래일주인去來一主人

필경재하처畢竟在何處라 했었다. 무상경無常經에도 말하지 않았던가.

'어두워 한 가지에 같이 자던 새

날 새면 서로 각각 날아가나니

보아라. 인생도 이와 같거늘

무슨 일 눈물 흘려 옷을 적시나'

중조동지숙衆鳥同枝宿

천명각자비天明各自飛

인생역여차人生亦如此

하필누첨의何必淚沾衣

　화엄경과 무상경을 생각하고 선사禪師들의 시구詩句까지 떠올려
도 나는 좀처럼 선생님을 잊을 수 없었다. 그래 다시 서산대사西山
大師의 제자 편양선사鞭羊禪師의 시 '본시부터 아무 것도 없는 것인
데, 기쁘고 슬프고가 어디에 있나?'의

본시무일물本是無一物에

하처기환비何處起歡悲를 생각하고

'삶이란 한 조각구름 일어남이요

죽음이란 한 조각구름 없어짐이라

뜬 구름 자체가 본시 실체가 없는데

삶과 죽음과 가고 오는 것 역시 이와 같다'는

생야일편부운기生也一片浮雲起

사야일편부운멸死也一片浮雲滅

부운자체본무실浮雲自體本無實

생사거래역여시生死去來亦如是를 생각하며 선생님과의

애끓는 그리움을 달랬다. 그러나 이 그리움은 좀처럼 달래지질 않

아 선생님이 돌아가신 지 13년이 된 지금까지(2014년 시점으로) 시도 때도 없이 생각나 선생님의 곡두(환영)가 보이고 환청이 들린다.

오, 선생님!

행여 제게 하실 말씀이 있으시면 꿈에서 하십시오. 현몽現夢으로 주십시오.

그런데 참 선생님!

저는 언제쯤 선생님을 뵐 수 있을까요? 언제쯤 선생님과 재회할 수 있을까요?

선생님!

선생님과의 망년우, 그 아름답던 시절이 사무치게 그립습니다.

어떤 풍경

어떤 풍경

풍경 1

　달호 씨는 오늘도 집 가까운 식당으로 점심을 먹으러 갔다. 달호 씨는 입맛이 없거나 반찬이 마땅찮으면 가끔 외식을 하는데 오늘은 혼자였다. 어떤 날은 서너 사람의 친지한테서 점심을 먹자고 전화가 걸려와 즐거운 고민에 빠지기도 하는데 이럴 때는 당연히 맨 먼저 전화한 친구와 약속을 한다. 그런데 오늘은 짜기라도 한 듯 한 사람의 친지한테서도 전화가 없다. 그러면 달호 씨 쪽에서 이 친구 저 친구한테 전화를 거는데 이럴 경우 대개는 선약들이 있어 허탕치기 일쑤다.

　달호 씨는 일주일이면 반나마 외식을 하는 관계로 점심 아닌 저녁은 혼자 외톨이로 독식하기 예사다. 달호 씨가 남들처럼 가정이 있어 끼니 챙겨줄 사람이 있다면 굳이 식당에서 저녁까지 사 먹을 필요가 없겠으나 혼자 사는 달호 씨는 요즘 말로 이른바 '독거노인'이다보니 밖에서 밥을 사 먹는 날이 많았다. 나잇살이나 먹은 늙은 이가 밥 하고 반찬 만드는 게 여간 귀찮고 성가신 게 아닐 뿐 아니라 궁상맞고 청승맞기까지 해 되도록 밖에 나가 매식을 한다. 그러나 예외라는 게 있다. 친지들과 식사 약속이 없거나 몸의 상태가 나쁘면 아이들 말처럼 '라보때'로 점심을 대강 때운다. 저 천구백 칠팔십년 대 대학 자취생들이 유행시킨 '라면으로 식사 보통 때우기'의 라보때 말이다. 그래도 달호 씨는 흔히 말하는 일건一健, 이처二妻, 삼재三財, 사사四事 오우五友 중에 두 번째 마누라가 없고 세 번째 돈이 없어 그렇지 첫 번째의 일건과 네 번째의 사사와, 다섯 번째의 오우는 그런대로 괜찮아 여기저기 아픈 데가 많은 회수의 나이에도 연단이나 강단에 섰다하면 120분 강의는 보통이다. 건강이 좋은 편이 아닌데도 달호 씨는 연단이나 강단에만 서면 물 만난 고기여서 산 진 거북이요 돌 진 가재가 된다. 달호 씨는 또 네 번째의 소일거리 사사도 심심찮게 있어 가끔씩 여기저기서 강의 청탁이 오고 그 밖에 며칠이고 시간이 나면 확대경의 힘을 빌어 독서하고 기원에 가 신선놀음에 도낏자루 썩는 줄 모르는 판맛의 난가爛柯로 흉중지락흉中之樂에 빠져 하루 해가 언제 가는지 모른다. 달호 씨의 바둑 실력은 만만찮아 아마 3단이다. 남자 나이 50이 넘으면 첫째 건강하고, 둘째 부부가 해로하고, 셋째 돈이 있어야 하고, 넷째 할 일이 있어야 하고, 다섯째 속 터놓고 얘기할 수 있는 친구가 있어야 된다 했는데, 달호 씨는 이 다섯 가지 중에 첫 번째 일건은 겨우겨우 소강상태를 유지하고, 두 번째 이처와 세 번째 삼재는 복이 없어 아예 단념했고, 네 번째 사사와 다섯 번째 오우는 그런대로 복이 있어 환과고독만은 면하고 있다.

각설하고, 달호 씨가 지금 말하고자 하는 핵심 골자는 밖에 나가 외식을 하고 그렇지 않은 날은 청승맞고 궁상맞게 라면이나 끓여먹는 따위의 고리고 배린 얘기로 가납사니 하자 함이 아니다. 그리고 칠월열쭝이처럼 수다 떨며 귀한 시간 해망쩍게 축내자 함도 아니다.

달호 씨는 자리에 앉자마자 이게 대체 어찌 된 일인가 싶어 적이 놀랐다. 그도 그럴 것이 식당 안에 사람이 많은데도 생각보다 조용했기 때문이다. 그전 같으면 웃고 떠들고 소리치느라 식당 안이 와자지껄해 대목장날이나 도떼기시장을 방불할 텐데 오늘은 삼삼오오 둘러앉은 사내들의 와자한 소리도 거의 없고 계모임인지 친목모임인지 알 수 없는 여인들이 참새 떼 여울 건너듯 시끄럽게 떠들어대며 동네 접시 다 깨는 수다소리도 별로 없었다. 여자들이 여남은 명이나 스무 남은 명쯤 한자리에 모여 떠들어대면 이는 거의 패닉상태에 빠져 밥이 입으로 들어가는지 코로 들어가는지 모를 지경이 된다.

한번 생각해 보라.

여자들 수십 명이 한꺼번에 떠들어대는 수다의 진동 데시벨을. 이는 과장 없이 참새 떼 수백 마리가 여울을 건너가며 한꺼번에 떠들어대는 소리와 다르지 않아 난형난제의 팔량반근八兩半斤이다. 멍석 같은 떼 참새 수백 마리가 개울을 건너가며 떠들어대는 수다 소리는 미상불 시끄러움의 극치여서 여자들 수십 명이 한꺼번에 떠들어대는 음량과 비등하다. 여북하면 '저 산 너머'란 시로 유명한 20세기 독일의 시인이자 소설가인 칼 붓세도 '여자에게 말을 시키는 방책은 여러 가지가 있지만 입을 다물게 하는 방책은 하나도 없다'라고 했을 것인가. 그리고 또 오죽하면 영국 속담에 '여우가 전신이 꼬리인 것과 같이 여자라는 것은 전신이 혀로 돼 있다고 해도 좋다'라고 했을 것인가.

달호 씨는 참 이상도 하다 싶어 고개를 들어 사방을 한 바퀴 둘러봤다. 여기저기 몇 군데서 웅성웅성 떠들고 몇 사람이 주고받는 잡담 외엔 이렇다 할 수다나 떠드는 소리가 들리질 않아 이상했던 것이다. 달호 씨는 왜 그런지 그 이유가 알고 싶었다. 불과 얼마 전까지만 해도 식당에 여자들이 떼로 몰려오면 식당은 매상을 올려 좋을지 모르지만 손님, 특히 남자 손님들은 정신을 빼놓고 식사를 해야 했다. 그런데 오늘은 그게 아니었다. 달호 씨는 일순 흠칫 놀랐다. 손님이 홀과 방에 가득 차다시피 해 줄잡아도 50명은 됨직한데 이 사람들 거의가 스마트폰을 들여다보고 있었기 때문이다. 어떤 사람은 식사가 나와도 식사를 하지 않았고 어떤 사람은 식사를 하다 말고 스마트폰을 사용하기도 했다. 그런가하면 또 어떤 사람은 헛손질 하듯, 아니 흡사 파리나 날벌레 쫓듯 오른손바닥을 세워 왼쪽이나 아래위로 날려 보내기도 했다. 뭔가 미치고 환장하게 재미난 일이 벌어지고 있는 모양이었다. 어떤 남자는 쿡쿡 웃다가 "아이구 야" 하기도 했고 어떤 여자는 또 연방 "어머어머, 이를 어째. 오 마이 갓!"하며 안반짝만 한 엉덩이를 들썩이기도 했다. 아마 몹시 급하거나 신통방통한 일이 생긴 모양이었다. 아니면 초자연적 현상이나 불가사의한 오카르트 현상이라도 생긴 게 분명했다. 안 그렇고야 저리 몸 달아 똥마려운 강아지 꼴이 될 리 만무했다. 자세히 보니 여자는 40대 후반 쯤으로 보였고 얼굴은 보톡스를 맞았는지 빨래를 풀 먹여 다림질 해놓은 것처럼 탱탱해 주름살 하나 없었다. 그래 그런지 여자는 웃고 있는 것 같은데도 근육이 잘 움직이지 않아 웃어지지가 않았다. 얼굴에 살이 너무 탱탱해 그런 모양이었다. 그런데도 여자는 까짓것 얼굴에 주름만 없으면 됐지 웃음 제대로 못 웃는 게 무슨 대수랴 싶은 표정이었다. 보톡스 여인 바로 맞은편에 앉아 있는 여인도 손에 스마트폰이 들려 있었는데 이 여인은 눈썹에 문신을 얼마나 요란하게 했는지 시커먼 송충이가 꿈틀꿈틀 기어가는 것 같고 콧날은 또 얼마나 높이 세웠는지 여차하면 우르르 무너져 주저 물러앉을 것처럼 위태위태해 보였다.

여자들은 모두 여덟 명으로 나이가 비슷비슷한 또래들이었다.

여자들은 계모임인지 친목 도모인지 그도 아니면 어디 해외여행이라도 가기 위해 모였는지 알 수 없었으나 손에는 하나 같이 스마트폰이 들려 있어 전화를 하거나 받거나 작동 중이었다.

달호 씨는 이 광경을 소난 장에 말난 듯 신기한 눈으로 바라보다 옆자리로 눈을 돌렸다. 문득 옆자리는 어떨까 궁금했던 것이다.

아, 옆자리도 도개간의 오십보 백보로구나! 달호 씨가 눈을 돌린 곳은 부부인 듯한 40대 중반의 남녀와 대학생인 듯한 20대 초반의 청년, 그리고 고등학교 1학년쯤 돼 보이는 10대 중 후반의 소년과 중학교 3학년 쯤 돼 보이는 10대 중반의 소녀가 앉아 있었다. 아마 한 가족이 주말을 맞아 오붓하게 외식을 하러 나온 모양이었다. 그런데 이 가족도 경쟁이나 하듯 혹은 전화를 받고 혹은 전화를 걸고 혹은 게임놀이와 문자와 메시지를 주고받기에 정신이 없었다.

아, 모두가 철저히 스마트폰에 미쳐있구나. 아니 모두가 하나 같이 스마트폰에 노예가 돼 있구나!

달호 씨는 바지주머니에 손을 넣어 핸드폰을 꺼내들었다. 십년도 훨씬 전에(아마 십 오륙년 전일 것이다.) 중학교 때 제자 K군이 사준 구닥다리 핸드폰이었다. 한데 딱하게도 달호 씨는 이 구닥다리 핸드폰조차 잘 사용할 줄 몰라 가까운 친구와 지인, 그리고 꼭 필요한 사람만 번호로 입력시켜 놓고 번호 몇 번은 누구 번호 몇 번은 누구 식으로 번호를 사용한다. 이것도 달호 씨가 직접 입력 못해 남의 힘을 빌렸다. 이렇듯 달호 씨는 기계에 관한 한 젬병이고 손방

이어서 안동按棟답답이의 기계치였다. 남들은 몇 년이 멀다고 핸드폰을 바꾸고 새 기능 새 모델의 핸드폰이 출시되면 득달같이 개비하는데 달호 씨는 그식이 장식으로 박물관에나 보내야 할 태초의 핸드폰을 그대로 가지고 있어 걸핏하면 고장이 나 이용을 못했다. 달호 씨는 구닥다리 핸드폰을 손에 쥐고 식당 안을 휘이 한 바퀴 둘러봤다. 그러며 속으로 이렇게 지껄였다.

'까짓 것, 어중이떠중이 다 가지고 다니는 스마트폰 나도 한 번 사서 배워봐? 장삼이사 갑남을녀 다 가지고 다니는 거, 나라고 왜 못 가져!'

달호 씨는 그러나 이내 도리질을 했다. 그러며 독백하듯 이렇게 뇌까렸다.

"망둥이가 뛰니까 꼴뚜기도 뛴다고, 내 깜냥에 무슨 놈의 스마트폰이람. 어쩌다 십년일득으로 걸려오는 전화, 이 구닥다리 하나로도 족하지!"

풍경 2

대우 씨는 아침 일찍 회사로 나갔다. 어느 날 같으면 여덟 시 반쯤 출근을 하는데 오늘은 한 시간이나 앞당겨 일곱 시 반에 출근을 했다. 어제 처리 못한 잔무가 있는데다 열 시부터 임원회의가 있어 이것저것 준비할 게 있어서였다. 대우 씨는 이 회사의 브레인으로 현재 상무라는 요직에 있지만 회장단과 이사진들에게 미쁘게 보여 머지않아 부사장으로 승진할 사람이었다. 그러므로 대우 씨는 회사 일이라면 밤중에라도 뛰쳐나가는 사람이었다. 회사도 어디 보통회사인가. 누구나 들어가기를 부러워하는 굴지의 기업체로 전국에 계열사만 40여개나 거느린 대재벌이었다. 게다가 대우 씨는 미구불원 부사장까지 떼어 놓은 당상이어서 살맛이 절로 나는 사람이었다. 대우 씨는 가정적으로도 다복해 어머니는 몇 해 전에 돌아가셨지만 아버지는 70대 후반인데도 그런대로 건강해 위로 대학교 1학년인 딸아이와 밑으로 고등학교 2학년인 아들 녀석은 공부까지 잘해 두 놈이 경쟁이라도 하듯 반에서 일이 등을 다퉜다. 이러니 대우 씨는 속된 말로 살맛이 절로 나 어천만사가 즐겁기만 했다. 그랬다. 적어도 겉으로 보기에 대우 씨는 행복한 사람이었다. 그러나 이는 대우 씨가 집안 속내를 전혀 모르고 있는 소이였다. 좋은 집에, 좋은 차에, 좋은 직장에, 좋은 위치에, 좋은 수입에 건강한 아버지에, 세련된 아내에, 공부 잘하는 아들딸에 뭐 하나 부족한 게 없어 이만하면 상팔자다 싶어 스스로 자족했던 것이다.

하지만 아니었다. 이는 우선 대우 씨의 가족 서열만 봐도 알 수가 있다. 제대로 된 가정이라면 그 서열이 당연히 장유유서長幼有序에 따라 제일 큰 어른인 아버지가 첫 번째 서열 1위가 돼야 하고, 두 번째 서열은 아들인 대우 씨가 돼야 하며, 세 번째 서열은 며느리 서 여사가 돼야 한다. 그런데 어찌 된 노릇이 이 집에서는 고등하교 1

학년짜리 아들놈이 단연 서열 1위고 서열 2위는 대학교 1학년짜리 딸년이었다. 서열 3위는 대우 씨와 아내 서 여사였는데 이들은 부부가 공동 서열 3위였다. 서열 4위는 서여사가 너무 너무 사랑해 죽고 못 살아 밤낮으로 안고 다니며 물고 빨고 하는 여우같은 애완용 강아지 리베였고, 서열 5위는 대문 앞에 턱 버티고 있는 훈련 잘된 집지킴이로 엇부루기 송아지만한 세퍼드 용맹이었다. 이러니 서열 6위는 주말만 빼고 매일 오후 한 시에 출근해 다섯 시까지 청소하고 세탁하고 반찬 만드는 돌보미 아줌마였고 맨 마지막 서열 7위는 올해 나이 일흔일곱의 희수喜壽를 맞은 최 노인이었다.

최 노인에 대한 말이 나왔으니 말이지만 최 노인은 아침 열시만 되면 집을 나선다. 아침은 언제나 아홉 시가 넘어야 먹는데 식사는 밥이 아니고 빵 두 개에 우유 한 컵이 전부였다. 동절기엔 일곱 시나 돼야 날이 새지만 하절기엔 아침 네 시면 날이 새 고향에선 일곱 시엔 아침을 먹고 들에 나갔다. 그러니 아홉 시면 해가 중천에 떠 얼추 반나절이나 되는 시각이다. 아들과 손자 손녀는 우유 한 컵과 빵 몇 개로 아침 식사가 되는 모양이지만 최 노인은 도대체가 우유 한 컵과 빵 두 개론 식사가 안 될 뿐만 아니라 입에 맞지도 않아 생배를 곯다시피 했다. 반찬 없는 매나니 밥이라도 밥을 먹어야지 서양 양코배기들이나 먹는 빵을 아침이랍시고 내놓으니 죽을 노릇인 것이다. 게다가 아침도 아홉 시가 넘어야 우유 한 컵에 빵 두 개를 주니 헛헛증이 나서 도무지 견딜 수가 없었다. 그래 최 노인은 아침

이랍시고 빵 두 개와 우유 한 컵을 마시면 무조건 집을 나선다. 딱히 볼일이 있어서가 아니다. 무료한 것도 무료한 것이지만 생지옥 같은 집에 있어봤자 따분하기 짝이 없는 징역살이어서 발싸심이 생겨서였다. 집이라도 어디 작은가. 아래 위층과 정원이 백 평도 넘으니 적적하고 휘휘해 무섭기까지 했던 것이다. 최 노인은 며느리 서 여사가 집을 나가면 탈출하듯 집을 나선다. 며느리는 무슨 볼일이 그리 많은지 쇠털 같이 수많은 날 아침 아홉 시 반쯤 커피 한 잔에 비스킷 두어 개 먹으면 애완용 강아지 리베를 차에 태우고 집을 나가 밤이 늦어서야 돌아왔다. 아들 대우야 회사 일이 바쁘니 밤늦게 들어온다 쳐도 손자 손녀는 일찍 귀가해야 하는데 이 녀석들도 제 에미 애비 삼신이 걸렸는지 뻘때추니처럼 짤짤거리다 밤 열 시가 넘어야 들어온다. 모두가 하나 같이 산매가 들렸거나 거리 귀신이라도 덮어씌운 것 같다. 안 그렇고야 식구가 하나같이 야행성 동물처럼 밤늦게 들어올 리 있겠는가. 밖으로 나온 최 노인은 갈 데가 있는 게 아니어서 하릴없이 거리를 배회하다 공원 벤치에 가 앉아도 보고 전철을 타고 맥쩍게 왔다 갔다 하기도 하고 고궁이나 박물관을 관람하기도 한다. 그런가하면 또 어떤 날은 미술전시회나 서예전시회 구경도 하고 구청이나 동사무소 혹은 사회단체에서 제공하는 무료급식소에 가 점심을 얻어먹기도 한다. 그러나 이것도 하루 이틀 한 두 번이지 허구한날 개미 쳇바퀴 돌듯 반복할 수가 없다. 생각다 못한 최 노인은 이래서는 안 되겠다 싶어 발상의 전환을

꾀했다. 노인 복지회관이라는 데 나가 취미생활을 해보자함이 그 것이었다. 듣기로 노인복지회관은 많은 사람을 만날 수 있고 또 다양한 분야의 취미생활도 즐길 수 있다 했다. 한문을 비롯해 서예, 사군자, 판소리, 사물놀이, 수지침, 풍수지리 등을 배우고 요가, 노래교실, 건강댄스, 하모니카와 아코디언도 배울 수 있다 했다. 그리고 실버교실까지 있어 명상과 죽음에 대한 공부, 건강에 대한 노후관리, 자서전, 유서 쓰는 방법까지 배울 수 있다 했다.

최 노인은 용기를 내 노인복지회관을 찾았다. 웬만하면 한번 다녀볼 심산에서였다. 아무려면 감옥 같은 집에 혼자 처박혀 앉아 죽은 말 지키듯 우두커니 있기보다야 낫겠지 해서였다.

그러나 아니었다. 도무지 안 되던 것이었다. 최 노인은 한 달 소수나 실히 다니며 이것저것 배워봤지만 하나도 이거다 싶은 게 없었다. 기초 학력이 없어서인지 처음 대하는 낯선 문화에 이질감을 느껴서인지 모든 게 생경했다. 아니 몰취미 바사기에 열쭝이 부등깃이어서 도대체가 늘품성이 없었다. 최 노인은 다 집어치고 다시 죽은 말 지키듯 집을 지키기 시작했다. 최 노인으로서야 그럴 수밖에 없는 것이 자아시自兒時로 산과 들과 흙에서 잔뼈가 굵은 농투성인데다 배운 것이라곤 국민학교(요즘의 초등학교) 3학년이 전부여서 자고나면 국으로 일밖에 몰랐다. 그러니 어쩌면 당연한 일인지도 몰랐다. 살기가 어렵던 최 노인은 삼순구식三旬九食의 애옥살이 시절 비탈진 산에 화전 火田 일궈 메물푸저리를 비롯해 감자, 옥수수, 조 농사를 짓고 마름한테 칠촌의 양자 빌듯 사정사정해 소작 논 몇 마지기 얻어 부치는 형편이어서 3~7제의 소작료 (지주 7할 소작인 3할) 도지 주고 나면 입에 풀칠하기도 어려웠다. 그런데도 최 노인은 이를 물고 악착 같이 일을 했다. 어떻게 해서라도 하나 자식 대우만은 여봐란 듯 가르쳐 가난과 무식의 대물림만은 시키지 말아야지 했다. 한데 집안이 되느라고 그런지 대우는 승어부勝於父를 해 최 노인을 살맛나게 했다. 공부는 초등학교부터 고등학교까지 1등을 한 번도 놓친 적이 없고 대학교는 누구나 부러워하는 일류대학에 전액 장학금으로 졸업을 했다. 뿐만이 아니었다. 대우는 대학교 3학년 때 벌써 지금 상무로 있는 재벌기업에 스카우트가 됐고 졸업과 동시에 특별채용이 돼 주위의 부러움을 샀다. 그러자 여기저기 내로라하는 집안에서 사위를 삼겠노라 자청했고 대우는 한다 하는 집안의 딸과 결혼을 했는데 그 규수가 바로 지금의 아내 서 여사였다. 대우는 욱일승천의 기세로 승승장구 했고 30대 중반에 일찌감치 부장의 반열에 올라 동료들의 선망의 적的이 되었다.

그런데도 최 노인은 어느 한 날 고향을 생각 안 하는 날이 없어 일구월심 망향에 회향懷鄕이었다. 눈만 감으면 고향 산천이 보였고 잠만 자면 고향에 대한 꿈을 꿔 오매불망 고향 생각뿐이었다. 그랬다. 최 노인은 생각나느니 고향 마을이요 보이느니 고향산천이었다. 마을 앞 버들방천과 실개천이 그립고 질펀한 들판의 푸른 초원이 그리웠다. 뒷동산에 눈물겹게 핀 참꽃 진달래가 그립고, 밭둑에 소금을 뿌려놓은 듯 지천으로 핀 조팝꽃이 그리웠다. 뒤란과 앞마당에 오복조복 핀 살구꽃이며 산자락 언덕 위에 졸듯이 핀 분홍빛 복사꽃도 그리웠다. 건넌 산 중턱에 구름처럼 핀 산 벚꽃이 명지바람에 눈처럼 흩날려 어질 거리던 꽃멀미도 그리웠다. 보춤나무가 바람에 일렁이며 허옇게 배를 뒤집는 것도 그리웠다. 봄이면 밭자락이나 언덕배기에 아른아른 타오르던 아지랑이가 그리웠고 참꽃 따 먹고 찔레 순 꺾어 먹으며 괜히 안타깝던 때도 그리웠다. 여름이면 동구의 느티나무 그늘에 앉아 귀가 쟁하게 울어대던 매미소리 들으며 세상 얘기 시절 얘기하고 소증素症이 나면 동네 앞개울에 나가 고기 잡아 국 끓여 먹으며 천렵하던 친구들이 그리웠다. 가을이면 큰 산에 가 송이를 주루막 가득 따다 묵나물 먹듯 혼전만전 먹던 게 그리웠고 머루며 다래를 따다 퇴가 나도록 먹던 게 그리웠다. 겨울에 눈이 장설하면 덫을 놓아 새를 잡고 눈에 빠져 잘 못 뛰는 산토끼 몰아서 잡던 재미도 그리웠다. 홰를 치며 자처울던 새벽닭 소리도 그립고 등성이 너머에서 들려오던 개 짖는 소리도 그리웠다.

하지만 그리운 게 어찌 이것뿐이겠는가. 까치 소리, 종다리 소리, 산 꿩 소리, 두견이 소리, 소쩍새 소리, 부엉이 소리, 올빼미 소리, 지쪽새 소리, 휘파람새 소리도 그리웠다. 여름밤 모깃불 피워 놓고 마당에 멍석 깔고 앉아 쏟아질 듯 현란한 밤하늘의 별을 쳐다보며 외양간에서 댕겅댕겅 들려오던 황소의 워낭 소리도 그립고, 곱삶이 보리밥을 토장국과 상추 겉절이에 썩썩 비벼 먹을 때면 고샅에 어지러이 날아다니던 반딧불이도 그리웠다. 달 밝은 가을 밤, 바람이 우우 불면 뒤란의 밤나무 그림자가 문살에 어른대며 알밤 떨어지던 소리가 투욱툭 나던 게 그립고, 한 겨울 깊은 밤 정한情恨을 토하듯 바르르 바르르 떨던 문풍지 소리도 사무치게 그리웠다. 그래 최 노인은 언젠가 벼르고 벼른 끝에 아들과 며느리한테 말했다. 나는 태생이 천생 촌사람이라 그런지 서울이 너무 싫다. 그러니 고향에 내려가 살게 해 달라고. 그러자 며느리 서 여사가 총알처럼

"그건 안 돼요. 왜 자꾸 고향 고향하세요. 촌스럽게 시리. 아들며느리 망신시킬 일 있으세요?"

하고 땅벌처럼 쏘아 붙였다. 말투가 여간 되알지고 표독한 게 아니었다.

"아니 난 그냥 고향 생각이 너무 나서……"

최 노인이 한풀 꺾여 시르죽은 소리로 말했다.

"그냥이고 저냥이고 가만히 계세요. 뭐가 부족해 그러세요. 용돈 달래면 용돈 드리고 드시고 싶은 것 있으면 사 드리면 되잖아요. 하는 일 없이 맨날 노시는 양반이 뭐가 부족해 고향타령이세요. 내 팔자가 상팔자거니 생각하고 가만히 좀 계세요. 제발!"

며느리 서 여사가 윽박지르다시피 말하며 시아버지 최 노인을 좁은 골에 돼지 몰듯 몰아 붙였다.

"아버지, 그건 아이 엄마 말이 옳습니다. 부족하신 거 있으시면 말씀하세요. 그리고 고향이 그리우시면 한 번 다녀오세요."

며느리 말에 아들 대우가 토를 달았다.

"아니 내 말은, 뭐가 부족해 그러는 게 아니여. 다만 내 태생이 촌이다보니 촌 고향이 그립다는 거지. 듣자니 요즘 촌엔 빈 집들이 쎘다는구나. 웬만한 헌 집 손질해 살면 되잖어. 그리고 너희가 아이들이랑 가끔 내려오고 나도 가끔 올라오면 서로 좋을 것 같은데……"

최 노인은 이왕 내친걸음이다 싶어 속내를 드러냈다.

"글쎄 안 됩니다. 정히 집을 나가고 싶으시면 차라리 양로원이나 실버타운 같은 시설에 가세요. 그럼 보내드릴게요. 고향엔 절대로 안 되요. 누구 얼굴에 똥칠을 하려고 그러세요. 정말!"

며느리 서 여사가 혀를 끌끌 차며 최 노인을 흡떠봤다. 빈말이나마 '아버님' 소리 한 번 하질 않아 흡사 행랑할아범 대하듯 했다.

"어허, 당신은 무슨 말을 그렇게 해요. 아버지한테."

아들 대우가 보다 못했는지 서 여사를 나무라는 투로 말하자 서 여사가

"그렇잖아. 우리 체면도 생각해서야지 왜 자꾸 당신 생각만 하신데요 글쎄. 내 말이 틀려요?"

서 여사가 오금 박듯 말하며 여우처럼 이사람 저사람 얄밉게 헬금거리는 애완용 강아지 리베를 담쑥 안고 입에 뽀뽀를 했다.

"리베야, 배고프지? 그래. 엄마가 밥 갖다 줄게."

서 여사가 주방에 나가 쇠고기 등심살 다진 것을 가져와 먹이기 시작했다. 리베는 꼬리를 살랑이며 등심살을 깨작깨작 먹었다. 최

노인은 구경도 못한 등심살이었다.

'세상에 죄 받지 죄 받어. 사람도 먹기 힘든 쇠고기 등심살을 강아지 새끼가 먹다니. 그리고 뭐 강아지 새끼 보고 엄마라고? 그럼 저는 뭐여. 개 에미니 개 아니여. 개!'

최 노인은 속으로 이렇게 뇌까리며 황소숨을 내쉬었다. 세상이 아무리 말세기로니 사람이 개한테 에미라니. 천지 조판 이래 이런 법은 없었다. 최 노인은 하도 기가 막혀 눈을 감았다.

"여보, 내일 리베 병원 가는 날이에요. 내일이 15일이니 정기 검진 날이잖아. 리베 병원에 데리고 갔다가 당신 사무실에 들를 테니 그리 알아요. 모레가 엄마 생신날이잖아. 백화점에 좀 같이 가요. 이번엔 뭘 사다 드릴지도 생각 좀 해 놓구요."

서 여사가 갑자기 얼굴 가득 웃음꽃을 피우며 생글거렸다. 대우는 듣기가 민망한지 잔기침을 연해하며 몸을 버르적거렸다.

"여보. 그런 말을 왜 여기서 하고 그래."

대우가 서 여사에게 눈을 찡긋하더니 최 노인에게 말했다.

"아버지. 겨울에 입으실 털 잠바 하나 사다드릴까요? 아니면 털신은요. 아버지, 이참에 아주 춘추복 정장 한 벌 사 입으시죠 뭐."

대우가 서 여사 눈치를 슬쩍 슬쩍 보며 힘담 없는 소리로 말했다.

"됐다. 나는 그런 거 하나도 필요 없다."

최 노인이 불편한 심기로 말하고 방을 나갔다.

다음 날 최 노인은 아침부터 보이질 않았다. 대우 씨는 부산으로 며칠 출장 갈 일이 생겨 일찍 집으로 들어왔다. 옷도 갈아입고 챙길 서류도 있고 해서였다.

"아버지, 아버지"

최 노인이 안 보이자 대우 씨는 이 방 저 방 찾아다니며 아버지를 불렀다. 그런데도 아버지는 대답이 없었다. 대우 씨는 세 개의 화장실마다 문을 열어보고 집 안팎을 샅샅이 살폈지만 아버지는 없었다.

이상하다. 벌써 어디 노인정에라도 가셨나. 대우 씨는 안 되겠다 싶어 옷을 갈아입고 필요한 서류 등속을 챙긴 다음 아내 서 여사한테 부산에 며칠 출장 갈 일이 생겨 집에 옷 갈아입으러 왔으니 그리 알라 전화하고 밖으로 나왔다. 그러다 대문 옆의 개집(셰퍼드 용맹이 집)을 보니 개집 안에 천만 뜻밖에도 아버지 최 노인이 들어앉아 있었다.

"아니, 아버지. 거기서 뭐 하세요?"

아들 대우 씨가 개집 안에 쪼그리고 있는 최 노인을 보고 대경실색 물었다. 집지킴이 셰퍼드 용맹이는 개집 옆 등나무에 매어져 있었다.

"아버지, 얼른 나오세요. 왜 개집에 들어가 계세요 그래!"

대우가 손을 넣어 최 노인을 끌어내려 하자 최 노인이

"아니다. 나는 여기가 좋다. 나도 여기서 개들처럼 고기반찬 좀 먹고 살자. 그러니 가만둬라."

최 노인은 천만의 말씀이라는 듯 손사래를 쳤다.

"아이구 아버지 왜 자꾸 이러세요. 얼른 나오세요."

대우 씨가 안 되겠다 싶었는지 두 손으로 최 노인을 강제로 끌어냈다. 최 노인은 강약이 부동이라 할 수 없이 개 끌리듯 끌려나왔다.

"아버지! 이게 대체 무슨 짓이에요. 예? 아버지!"

대우 씨가 기가 막혀 최 노인에게 힐책조로 말했다.

"이게 무슨 짓이냐고?"

최 노인이 화난 얼굴로 대우를 노려봤다.

"예, 아버지!"

"그걸 몰라서 묻냐? 내가, 이 애비가 너희들한테 개만큼이라도 대접 받고 싶어서그런다 왜, 됐냐?"

"예?!"

풍경 3

나는 세상 사람들이 흔히 말하는 G그룹의 이른바 재벌 3세다. 나는 머리가 괜찮은 편인지 한국에서 수재들만 들어간다는 대학에 합격해 경영학을 전공했고 대학원은 미국에 건너가 명문이라 일컫는 대학에서 공부해 명색은 경영학 박사 학위를 받고 돌아왔다. 내 나이는 올 해 서른 세 살이고 군대는 한국에서 대학을 나오자마자 입대해 신성한 국방의 의무를 필한 사람이다. 나는 성과 이름이 오얏이 반드시 필 그러할 연의 이필연李必然이고 키는 181cm며 몸무게는 80kg이다. 나는 혈액형이 O형이며 좋아하는 음식은 된장찌개와 김치찌개 그리고 칼국수다.

나는 성질은 좀 급하지만 감상적이고 감성적이어서 마음이 여린 편이다. 나는 군청색을 좋아하고 즐겨 부르는 노래는 요즘 노래가 아닌 흘러간 노래여서 '이 강산 낙화유수'와 '감격시대', '봄날은 간다.'와 '고향설' 같은 곡이다. 내가 좋아하는 넥타이는 원색으로 빨강 파랑 노랑 분홍인데 화려한 것을 즐겨 맨다. 나는 축구를 좋아하고 영화를 좋아하며 소설 읽기를 좋아한다.

영화는 순정영화나 청순가련형 영화를 좋아하고 소설도 크게 다르지 않아 순애殉愛 소설을 좋아한다. 그래 그런지 나는 천구백 삼사십 년대를 풍미, 많은 독자들의 심금을 울렸다는 박계주朴啓周의 순정소설 '순애보殉愛譜'를 특별히 좋아한다. 그냥 좋아하는 게 아니라 탐닉해 헤어나질 못했다. 나는 많은 소설은 읽지 못했지만 국내의 소설 백여 권은 실히 읽었고 그 중에서 박계주의 순애보는 천구백 삼사십 년대에 많이 읽히던 소설이라 이천년 대인 지금과는 문화적인 차이가 너무 커 잘 읽혀지지 않을 텐데도 나는 그렇질 않았다.

나는 순애보를 이천 년대 초, 그러니까 내 나이 스무 살이 좀 넘었을 약관 때 읽고 얼마나 감동을 받았는지 손에서 책을 놓지 못했다. 이런 나를 내 또래의 젊은이가 안다면 젊은 놈이 수구 골통처럼 이게 뭐야. 과학의 최첨단국 미국에 가 유학까지 했다는 놈이 천구백 삼십년대의 소설을 읽었다니 한심하다며 비아냥댈 지도 모른다. 안 그래도 내가 미국에 유학 가자 나를 시기 질투로 승기자염지 勝己者厭之 하던 무리들은 내가 미국에서도 돈 많은 자들만 산다는 베벌리힐스에서 호화롭게 살고 최고급 승용차 캐딜락을 몰고 다니며 폼을 잡는다는 말도 안 되는 소리가 미국의 나한테까지 들려오고 보면 무슨 소리인들 못하겠는가. 이들의 눈엔 내가 최신형 뉴모드만 찾고 뭐든 최고급이 아니면 거들떠도 안 보며 돈을 물 쓰듯 펑펑 쓰면서 발김쟁이로 갖은 못된 짓 다 하고 다니는 막된 재벌 3세쯤으로 볼지 모른다. 그러나 나는 미국에서 싸구려 다락방을 월세로 구해 자취생활을 했고 학비도 내가 이것저것 닥치는 대로 아르바이트해 번 돈으로 공부를 했다. 그러니 내가 된장찌개에 칼국수를 좋아하고 노래며 소설책도 고리타분하게 고릿적 냄새나는 것만 좋아하니 딴은 비아냥댈 만도 하다. 그렇다. 내 이런 사고방식과 행동 양식이 저 농경사회 때나 산업사회 때라면 별로 이상할 게 없다. 그러나 지금은 정보기술의 IT와 생명공학의 BT를 지나 나노기술의 NT시대까지 이르러 앞으로 문화기술의 CT사회로 갈 단계에 이르렀다. 그런데 이렇듯 정신없이 돌아가는 세상에 신파조 고답高踏 놀음이라니. 나를 섣불리 아는 친구들은 나를 한껏 비웃을 것이다.

그러나 단언하건대 나를 비웃는 자들은 머지않아 나한테 무릎을 꿇을 것이다. 이는 사마천의 '사기史記'가 다음과 같은 말로 대답해 줄 것이다. '자기보다 열 배 부자면 그를 헐뜯고, 자기보다 백 배 부자면 그를 두려워하고, 자기보다 천 배 부자면 그에게 고용당하고, 자기보다 만 배 부자면 그의 노예가 된다.'고 한 것으로.

내 취향이 촌스럽다면 촌스럽고 늙은이 같다면 늙은이 같은 취향인지는 모르지만 그렇다고 의식이나 시대정신마저 뒤떨어진 건 결코 아니다. 내 취향이 선천적으로 한국적 혹은 토속적으로 타고났으니 도리 없는 일 아닌가. 하지만 나도 최신간 서적 읽고 뉴스위크지를 보며 미국 노래 팝송도 부를 줄 안다. 그리고 '워싱턴 광장'을 비롯해 '오 수재너' '콜로라도의 달', '내 고향으로 날 보내주' 같은 가곡도 원곡으로 부를 수 있다. 어찌 미국 가곡뿐이겠는가. 이탈리아 가곡 '잘 있거라 나폴리'와 '푸니쿨리 푸니쿨라', '돌아오라 소렌토로', '오 나의 태양'도 원곡으로 부를 수 있다.

자, 이쯤 되면 내가 누구이며 어떤 사람인가는 대강 설명이 돼 내 신상명세서는 그런대로 기록이 된 셈이다.

아니다. 깜빡 하나 잊은 게 있다. 그게 무엇인가 하면 한문이다. 나는 희한하게 한자나 한문이 좋아 초등학교 때 벌써 독학으로 천자문과 동몽선습童夢先習을 읽었고 중학교 때 명심보감明心寶鑑과 논어論語를 읽었다. 그리고 고등학교 때 소학小學과 대학大學을 읽었고 대학교 때 중용中庸과 사기史記와 회남자淮南子를 읽었다. 그리고 근래에 노자老子와 장자莊子를 읽었다. 남들은 다 싫어해 기피하는 한문과 고전을 나는 마냥 좋고 재미나 읽고 또 읽었다. 특히 내 또래의 젊은이들은 한문이라면 지레 겁을 집어먹고 머리부터 흔들었다. 한문은 뜻글자여서 글자만 알면 뜻은 저절로 알게 돼 아주 좋았다. 특히 퀴즈 문제가 한자로 된 게 나오면 거저먹기였다. 국어사전에 실린 우리 어휘는 30퍼센트 밖에 안 되고 나머지 70퍼센트는 한문에서 파생된 낱말과 외래어들이다. 내가 한문에 소질이 있고 좋아하는 것으로 봐 전공을 경영학 아닌 한문학이나 중문학을 택했더라면 그쪽 방면으로 유명한 학자가 됐을 지도 몰랐다. 그러나 나는 G그룹의 3세요 장차 G그룹의 후계자가 돼야 할 사람이니 다른 일을 하고 싶어도 할 수가 없다. 그래 나는 미국 유학에서 돌아오자마자 말단 사원부터 시작해 차례차례 경영 수업을 쌓아 총괄본부장으로 올라왔다.

자, 그럼 이제 내가 선 본 얘기를 좀 해야겠다. 아니 내 색싯감 고른 얘기를 한다는 게 옳은 말일 것이다.

나는 G그룹의 명예회장이신 올 해 미수米壽를 맞으시는 고령의 할아버지와, G그룹의 회장이신 올 해 이순耳順을 맞으시는 아버지의 성화에 못 이겨 내가 평소 단골로 드나드는 호텔 커피숍에서 선을 봤다. 상대는 재계에서도 내로라하는 K그룹의 고명딸로 올 해 나이 서른 살의 아가씨였다. 아기씨를 보니 첫 느낌이 왠지 스포츠

카나 씽씽 몰고 전국이 좁다 누비고 몇 달에 한 번씩은 동남아는 물론 구미까지 돌아치며 돈을 물 쓰듯 펑펑 쓸 그런 허영덩어리 아가씨처럼 보였다. 나는 속으로 이 여자는 안 되겠다 가위표를 하고 찬찬히 여자를 뜯어봤다. 여자는 의상이 연예인 저리가라로 화려했고 의상 디자인도 패션모델이 무색할 지경으로 과감했다. 게다가 더욱 거슬리는 건 심한 성형이었다. 콧날을 얼마나 높이 세웠는지 콧등의 선이 또렷이 보였고 눈은 또 얼마나 크게 성형을 했는지 마치 빙판에 자빠져 놀란 황소 눈 같았다. 여기에 또 머리는 금발머리 블론드였고 입술은 홀랑 뒤집어 까서 제 모습이라곤 없어보였다.

나는 볼 것 없이 다음에 연락한다 말하고 그날로 딱지를 났다. 할아버지와 아버지께 효도하는 의미에서도 웬만하면 결혼을 하려했는데 그 여자의 얼굴과 복장부터가 영 봐줄 수가 없었다.

이후로도 나는 선을 너댓 번이나 더 봤지만 그때마다 여자가 지나치게 똑똑하지 않으면 되바라지고 그렇지 않으면 시건방져 보여 싫었다. 물론 직업도 가지가지여서 세상에서 제일 선호한다는 변호사에 의사에 대학교수까지 있었다. 한데도 내 눈에 수더분하고 어련무던한 여자는 하나도 없었다. 모두가 세련되고 옹골차서 깍쟁이처럼 보였다.

이러던 어느 날이었다. 이날 나는 오랜만에 할아버지 할머니와 아버지 어머니를 모시고 내가 선 보던 단골 호텔 한식당에서 저녁 진지를 대접했다. 그 자리서 나는 가장 한국적인 이름의 여인을 하나 발견했다. 서빙하는 아가씨 가슴에 달린 명찰을 보니 김순이였다. 나는 가장 한국적인 그녀의 이름이 마음에 들어 그녀를 예의 주시했다. 그녀는 우선 자세가 아주 공손했고 수저며 음식 등속을 할아버지 할머니 아버지 어머니 순으로 놓고 내 것은 맨 나중에 놓았다. 물론 모두 다 그런 건 아니지만 대개는 서빙 하는 쪽에서 가장 가까운 자리부터 수저와 음식을 놓아 어른 아이 차례가 따로 없는데 이 아가씨는 그게 아니었다. 옳거니! 이 아가씨는 공경법恭敬法을 제대로 배웠구나. 이런 아가씨라면 배필로 삼아 손색이 없겠구나. 옛글에도 있지 않은가. 요조숙녀窈窕淑女는 군자호구君子好逑라, 요조한 숙녀는 군자의 좋은 짝이라는.

나는 순이라는 아가씨의 일거수일투족을 눈여겨 살피며 그녀의 얼굴을 찬찬히 뜯어봤다. 얼굴은 전형적인 한국 여인상을 하고 있어 코는 납작하고 눈은 맑았으며 얼굴은 계란형으로 갸름한데다 살색은 흰 편이었다. 그리고 머리는 삼단 같았는데 옻빛처럼 검었다. 얼굴 어디에도 칼 댄 자국을 찾을 수가 없었다. 무위자연無爲自然이라, 손대지 않은 그대로의 모습보다 더 아름다운 게 어디 있을까. 나는 여기서 또 문득 옛글이 생각나 몸과 터럭과 살갗은 부모로부터 받은 것이니, 감히 상하지 않게 해야 효의 시작이라는 신체발부身體髮膚는 수지부모受之父母라, 불감훼상不敢毁傷이 효지시야孝之始也를 떠올렸다. 이 말은 일찍이 공자가 증자에게 한 말인데 공자는 여기서 다시 몸을 세워 도를 행하고立身行道, 이름을 후세에 드날려揚名於 後世, 부모를 빛나게 하는 것이以顯父母, 효도의 마침孝之終也이라 했다.

이날 이후 나는 여러 차례에 걸쳐 순이가 일하는 호텔 한식당에서 식사를 했고 그때마다 순이를 꼼꼼히 살폈는데 순이는 언제나 깍듯했고 공대나 예의범절도 흐트러짐이 없었다.

됐다. 순이를 내 짝으로 받아들이자. 아니 순이는 하늘이 준 내 비익比翼이다.

이로부터 3개월 후 나는 순이와 결혼을 했고 이런 나를 두고 세간에서는 폐쇄적 민족주의자니 배외적 국수주의자니 하며 흉인지 칭찬인지 모를 말들이 무성했다.

이 글월을 한 번 보라

이 글월을 한 번 보라

내가 지금 소개하고자 하는 이 글월은 어느 농촌 어른께서 보내 온 곡진한 편지글임을 먼저 말해두고자 한다. 이 어른은 올해 여든 살의 고령으로 평생을 국으로 땅 두더지처럼 흙만 파먹던 농투성이임을 밝히면서, 비록 몽매한 촌무지렁이의 부탁이지만 이 부탁이 받아들여져 세상에 알려진다면 이보다 더 고마울 때가 없겠노라 했다. 까닭인즉 이 글월을 세상 사람들이 읽고 정신 차릴 수 있는 계기가 될지도 모르기 때문이라는 것이었다. 그러며 이 어른은 선생님은 큰 신문사의 편집국장님이시니 마음만 먹으면 이 늙은이의 부탁쯤 능히 들어줄 수 있지 않느냐 했다. 어르신은 세상 돌아가는 꼴이 하 기막혀 도저히 이대로 수수방관 할 수 없어 붓을 들었으니 이 점 깊이 헤아려 달라 했다.

나는 난데없는 이 어른의 글월을 받고 한동안 고민했다. 처음엔 편지를 무시하고 돈단무심 책상 서랍에 넣어 두었다가 어느 날 문득 편지 생각이 나 꺼내 읽어보니 이는 보통 편지가 아닌 격서요 격문이었다. 일주일이면 전국에서 이런 저런 사연을 담은 글이 편집국으로 수도 없이 날아오고 인터넷이나 이메일을 통해서도 각양각색의 사연을 미어지게 보내오는 바람에 솔직히 귀찮고 성가시어 고민이 적지 않았다. 내용은 대개 정치, 경제, 사회, 문화의 부조리에 대해 불만을 터뜨리고 종교, 교육, 공직의 비리에 대해 분통을 터뜨리는 것도 있었지만 개인의 불만과 원한에 대해 불평을 쏟아내는 경우도 많았다. 그러므로 나는 이런 잡다한 사연들을 다 읽고 받아들일 수가 없어 특별한 경우가 아니면 무시해버리기 일쑤였다. 그렇지 않고는 일을 할 수 없기 때문이다. 그런데 이 어른의 경우는 사정이 좀 달랐다. 나는 이 어른의 편지를 몇 차례로 나눠 신문 사회면이나 문화면에 분재하거나 신문사에서 발행하는 월간 자매지에 전재할까도 했지만 그것도 기사 폭주로 용이치 않았다.

이 어른의 글월은 비록 편지글이긴 했지만 이로가 정연하고 논리가 분명한데다 사회에 던지는 메시지도 경세적이어서 어떤 경로를 통해서라도 세상에 알리고 싶었다. 앞에서도 말했지만 글월은 편지 이상의 것이어서 격서요 격문이었다. 글월은 문장력과 어휘력도 상당했고, 철자법과 띄워 쓰기 등 정서법도 거의 완벽했다. 여기에 편지는 또 문학성까지 있어 허투루 읽고 버릴 졸문이 결코 아니었다. 그런데다 글씨 또한 보기 드문 달필이어서 오랜만에 글씨다운 육필 글씨를 보는구나 했다.

아, 이 얼마 만에 보는 그리운 육필 글씨냐. 모두가 약속이나 한 듯 컴퓨터 자판만 두들겨대느라 가뜩이나 귀한 손 글씨를 볼 수가 없었는데 이렇듯 정성들여 쓴 달필의 육필 글씨를 생게망게 보게 되다니. 이는 참으로 뜻밖의 횡재 같아 나를 도연케 했다.

나는 편지를 몇 번이나 거듭 읽으며 잃어버린 보물을 찾은 듯 한 기분이었다. 이만큼 편지는 깊은 경각심을 일게 했고 경세적 외경심의 메시지까지 전해주었다. 편지에 따르면 이 어른은 국민학교(지금의 초등학교) 밖에 안 나와 교육다운 교육은 별로 못 받았다 했는데 편지의 수준은 제도권 속에서 레귤러로 고등교육을 받은 내가 무색할 지경이었다.

아, 이 어른은 어쩌면 요즘 세상에 보기 드문 산장山長이요 일민逸民일지도 모른다. 그래, 그럴 것이다. 나는 신비감까지 일어 양면 괘지에 멋지게 써내려간 이 어른의 육필 편지가 아주 귀히 여겨졌다. 편지는 만년필로 쓴 국한문의 혼용체로 반 흘림체의 글씨였다. 다음은 이 어른이 보내온 편지의 전문이다.

존경하는 편집국장님께

　먼저 동호직필董狐直筆과 춘추필법春秋筆法 정신으로 언론 창
달에 이바지하시는 국장님께 경의를 표합니다. 직설 직필과 정
론 정필로 골몰무가 분망하실 국장님께 이런 글월을 드려 죄송
불금입니다. 널리 해량해주시기 바랍니다.
　국장님!
　저는 ○○도 ○○군 산골 벽촌에서 생래 농투성이로 살고 있는
올해 여든 살의 늙은이입니다. 쓸데없이 나이만 먹어 미랭시未
冷尸에 가까운 늙은이오나 세상 돌아가는 이치는 좀 알자싶어
40여 년 전부터 귀 신문을 구독하고 있는 독자입니다.
　국장님!
　저는 일제가 이 나라 근역 3천리 금수강산을 빼앗아 갖은 만
행과 핍박과 잔혹을 일삼고 발호하던 1930년대 중반에 태어났습
니다. 그러니까 저는 피압박 민족의 식민지에서 나라 없는 백성
으로 서럽게 태어났습니다. 그래 저는 1945년 조국 광복, 소위
말하는 8·15 해방 때까지 일제 교육을 받다가 초등학교(요즘의
초등학교)4학년 때 해방이 되었습니다. 그랬으므로 저는 국민
학교 6년 동안 우리 교육은 2년도 제대로 못 받고 졸업을 했습
니다. 국민학교 4학년 여름에 해방이 되었으니까요. 그러나 우
리는 아니 우리나라는 해방이 되었다고 좋아할 수만 없었습니
다. 해방(광복)이 우리 스스로의 자력에 의해 이뤄진 게 아니고
연합군에 의해 이뤄져서인지 이남(남한)은 미군이 들어와 앉았
고 이북(북한)은 소련(러시아)이 들어와 앉았습니다. 이때 남한
은 미군이 통치하는 미군정시대가 돼 1945년 8월 15일부터 1948

년 8월 15일까지 3년 동안 우리나라를 다스렸습니다. 이렇게 되니 교육 커리큘럼 하나 제대로 없어 우리식 교과서 아닌 일제의 잔재식 교육 방식을 그대로 답습하는 잔재교육에 지나지 않았습니다. 교육만 그런 게 아니었습니다. 의식, 생활양태, 사고방식, 일상 언어 등도 일제에 길들여지고 순치돼 거의가 일본화 되어 있었습니다. 생각해 보십시오. 한두 달 일이 년도 아닌 자그마치 36년이란 긴 세월 동안 극악무도한 일제에 길들여졌으니 말만 해방이요 광복이지 실상은 무정부상태나 다름이 없었습니다. 여기다 또 우익이다 좌익이다 하며 사상과 이념 논쟁으로 영일이 없어 사람들은 마치 방향타를 잃은 조종사처럼 우왕좌왕 했고 세상은 예측불허로 혼란스러웠습니다. 여기다 염병이라는 무서운 법정 전염병 장티푸스가 창궐해 동네마다 휩쓸고 아이들은 아이들대로 하루 거리라는 간일학 초학부터 시작해 홍역, 손님마마의 천연두 같은 무서운 전염병에 걸려 마을마다 적선지역을 선포했음에도 하루 수십 명씩 죽어나갔습니다. 하지만 어찌 또 이것뿐이겠습니까? 태산보다 더 높고 범보다 더 무섭다는 보릿고개는 해토머리 따지기때와 함께 찾아와 사람들을 부황나게 했습니다. 오래 굶어 살가죽이 들떠 붓고 누렇게 되는 황달병 부황 말입니다. 논밭 한 뙈기 변변히 없어 산전(화전) 일궈 먹거나 마름한테 저두굴신 빌고 빌어 땅 몇 마지기 얻어 부치는 작인들은 길미가 다락 같이 비싼 장리쌀을 칠촌의 양자 빌 듯 사정사정 몇 말 빌어와 여남은 식구가 한줌 쌀로 죽을 쑤어 두어 파수 먹고 나면 그 다음엔 풀뿌리 나무껍질의 구황초 초근목피에 명줄을 걸어야 했습니다.

나는 여기까지 단숨에 내려읽곤 긴 한숨을 토해냈다. 마치 무슨 급한 일에 쫓기듯 가슴이 마구 뛰었다. 나는 몇 번이나 심호흡을 한 다음 휴게실로 가 커피를 진하게 한 잔 마셨다. 그런 다음 편집국으로 와 다시 편지를 읽기 시작했다.

국장님!
우리 세대 80대는 참으로 불행한 세대입니다. 우리 세대는 많은 것을 보고 겪고 당하며 살았습니다. 과도기여서 그랬는지 모릅니다. 몇 몇 소수만 빼고 모두가 찰가난의 애옥살이여서 그랬는지 모릅니다. 가난이 대물림되던 절대빈곤시대여서 그랬는지도 모릅니다. 물론 우리 부모님 세대는 우리 세대보다 더한 고통을 겪으셨을 줄 압니다. 아니 겪으셨습니다. 하지만 우리 자식들에게 효도는 받으셨습니다. 그러나 우리 세대는 부모님께 효도하고 자식들에겐 효도 못 받는 첫 세대가 되었습니다. 국장님도 아시겠지만 우리 세대는 폭압의 일제시대로부터 시작해 조국 해방의 혼란기와 경자유전耕者有田의 원칙에 의해 실시한 토지(농지)개혁도 겪었습니다. 그리고 민족상잔의 6·26전쟁과 인공치하의 숨 막히는 세월도 겪었습니다. 어디 이뿐입니까? 우리는 1인 장기집권을 획책한 망국의 3·15 부정선거도 겪었습니다. 부정선거에 항의해 벌떼같이 일어난 4·19 학생의거와 군사정권의 체제유지를 위한 유신치하의 긴급조치 1-9호도 겪었습니다. 우리 한민족이 5천년 동안 물려온 가난을 벗자며 온 국민이 요원의 불길처럼 일어나 잘 살기운동인 새마을사업도 벌였습니다. 10·26 사태로 대통령이 저격당하는 끔찍한 시해 사건도 겪었습니다. 12·12 군사 반란이며 5·18 광주민주화운동도 우리는 겪었습니다. 6월 민주항쟁과 6·29 민주화선언, 대통령 직선제 개헌도 보고 살았습니다. 하지만 이외에도 이루 다 헤아릴 수 없을 정도로 많은 사건의 소용돌이 속에서 우리는 살아왔습니다. 그러느라 어느 한 날 마음 편한 날이 없었고 어느 한 날 배고프지 않은 날이 없었습니다. 이런 속에서도 우리는 하늘을 법으로 알아 순천順天했고 땅을 법으로 알아 순응했습니다.

그런데, 그런데 말입니다. 국장님!

나는 여기서 잠시 눈을 감았다. 이 어른이 또 무슨 말을 적어 놓았을지 몰라서였다. 나는 결전장에 나가는 병사처럼 비장한 각오로 다음 글을 읽어 내렸다.

국장님!

저는 하고 싶은 말이 참으로 많고 쓰고 싶은 말도 참으로 많습니다. 정치 경제 사회 문화에 대해서도 쓰고 싶고 종교 교육 언행 풍속에 대해서도 쓰고 싶습니다. 그러나 이 많은 이야기를 이 편지글로 다 쓸 수가 없어 오늘은 우선 보릿고개에 대한 이야기와 그에 따른 우리의 자세에 대해서만 조금 쓰고자 합니다.

국장님!

결론부터 말씀드려 참 큰일 났습니다. 언제부터 우리가 그리도 잘 살아 나잇살이나 먹은 사람들마저 보릿고개를 원두한이 쓴 외 보듯 백안시 하는지 모르겠습니다. 나이 어린 사람들이야 보릿고개를 안 보고 안 겪었으니 아득한 전설처럼 생각돼 그런 다지만 나이 들어 50대 후반쯤 되면 보릿고개가 어떻다는 것을 알만한 나이인데도 오불관언이니 한심스럽습니다.

국장님! 국장님은 연세가 어떻게 되셨는지 모르겠습니다만 혹여 50대 후반이 안 되셨어도 소설을 쓰시는 분이시니 보릿고개가 어떻다는 것쯤 아시겠지요. 생각하면 그 때 그 시절 배고파 허기지던 보릿고개가 차라리 그립습니다. 그 때는 인정이 있었고 이웃이 있었고 보살핌이 있었습니다. 부모 효도 노인 공경 이웃 화목 동기 우애 친구 의리가 있었습니다. 요컨대 '인간'이 있었습니다.

그런데 지금은 어떻습니까? 그 때보다 몇 백 배 더 잘살아도 인정이 없고 눈물이 없고 가슴이 없고 이웃이 없습니다. 부모에 대한 효도, 노인에 대한 공경, 이웃에 대한 화목, 형제에 대한 우애, 친구에 대한 의리가 없습니다. 우리는 그 처절했던 보릿고개를 민족사관 입장에서 반드시 집고 넘어가야 할 책임과 사명이 있습니다. 그래서 자라나는 아이들에게 알려주고 일깨워 줘 정신 똑바로 차리고 살 수 있도록 인도해야 할 의무와 책무가 있습니다.

보릿고개!

부모 또는 조부모는 겪고 자식 또는 손 자녀들은 모르는 우리 민족의 태산준령 보릿고개! 보릿고개는 피 토하고 절규하고 땅 치고 하늘 우러르던 단말마적 처절무비였습니다. 우리는 지금 부모 조부모 때의 통한 보릿고개는 도외시하면서도 목낭청이처럼 망석중이처럼 외풍은 맹목으로 받아들여 정신없고 줏대 없이 살아가고 있습니다. 그러나 아무리 외면하고 도외시해도 우리의 통한 보릿고개는 새록새록 그리워지는 아픔의 강하요 미치도록 달려가고픈 까칠한 땅의 회상입니다.

아, 보릿고개!

보릿고개는 우리 민족의 한이 가닥가닥 서린 뿌리요 터전이요 어머니의 젖무덤 같은 모향입니다.

국장님!

지금 우리는 어떻게 살아가고 있습니까? 아니 지금 우리는 대체 어떤 정신 어떤 자세로 살고 있습니까? 우리는 지금 하늘 무서운 줄 모르게 살고 있습니다. 우리는 지금 천벌 받을 짓거리를 하면서도 아무렇지 않게 살고 있습니다. 하늘에 대해 너무나 큰 죄, 너무나 큰 잘못을 저지르면서도 눈곱만큼의 뉘우침도 없이 살고 있습니다.

그렇습니다. 지금 우리는 그렇게 살고 있습니다. 언제부터 우리가 그리도 잘살아 흥청망청 살았고, 언제부터 우리가 그리도 잘살아 소중한 음식 객사한 놈 지팡이 버리듯 버리고 살았습니까. 저들 아버지 때는 먹을 게 없어 피죽도 한 그릇 제대로 못 먹고, 저들 어머니 때는 덮을 게 없어 새우처럼 등걸잠을 자던 자들이 이제 좀 살게 됐다고 개구리 올챙잇적 생각 못 한 채 살고 있습니다. 저들이 어릴 때는 곱삶이 꽁보리밥에 쑥부쟁이 산나물로 명줄을 잇고 나물마저 억세어져 먹을 수 없으면 맨으로 굶다가 부황이 나서 살을 누르면 쑤욱쑥 들어가 고주박 쓰러지듯 픽픽 쓰러졌습니다. 뿐만이 아닙니다. 저들이 자랄 때는 풋바심할 햇곡에 손끝이 오므라들어 개떡에 칡뿌리로 연명했습니다. 그러다 쇠가죽처럼 질긴 송피를 먹고는 항문이 막혀 변을 못 본 게 한두 번이 아니었습니다. 아, 그때의 그 기막힘을 어떻게 설명하겠습니까? 한데도 지금 우리는 그 때의 그 기막힘을 잊고 있습니다. 전설처럼 아득히 잊고 있습니다. 안타까운 일이 아닐 수 없습니다. 보릿고개는 몇 백 년 전이나 몇 천 년 전의 전설이 아닙니다. 보릿고개는 불과 몇 십 년 전 1960년대와 1970년대까지 있어왔던 절체절명의 민족사적 대동지환大同之患이었습니다. 이럼에도 우리는 지금 한고조寒苦鳥처럼 그 때를 까맣게 잊은 채 흥청거리고 있습니다. 정신 차려야 합니다. 옷깃 여미고 그 때를 생각해야합니다. 지금이 어느 시대인데 뚱딴지처럼 보릿고개 이야기를 하고, 지금이 어떤 세상인데 잠꼬대처럼 보릿고개 이야기를 꺼내느냐 할 사람이 있을지 모르지만 옛날 없이 오늘 없듯 배고픈 역사 없이 오늘의 풍요는 없습니다. 벌써 오래전의 이야기입니다만 유니세프의 발표에 따르면 지구상에는 1분에 24명, 한 시간에 2천 4백 명, 하루에 3만 5천 명, 1년에 1천 3백만 명이라는 엄청난 목숨이 굶주림으로 죽어가고 있다합니다. 기막힌 일이 아닐 수 없습니다. 사람이 만든 별이 우주를 누비고 사람이 만든 로봇이 인간을 지배하는 이 21세기 첨단과학시대에 어찌 이런 가당찮은 일이 가능할 수 있단 말입니까.

국장님!

저는 보릿고개를 윤리 도덕과 함께 반드시 초, 중, 고등학교의 교과서에 실어 우리의 귀중한 교훈으로 삼아야한다고 봅니다. 이는 작게는 우리의 정서를 찾아 한국인이 되자 함이요 크게는 애국으로 지난날의 기막혔던 참상을 오늘에 투영시켜 타산지석으로 삼자함입니다. 지난날의 보릿고개가 뭐 그리 대단하다고 이 야단이냐 할 사람이 있고 찢어지게 가난하던 보릿고개가 무슨 자랑이라도 되느냐며 비아냥대는 사람이 있을지도 모릅니다.

그렇습니다. 이런 사람은 반드시 있습니다. 동냥은 못 줘도 쪽박을 깨는 사람은 언제나 있게 마련이니까요. 그러므로 이는 정부가 나서야합니다. 정부가, 교육부가 초, 중, 고등학교 교과서에 보릿고개 때의 참상을 실어 자라나는 아이들로 하여금 정신 차리도록 해야 합니다. 아하, 우리 조상님들은 이렇게 사셨구나. 우리 조상님들은 이런 기막힌 보릿고개를 겪으셨으면서도 사람답게 사셨구나함을 일깨워줘야 합니다. 그래서 인성 효심 도의는 물론 우애 의리 근검절약 절제 인내정신을 가르쳐야 합니다. 그런데 보십시오. 세상은 지금 이런 것에는 관심도 없습니다. 아니 오히려 못나빠진 구닥다리 고루한 사상으로 치지도외 하고 있습니다. 그러니 국장님! 이 노릇을 대관절 어떡하면 좋습니까. 국민의식이 이 지경이고 정부마저 도외시한다면 마지막 보루는 제4부라 일컬어지는 언론입니다. 언론이 나서서 그 처절했던 보릿고개 때의 참상을 말해야 합니다. 그래서 국민들로 하여금 대오각성 하도록 해야 합니다. 그래야 언론이 언론의 사명을 다했다 할 것입니다. 안 그렇습니까? 국장님!

나는 여기서 다시 편지 읽기를 중단하고 눈을 감았다. 왠지 보여서는 안 될 치부를 보인 것 같아 눈을 감지 않을 수가 없었다. 나는 참선하듯 한참을 눈을 감은 채 부동자세로 있다가 눈을 떴다. 그런데도 냉큼 편지를 읽을 수가 없었다.

국장님!

그럼 이제부터 보릿고개의 참상에 대해 잠깐 말씀드려볼까 합니다. 정작 중요한 것은 지금부터여서 불감청이언정 고소원으로 정독을 부탁드립니다. 보릿고개에 대해서라면 할 말이 너무 많아 무엇부터 말씀드려야 할지 모르겠습니다.

국장님!

앞에서도 말씀드렸지만 보릿고개는 해토 무렵의 따지기때부터 시작돼 햇보리가 나는 초여름까지 이어집니다. 자기 땅이 있어 단경기端境期까지 계량이 되는 집은 동네 중 한두 집에 불과하고 나머지는 화전 일궈 조 감자 옥수수 기장 등속을 농사짓거나 아니면 가뭄에 논바닥이 거북등처럼 쩍쩍 갈라지는 천봉답에 꼬창모를 심어 놓고 하늘만 쳐다보며 땅 꺼지게 한숨지었습니다. 하지만 손포가 없거나 힘이 약해 이것마저 못하는 사람들은 개인 말림갓이 아닌 국유림의 산에 푸새를 베어 말려 불을 지르고 그 불 지른 땅(산)에 몸이 걸어 제 그루 안타는 메밀 농사를 지어 메물푸저리를 했습니다. 그러나 이때 겪는 배고픔은 말할 수가 없어 밥 한 번 실컷 먹는 게 소원이었습니다. 그래 굶어죽어도 베고 죽는다는 씨오쟁이 씨앗까지 꺼내 바수어 먹었습니다. 그런데 웬 놈의 해는 또 장대처럼 그리 긴지 아무리 쳐다봐도 하늘 복판에 붙박여 요지부동이었습니다. 그러면 사람들은 아침에 일어나기 급하게 이웃집 굴뚝부터 보았습니다. 굴뚝에 연기가 나느냐 안 나느냐로 아침을 하는지 안 하는지를 알기 위해서였습니다. 사람들은 굴뚝에 연기가 안 나는 집이 있으면 울 너머로 겉곡 한 되박이나 나물 죽 한 그릇을 넘겨주고 같이 굶었습니다. 아이들은 먹고 돌아서면 배가 고파 걸신들린 듯 산야를 헤지르며 찔레순 산딸기 오디 아카시아꽃 까치복상 등을 허발나게 따 먹거나 꺾어 먹었고 무릇 잔대 더덕 산도라지 등도 아귀아귀 캐 먹었습니다. 어린 손자가 배고프다 울면 할머니는 어이구 맙소사. 저 어린 것 배창자 하나 못 채워 생으로 굶기다니. 할머니는 하늘님 부처님 천지신명님을 연해 부르며 낫을 들고 산에 가 송피를 벗겨다 절구에 찧기 급하게 손자의 입에 넣어주었습니다. 손자는 질기디 질긴 송피를 목을 뺀 채 끼룩끼룩 먹고 변비가 생깁니다. 그러면 할머니는 숟갈총으로 손자의 항문을 벌려 손으로 소화 안 된 송피를 꺼내는데 이때 손자의 항문이 찢어져 피가 납니다. 아, 국장님! 똥구멍이 찢어지게 가난하다는 말은 이래서 생겼습니다. 그러나 이것만이 아닙니다. 어떤 동네에서는 어린 손자가 밥 달라 울자 할머니가 알았다며 한밤중에 근동의 상호上戶 집으로 잠입, 부엌에서 허연 쌀밥 한 그릇을 훔쳐 나오다 범강장달이 같은 들때밑 몇 사람한테 잡혀 초주검을 당하기도 했고 어느 동네에서는 또 마름이 하도 땅땅거려 작인들이 기를 못 펴기도 했습니다. 오죽하면 웬만한 벼슬 마름 세도만 못하다는 속담이 생겼겠습니까. 마름 중엔 세도를 앞세워 작인 부인과 통정을 하기도 했고 작인은 마름한테 논 몇 마지기에 당하는 왁댓값을 받고 눈감아주기도 했습니다. 목구멍이 포도청이니 도리가 없었던 것입니다. 그런가 하면 심보 고약한 마름은 예쁜 딸을 가진 작인을 불러 딸년을 소실(첩)로 주면 논 여남은 마지기 더 부치게 해 주겠다고도 했는데 이때 울분을 못 참는 작인은 밤을 도와 마름 집에 불을 지르고 남부여대 북만주로 야반도주하기도 했습니다. 북만주는 일제의 징용이나 징병을 피하기 위한 도피처이기도 했지만 일제의 폭압을 피해 개간이나 해 먹자며 찾아간 곳입니다. 그때 망국의 한과 망향의 설움을 노래한 것이 그 유명한 한 송이 눈을 봐도 고향 눈이요 두 송이 눈을 봐도 고향 눈일세 하는 백년설의 "고향설"입니다.

국장님!

보릿고개가 시작되는 따지기때부터 사람들은 냉이 쑥 달래 흩잎 두릅 등을 캐거나 따 먹으며 모진 명줄을 이었고 이게 억세어져 먹을 수 없으면 칡뿌리를 캐먹고 송피를 벗겨 먹다 종당엔 큰 산에 가 참취 곰취 나물취 이밥취 개미취 미역취 수리취 참나물 등속을 뜯어다 삶아 무쳐먹는데 나물만 여러 날을 많이 먹어 모두가 채달에 걸려 살이 누레졌습니다. 그래 사람들은 보리가 여물기만 고대하며 매일 보리밭으로 나가보지만 보릿대가 알을 배고 이삭이 패 물알 잡히자면 차례 멀어 눈앞이 캄캄했습니다. 보리가 어지간히 여물어야 풋바심이라도 할 수 있기 때문입니다. 세월이 이런데도 시절은 어김없어 산야엔 참꽃 진달래 참나리 조팝꽃 영산홍 철쭉이 흐드러졌고 울 너머의 살구꽃과 언덕배기의 복사꽃은 어질어질 꽃 멀미를 느끼게 했습니다. 그러면 종다리는 공중에서 몸 달게 들까불다 보리밭으로 굴러 내리고 건넛산 솔포기 밑의 장끼란 놈은 꿔엉 꿩 울다가 푸드득 날아올라 골짜기 아래로 내려앉습니다.

국장님!

요즘이야 농사를 농기계가 다 짓고 무거운 짐도 농기계가 다 실어날라 아주 편해졌지만 지난날엔 모두 인력으로 농사를 지었기 때문에 뼛심들고 골병들어 죽을 지경이었습니다. 김매기만 해도 그랬습니다. 지금은 논밭의 김을 안 매다시피 하지만 지난날엔 논이고 밭이고 모두 애벌(아이) 두벌(이듬) 만물(세벌) 해서 세 번씩 맸습니다. 논은 두벌 맬 때까지는 힘이 덜 드는데 마지막 세벌매기 만물 때는 여간 힘들지 않아 코에서 단내가 확확 납니다. 무릎 높이까지 자란 날카로운 벼 잎에 목과 얼굴이 찔리고 긁혀 쓰라린데다 엎드려 논을 매야 하니 허리가 끊어지게 아파서입니다. 여기다 잉걸불처럼 펄펄 끓는 뜨거운 해는 내려쬐지 호미질 한 논바닥에서는 가스가 올라와 숨통을 막지 정말 힘이 듭니다. 이는 그루 조밭 맬 때도 마찬가지여서 죽을 지경입니다. 그루 조밭이란 보리를 벤 그루에다 조를 심어 붙여진 이름인데, 이 그루 조밭도 논처럼 세벌을 매야합니다. 그루 조밭도 잉걸불 같은 해가 땅(밭)을 화끈화끈 달궈놔 쇠비름이나 닭의장풀 같은 바랭이를 발바닥 밑에 깔고 밭을 매야하기 때문에 여간 힘든 게 아닙니다. 하지만 힘 드는 게 어찌 또 이것뿐이겠습니까. 밀 보리타작 때 땀범벅이 된 살갗에 까끄라기가 달라붙어 얼마나 따갑고 쓰라린지 모릅니다. 밀이나 보릿단을 자리개로 묶어 개상에다 태질하는 자리개질도 힘들기는 마찬가지입니다. 논두렁 밭두둑 다 접은 어정칠월이면 한길이나 자란 콩밭 속에 들어가 바람 한 점 통하지 않는 데서 바랭이 뜯는 것도 고통이요 보리풀이라 일컬어지는 퇴비를 식전에 한 짐 오전에 두 짐 오후에 석 짐씩 하루 여섯 짐 베어 나르는 것도 여간 고된 게 아니었습니다. 땀은 온몸에 뒤발을 하다시피 흐르지요, 풀쐐기는 빠짝 약이 올라 팔뚝을 사정없이 쏴대지요, 땅속이나 풀 속에 집을 짓고 사는 땅벌은 머릿속까지 파고들어 침을 꽂았습니다. 여기다 독이 오를 대로 오른 독사가 똬리를 틀고 있다가 예고 없이 기습을 하니 십년감수하기 일쑤였습니다.

이런 가운데서도 우리는 달장근을 툇마루에 걸터앉아 찬물에 꽁보리밥 말아 터앝에서 따온 풋고추 된장에 찍어 우적우적 먹는 사이 어정칠월도 반나마 지나 춘궁의 보릿고개 버금가는 칠궁을 맞이하지요. 이때도 우리는 앞에서 말했듯 하늘을 법으로 알고 땅을 법으로 알아 어른 공경, 동기 우애, 이웃 화목, 친구 의리를 인간 도리의 원형이정으로 삼았습니다. 그리고 무엇보다 근검절약을 생활화 했습니다. 그랬으므로 낟알 하나 허투루 버리지 않았고 지푸라기 하나 함부로 버리지 않았습니다.

아, 그런데 말입니다 국장님!

요즘 사람들은, 물론 다는 아니지만 상당수의 요즘 사람들은 물건 아까운 줄 모르고 물자 귀한 줄 모른 채 살고 있습니다. 멀쩡한 옷가지를 내다 버리고 새것이나 진배없는 가구 집물도 마구 버리니 이것 참 큰일입니다. 이는 거두절미 언론이 앞장서서 근검절약 캠페인을 벌여야 합니다. 지난날의 배고픈 참상을 오늘에 되살려 기획물의 시리즈로 실어야 합니다. 그래서 배고팠던 보릿고개 때를 반면교사로 삼아야 합니다. 물론 요즘 세대들은 보릿고개도 안 겪고 모진 고생으로 큰 배고픔도 덜 겪어 내일보다 오늘에 안주하는 경향이 많습니다. 그러나 이는 참고생을 안 하고 큰 배고픔을 안 겪었기 때문입니다. 참고생을 하고 큰 배고픔을 겪은 사람은 이럴 수는 절대로 없습니다. 오죽하면 우리 속담에 비단 옷도 한 끼 밥과 바꿔 먹고 사흘 굶어 도둑질 안 할 사람이 없다는 속담이 생겼겠습니까.

국장님!

할 말은 태산같이 많사오나 오늘은 여기서 이만 그치겠습니다. 하오니 국장님! 이 늙은이의 말이 쓸 만하다 여기시면 몇 번에 걸쳐서라도 귀지에 소개시켜 주셨으면 고맙겠습니다. 저는 어떻게 해서라도 제 뜻이 많은 이들에게 알려져 정신 차리게 하는 계기가 되었으면 좋겠습니다.

그렇습니다. 제 뜻은 순일합니다. 제 뜻은 순수합니다. 그러나 만일 국장님께서 이 글월이 일고의 가치도 없다 여기시면 쓰레기통에 집어 넣으셔도 좋습니다. 그럼 국장님의 선처를 바라오며 이만 총총 난필을 마치겠습니다. 안녕히 계십시오.

편지는 여기서 끝나 있었다. 나는 편지를 다 읽자 왠지 잘못 산 것 같은 느낌이 들었다. 나는 이 어른이 뵙고 싶어졌다. 아니 가까운 날 이 어른을 인터뷰해 특집으로 모시고 싶었다. 가능하면 기자를 직접 보내 인터뷰하고 싶었다. 나는 편지 끝에 적혀 있는 전화번호를 확인하고 전화기를 집어 들었다.

와류 渦流

와류 渦流

여행날짜가 가까워오자 순녀는 마음이 달떠 일이 도무지 손에 잡히지 않았다. 그도 그럴 것이 쇠털 같이 수많은 날 갑남을녀 다 다녀오는 제주도 한 번 못 가본 채 국으로 들어앉아 살림만 하는 터에 옥희가 천만 뜻밖에도 경치 좋은 바닷가에 가 회도 먹고 술도 한 잔 하며 바람이나 쐬고 오자니 어찌 일이 손에 잡힐 리 있겠는가. 더구나 이번 여행은 옥희가 경비를 다 대 돈 한 푼 안 들이고 다녀오는 공짜 여행이라지 않은가. 남들은 제주도는 말할 것도 없고 중국이나 일본, 나아가서는 유럽과 중남미까지도 부부동반 잘도 다녀오는데 순녀는 여태껏 부부동반의 해외여행은 언감생심 꿈도 못 꿔 허구한날 바보처럼 살림만 살고 보니 이런 숙맥 머저리가 없다 싶었다. 그래 순녀는 가끔 심술보가 터지면 불뚱가지 말투로 남편한테 대들기 일쑤였고 그럴 때마다 남편이 구두쇠 짠돌이로 보여

저것도 불알 찬 사내인가 했다. 사내라면 헙헙하고 늡늡해 호연한 데가 좀 있고 남의 기분도 헤아릴 줄 아는 금도가 있어야 하는데 이건 어떻게 생긴 사내가 좀스럽고 쩨쩨해 담배씨로 뒤웅박 파게 잔달아빠진 자린고비여서 감기도 아까워 남 못 주는 위인이었다. 살기가 어려워 조반석죽도 제대로 못 끓이는 애옥살이라면 말도 안 한다. 남편은 소리치게 돈이 많은 큰 부자는 아니어도 시장에 점포가 네 개나 있고 길미가 다락 같이 비싼 사채놀이 고리대금업까지 해 자고 나면 돈이 작달비에 산골물 붇듯 불었고 가을바람에 낙엽 쌓이듯 재산이 쌓였다. 점포 네 군데서 나오는 임대료가 화수분이요 고리의 사채 이자가 황금알을 낳는 거위였기 때문이다. 이럼에도 남편은 돈을 모을 줄만 알았지 쓸 줄은 몰라 노랑 물 한 방울 나지 않는 구두쇠 수전노였다. 다달이 들어오는 적잖은 임대료와 사채놀이에서 생기는 길미가 수월찮아 재산이 눈에 띄게 늘어도 남편은 외식 한 번 하는 일이 없어 삼시 세 끼를 집에서 꼬박꼬박 챙겨먹어 요즘 유행어로 '삼식三食이 새끼'소리를 들었다. 다른 집 남편들은 하루 한두 끼는 나가 먹고 어떤 남편들은 세 끼를 다 나가 먹어 '영식님' 소리까지 듣는다는데 순녀 남편은 어떻게 된 위인이 365일이 하루 같아 매끼 식사를 꼬박꼬박 집에서 먹었다. 이러고도 입고 나갈 정장 한 벌 변변히 없어 외출복은 허름한 점퍼와 코르덴 바지가 난벌이었고 집에서 입는 든벌은 싸구려 일복 두 벌이 전부였다. 물론 그 흔한 중고 승용차 한 대 없어 웬만한 데는 걷거나 자전거로 다녔다. 적이나 하면 한 달에 한두 번쯤 동부인해 외식도 하고 봄 가을로 영화도 몇 편 봄직한데 어떻게 된 사람이 이런 것과는 처음부터 담을 쌓고 살았다. 고기도 돈이 아까워 명절 때와 제삿날, 그리고 생일 때가 아니면 그 흔한 삼겹살 한 번 구경 못해 소증素症 나기 십상이었다. 그렇다면 여행이라도 가끔 가야 하는데 여행은 고사하고 가까운 유원지나 근린공원 같은 데 산책 한 번 안 하는 몰 취미 바사기로 만고에 돈 버는 재주밖에 없는 안동按東답답이었다.

이런 남편은 지금까지 계모임 같은 데서 다녀오는 당일치기 여행만 두어 차례 다녀왔을 뿐 1박 2일의 부부동반 여행 한 번 다녀오질 못했다. 상황이 이쯤 되고 보니 순녀는 동남아와 유럽여행은 엄두조차 낼 수 없어 남편한테 구린 입 한 번 떼지 않았지만 남들 다 가는 제주도 한 번 못 가는 데는 심사가 뒤틀려 견딜 수가 없었다. 그래 마음에 없는 든장질로 비나리를 쳐볼까도 했고 드레질과 연사질로 눈비음을 해볼까도 했지만 더럽고 치사해 그만두었다. 그리고 또 가끔은 베거리로 남편 속내를 떠볼까도 했고 구구한 말로 비라리라도 쳐볼까 싶었지만 이 또한 치사스러워 집어치웠다. 도치기 같은 인간한테 무슨 말을 해도 씨가 안 먹힐 것 같아 차라리 피새나 찜부럭으로 성질을 부리고 왜장질과 고누름으로 욕을 해대는 게 낫다싶었기 때문이다.

순녀는 생각할수록 옥희가 고마웠다. 옥희가 아니었으면 이번 여행은 꿈도 못 꿀 일이었다. 그리고 보면 옥희는 참 너름새 좋고 두름성 좋은 친구였다. 아니 내뻗성 있는 봉축꾼으로 사자어금니의 여장부였다. 그렇지 않고야 어찌 몇 백리 밖 바다까지 가 송림 우거진 경치 좋은 숲속에서 회를 먹고 바닷바람과 함께 술까지 한 잔 마시며 거나한 기분으로 해변을 거닌단 말인가.

순녀는 생각할수록 옥희가 잘나고 똑똑해 여걸이다 싶었다. 게다가 옥희는 얼굴이 예뻤고 키가 훤칠했으며 목소리까지 낭랑한데다 성격도 서글서글했다. 그래서인지 옥희는 몇 년 전 동네 부녀회장으로 뽑히더니 작년부터는 또 여성단체의 무슨 회장인가에 뽑혀 며칠에 한 번 꼴로 시청을 드나들었다. 그리고 무슨 모임이 그리 많은지 생쥐 풀방구리 드나들 듯 시청 출입이 잦았다. 그런데 이런 옥희가 순녀한테 바다여행을 가자며 뜬금없이 설레발을 치니 순녀는 좋다 못해 황홀하기까지 했다.

'바다 여행이라니. 그것도 돈 한 푼 안 드는 공짜여행이라니'

순녀는 생각할수록 꿈만 같아 가슴까지 콩콩 뛰었다. 옥희가 친구라는 게 자랑스러워 왜장이라도 치고 싶었다. 돈 내고 가는 관광이라면 누구나 갈 수 있고 또 어려울 것도 없지만 이번 여행은 친구 잘 둔 덕에 돈 한 푼 안 내고 대우 받으며 가는 것이니 사람은 역시 잘나고 봐야 한다 싶었다.

'옥희가 나긴 났어. 여성 단체의 무슨 회장인가가 되더니 시에서 국과장이 나오고 시장까지 찾아왔다니 인물이지 뭐야. 옥희가 만일 남자로 태어났더라면 크게 한 자리 할 인물인데 아까워'

순녀는 옥희가 중학교 밖에 안 나와 지방에서 썩는 게 못내 아까 웠다. 옥희는 순녀와 중학교 동창일 뿐만 아니라 한 달에 한 번 모 이는 계원이기도 해 흉허물이 없었다. 게다가 또 서로 죽이 잘 맞아 무시로 만나 수다를 떨었다. 계원들은 모두 스무남은 명쯤 되었는 데 이중에서도 순녀는 옥희와 가장 친해 자주 만나 수다를 떨었다. 그런데 이번 여행은 스무 남은 명의 계원들이 다 가는 여행이 아니 고 순녀와 옥희만 가는 여행길이어서 단출하고 오붓했다.

계원 스무 남은 명이 한 달에 한 번 모이는 곗날은 과장 없이 참 새 떼 여울 건너가는 날이어서 수백 마리의 참새 무리가 곡식 더미 에 멍석 같이 내려앉아 짓떠들어 식당이 둥둥 떠나갔다. 그래 이때 멋모르고 식당에 점심 먹으러 들어오는 남정네들은 어마뜨거라 하 고 식당을 나가거나 아니면 대단한 인내심으로 밥이 입으로 들어 가는지 코로 들어가는지 모르는 상태에서 동네 접시 다 깨는 참새 떼 소리를 들으며 밥을 먹어야 했다. 그러니 이는 초인적 인내심으 로 버티든지 아니면 처음부터 체념하고 식당을 나오든지 해야 한 다. 안 그러면 이만저만 곤혹을 치르는 게 아니기 때문이다.

생각해 보라.

스무 남은 명이나 되는 참새 떼들이 제 각각 떠들어대는 금속성 의 고음이 얼마나 시끄러울 것인가를.

그렇다. 이때 참새 떼들이 질러대는 고음이 정확히 몇 데시벨일 지는 알 수 없으나 아마도 식당 안이 쑥대밭으로 변해 초토화되기는 일도 아니어서 장사가 안 돼 손님이 없는 식당은 몰라도 장사가 웬만큼 되는 식당은 동네 접시 다 깨며 식당을 초토화시키는 계꾼들을 그리 환영하거나 달가워하지 않는 터였다.

드디어 기다리고 기다리던 여행날짜가 당일로 다가오자 순녀는 갓밝이 첫새벽부터 부산을 떨었다. 당일치기 여행이라 간편한 복장이면 되련만 순녀는 먼 여행이라도 떠나는 사람처럼 이것저것 챙겼다. 그러느라 잠 한 숨 제대로 못 자 뜬눈으로 날을 밝혔다. 아니다. 잠이 도무지 안 와 날밤을 새웠다는 게 정확한 표현이었다. 순녀는 다섯 시가 되자 집을 나섰다. 남편한테는 옥희가 미리 너름새 좋게 허락을 받아 별 문제가 없었다. 자칫 날떠퀴가 사나워 도치기 같고 보비리 같은 구석바치 남편이 막무가내로 나온다면 순녀와의 여행은 수포로 돌아가는데, 남편이 다른 사람 말은 듣지 않아도 옥희 말은 잘 들어 일이 수월하게 풀렸다. 순녀는 새벽부터 콧노래를 부르며 택시를 탔다. 이런 순녀를 택시기사가 백미러로 힐끔힐끔 보며

"거 새벽부터 기분 좋은 일이 있으신 모양입니다, 사모님."

하고 수작을 걸었다. 말하는 품이 장히 놀림조였다. 그러나 순녀는 오늘 같이 기분 좋은 날 이게 무슨 대수랴 싶어

"암요. 있고말고요. 체육관 앞 광장까지 태워다주세요"

하더니 만 원권 한 장을 호기 있게 내밀며

"잔돈은 기사님 가지세요."

했다. 기사가 백미러에 대고 꾸벅 절하더니

"고맙습니다. 사모님, 즐거운 여행되십시오."

기사는 아까와는 딴판 다르게 깍듯하고 정중했다. 거스름돈 몇천 원이 사람을 이리 저두굴신시키다니.

순녀는 돈 몇 천원의 위력에 묘한 쾌감을 느끼며 피식 웃었다.

체육관 시계탑 앞엔 아직 아무도 나와 있지 않았다. 시계를 보니 이제 겨우 다섯 시 삼십 분. 출발 시각 일곱 시까지는 아직 한 시간 삼십분이 남아 있었다. 순녀는 하릴없이 광장을 서성이다 옥희에게 전화를 걸었다.

"일곱 시 출발인데 벌써 나와 있으면 어떡해. 시계탑 옆에 커피숍 하나 있지. 거기 문 열었을 거야. 들어가 차 마시고 있어. 나 얼른 서둘러 나갈게."

그러나 커피숍은 문이 굳게 닫혀 있었다. 옥희가 온 것은 여섯 시 반이 다 되어서였다.

"아 참, 내가 미처 말 못했는데, 오늘 여행은 모르는 사람들끼리 가는 여행이야. 남녀 혼성으로."

관광버스가 도착하고 사람들이 삼삼오오 모이자 옥희가 순녀한테 귀엣말로 말했다.

"아니 그럼 일면식도 없는 생판 모르는 낯선 사람들끼리 간단 말이야?"

순녀가 눈이 휘둥그레져 묻자 옥희가 조그만 소리로

"그런 셈이지. 남녀 짝을 맞춰."

"그럼 이게 무슨 여행이야. 짝짓기지."

"왜 그렇게만 생각해. 이 기회에 이런 세상 이런 세계도 있다는 걸 알아 봐. 신선하기도 하고 호기심도 생길테니."

옥희는 아무렇지 않게 말하며 눈을 찡긋했다. 일곱 시가 가까워지자 사람들은 사십여 명 모였고 나이는 40대 후반에서 50대 초반의 갱년기 남녀였다.

"자 이제 자리 배치는 제비를 뽑아 무작위로 정하겠습니다. 잘 아시겠습니다만 같은 수의 남자 분과 같은 수의 여자 분이 짝이 돼 한 좌석에 앉으시는 겁니다. 아시죠들?"

운전기사가 손아귀에 종이 뭉치를 말아 쥔 채 소리쳤다. 사람들은 기사의 말에 일렬종대로 서서 제비를 뽑았다. 하는 품새로 봐 기사나 관광객 모두가 난든집이어서 여러 번 해본 솜씨였다. 그런데도 순녀는 소난 장에 말난 것 같아 옥희 뒤에 바짝 붙어 얼떨결에 제비를 뽑았다. 그러며 속으로 이게 아닌데 이게 아닌데 했다. 순녀가 뽑은 좌석은 30번이었다. 옥희는 8번을 뽑았다.

"괜찮아. 첨엔 다 그래. 나도 첨엔 당혹했어. 오늘은 모든 걸 다 잊고 맘껏 즐기는 거야. 알았지?"

옥희는 여유작작이었다. 그런데도 순녀는 겁나고 무섭고 불안하고 두려워 괜히 온게 아닌가 후회됐다. 옥희가 이를 눈치 채고 귓속

말로 소곤거렸다.

"걱정 마. 생면부지 초면이어도 프라이버시는 다 지키니까. 어쩌다 수준 이하의 만무방이 걸리긴 해도 그것도 다 복불복이지 뭐. 오늘, 세상의 이면을 한 번 구경해 봐. 좋은 인생 공부가 될 테니까."

옥희는 천하태평이었다. 순녀는 똥마려운 강아지처럼 안절부절못하며 바장이다.

"저, 우리 둘이 한 좌석에 앉아서 가자. 응? 안 그러면 나 집으로 갈래!"

순녀가 정색을 하며 힘담없이 말했다. 옥희가 남우세스럽다는 듯

"촌스럽게 이러지 말고 어서 타. 우리만 안 타고 있잖아."

옥희가 엉너리치며 순녀를 차 안으로 밀어 넣었다. 순녀는 떠밀리다 시피 차 안으로 들어갔다.

"자, 이제 다들 타셨죠? 그럼 출발합니다. 차가 40번까지 찼으니 남자 분 스무 분 여자 분 스무 분 모두 마흔 분이십니다."

기사가 마이크에 대고 말하며 오늘 여러분을 모시게 된 기사 아무갭니다 하고 자기 소개를 했다. 순녀는 할 수 없이 좌석을 찾아 주춤주춤 안으로 들어갔다.

"혹시 30번이십니까?"

오십을 한 둘 넘어 보이는 듯한 중년남자가 히죽 웃으며 물었다.

"······예에"

순녀는 기어드는 소리로 대답했다.

"아, 이거 반갑습니다. 여기가 30번입니다. 안쪽으로 앉으시지요."

남자가 자리에서 벌떡 일어나 창 쪽 자리로 안내했다. 순녀는 어마 지두에 창 쪽 자리로 들어가 앉았다. 그러며 남자를 흘깃 일별했다. 남자는 얼굴이 검었고 그 검은 얼굴에 개기름이 줄줄 흘렀으며 머리는 벗어졌는데 배는 올챙이배처럼 툭 튀어나와 있었다. 전형적인 속물의 표본 같았다.

'오, 하느님 맙소사!'

순녀는 저도 모르게 눈을 질끈 감았다. 이때 버스가 미끄러지듯 스르르 구르기 시작했다.

"왜, 어디 불편하십니까?"

옆자리의 남자가 걱정스러운지 조심스레 물었다.

"아, 아닙니다. 괜찮습니다."

순녀는 손사래와 함께 도리질을 했다.

"그래도 이 물 한 컵 드시지요. 옥수수찹니다."

남자가 종이컵에 옥수수차를 따라 순녀에게 내밀었다. 순녀는 목례와 함께 옥수수차를 받았다. 버스는 날개라도 단 듯 훨훨 날아 까만 피댓줄 같은 고속도로를 씽씽 잘도 달렸다.

"자, 여러분! 이 휴게소에서 아침 식사하시겠습니다. 짝꿍 분이랑 아침 식사 후 차도 한 잔 하시며 환담 나누시다가 정각 아홉 시에 출발하겠습니다. 지금이 여덟 시니 한 시간 남았습니다."

기사는 버스가 출발한 지 한 시간 쯤 되자 어느 휴게소 광장에 차를 세우며 말했다. 차가 서자 사람들이 자루에서 곡식 쏟아지듯 꾸역꾸역 쏟아져 내렸다. 순녀도 사람들 끄트머리에 서서 직수긋 걸어 나왔다. 옥희는 짝꿍인 듯한 오십대 초반의 잘생긴 남자와 함께 여남은 발짝 앞에 걸어가고 있었다.

홍! 복 많은 년은 가지 밭에서도 앞으로 엎어진다더니 옥희가 그 짝이군!

순녀는 괜히 심사가 뒤틀려 얼굴이 확확 달아올랐다. 이때 옥희가 뒤를 힐끗 보더니 주춤 걸음을 멈췄다.

"저와 제일 친한 친구예요. 중학교 동창이기도 하구요."

순녀가 가까이 다가가자 옥희가 짝꿍한테 순녀를 소개했다.

"아, 예 그렇습니까. 이거 대단히 반갑습니다. 오늘 즐거운 여행 되시기 바랍니다."

옥희 짝꿍이 다소 과장된 제스처를 취하며 허리를 굽신 꺾었다. 하는 모양새가 한두 번 해 본 솜씨가 아니었다. 이를 지켜보던 순녀 짝꿍이 곁에서

"자, 시장하실 텐데 얼른 가서서 아침 식사 하시지요."

어쩌고 하며 설레발을 쳤다. 옥희 서건에게 뭔가 좀 아니꼬웠던 모양이다.

"잘 부탁드려요. 그 친군 살림만 하던 전업주부에요. 그래서 이런 여행은 생전 처음이에요."

옥희가 순녀 짝꿍한테 미소 지으며 상냥하게 말했다. 짝꿍은 그

제야 벙긋 웃으며

"예, 알겠습니다. 자알 모시겠습니다."

했다. 순녀는 짝꿍을 따라 식당으로 향했다. 그러면서도 이게 어떻게 돌아가는 셈판인지 알 수가 없었다. 옥희가 "잘 부탁드려요" 하던 말은 무슨 뜻이며 짝꿍이 "자알 모시겠습니다."하던 말은 또 무슨 뜻이었을까. 순녀는 뭐가 뭔지 도무지 알 수 없는 의문 속에서 아침 식사를 마쳤다. 아침은 간단하게 우유 한 잔과 토스트 한 개로 때웠다.

"아침 식사가 부실해 괜찮으시겠어요? 하긴 이따 점심에 생선회와 매운탕을 먹을 테지만요."

짝꿍도 순녀를 따라 우유와 토스트로 아침을 때웠다.

"커피 한 잔 하실래요?"

아침 식사가 끝나자 짝꿍이 물었다.

"예. 제가 만들어 먹겠습니다."

순녀가 자리에서 일어나자 짝꿍이 무슨 소리냐는 듯 순녀를 주저앉히며

"원 별 말씀을 다 하십니다. 레이디 퍼스트 아닙니까? 오늘은 제가 끝까지 여왕님으로 모시겠습니다. 요기 요 자리에 가만히 계십시오."

하더니 주방 앞으로 뚜벅뚜벅 걸어갔다. 순녀는 이 광경을 물끄러미 바라보며 독백했다.

"옥희 짝꿍 반의반만 됐어도 좋으련만. 머리가 안 벗어지고 배나 튀어나오지 않았어도 괜찮으련만. 아니 시커먼 얼굴에 개기름만 흐르지 않아도 괜찮으련만……."

순녀는 부질없는 독백을 뇌다 깜짝 놀랐다. 내가 지금 대체 무슨 생각을 하고 있나 싶어서였다. 저 남자가 머리가 벗어지면 무슨 상관이며 배가 튀어나오면 무슨 상관이랴. 얼굴이 검거나 개기름이 줄줄 흘러도 이것 또한 나와 무슨 상관인가.

"차 드세요."

짝꿍이 커피를 만들어 온 건 이때였다. 순녀는 목례로 감사를 표하며 커피를 받았다.

"본시 과묵하신 편이신가요?"

아홉 시 정각에 차가 출발하자 짝꿍이 순녀에게 안전벨트를 매주며 물었다.

"예에, 좀……!"

순녀는 대답하며 8번 쪽으로 눈길을 돌렸다. 옥희는 창문 쪽에 앉아 있어 잘 보이지 않았으나 옥희 짝꿍은 순녀 쪽에서 대각선이어서 반나마 보였다. 그는 뭐가 그리 신이 나는지 손짓 발짓 해가며 지껄여댔다. 옥희도 중간 중간

"어머머 어머머!"

하며 손뼉을 쳐댔다. 두 사람은 시쳇말로 통빡이 잘 맞는 아삼륙인 듯했다. 통빡이 잘 맞는 아삼륙은 옥희네만이 아니었다. 다른 좌

석 여기저기서도 떠들고 손뼉치고 까르르까르르 웃고 하느라 차 안이 떠나갔다.

그런가 하면 어떤 좌석 커플은 술까지 마셔댔고 한 술 더 뜨는 좌석 에서는 통로로 나와 말 양푼만 한 엉덩이를 들입다 흔들며 요즘 한창 유행하는 '내 나이가 어때서'를 부르며 관광춤이라는 막춤을 추는 여 자도 있었다.

> "야-야-야- 내 나이가 어때서
> 사랑에 나이가 있나요
> 마음은 하나요. 느낌도 하나요.
> 그대만이 정말 내 사랑인데
> 눈물이 나네요. 내 나이가 어때서
> 사랑하기 딱 좋은 나인데……."

여자는 양손 검지를 세워 하늘을 찌르며 신나게 노래를 불렀다. 많이 놀아본 솜씨였다. 이때 짝꿍인 듯한 남자가 통로로 나와 여자 의 손을 잡고 뺑뺑이를 돌았다. 보니 남자는 말 연장에 기름 발라 놓은 듯 미끈하게 생긴 오십대 중반이었다. 남자는 여자의 노래에 후렴처럼 "앗싸! 앗싸!"를 연발했고 여자는 악을 쓰듯 노래를 부르 며 몸을 마구 흔들어댔다. 그러자 이에 질세라 여기저기서 사람들 이 통로로 나와 쿵쾅거리는 음악에 맞춰 춤을 춰댔다. 그러며 남녀 가 합창으로 '내 나이가 어때서'를 이어 불렀다.

"어느 날 우연히 거울 속에 비춰진
내 모습을 바라보면서
세월아 비켜라 내 나이가 어때서
사랑하기 딱 좋은 나인데
사랑하기 딱 좋은 나인데"

사람들은 벌써 거나하게 취해 있었다. 저녁도 아닌 아침나절부터 웬 술을 그리 마셨는지 혀 꼬부라진 소리를 하는 이도 있었다. 차 안은 순식간에 아수라장이 돼 버렸다. 그런데도 밖을 의식해서인지 창문엔 커튼이 드리워져 있었다. 몇 십 명이 한 타령으로 소리치며 흔들어대서인지 차가 기우뚱대는 듯했다. 그런데도 사람들은 아랑곳하지 않고 고삐 풀린 망아지처럼 들고 뛰었고 선불 맞은 멧돼지처럼 몸부림쳤다. 그러자 어느 좌석에선가는 절구통만 한 여자가 비적비적 일어나

"앗싸 좋다. 앗싸 좋다!"를 연발하며 막춤을 췄는데 가슴이 푹 파인 옷을 입어서인지 허리를 굽힐 때마다 젖통이 오뉴월 쇠불알 늘어지듯 축 늘어져 심하게 요동쳤다. 이때 절구통 여자의 짝꿍인 듯한 남자가 절구통 여자의 귓불에 대고

"쿵다라닥닥 삐약삐약, 쿵다라닥닥 삐약삐약"

하며 추임새를 넣었다. 남자는 비쩍 마른 갈비씨로 바람만 좀 세게 불어도 날아가 버릴 듯 허약해 보였다. 그런데도 여자는 마냥 좋은지

"좋아, 좋아. 아싸야로!"

만을 외쳐댔다. 제 눈에 안경인 모양이었다. 마른 장작에 불이 괄 다는 말을 믿는지도 몰랐다. 그런데도 순례는 후회막급이어서 괜 한 제사지내고 어물 값에 졸리는 것 같고 멀쩡한 다리 긁어 부스럼 내는 것 같았다.

이럴 줄 알았으면 안 오는 건데.

이럴 줄 알았으면 안 오는 건데.

그러나 물은 이미 엎질러진 다음이었다. 순녀는 옥희가 미웠다. 옥희가 야속했다. 마음 같아서는 기사한테 말해 아무 데서나 차를 세워 달라 말하고 싶었으나 길이 지방도나 국도가 아닌 고속도로 여서 그럴 수도 없었다. 순녀는 의자에 몸을 기댔다. 이때 짝꿍이

"술 한 잔 하시지요. 모두들 술 마시고 신나게 노는데 우리만 꿔 다 논 보릿자루 같군요."

했다. 그러더니 종이컵을 순녀한테 내밀었다.

"놀이엔 분위기라는 게 있지요. 무드 말입니다."

짝꿍이 소줏병을 들었다.

"죄송합니다. 전 술을 못합니다."

순녀는 사양하고 눈을 감았다.

"그럼 우유라도 좀 드시지요. 술은 저 혼자 마시겠습니다."

짝꿍이 종이컵에 소주를 따라 마시더니 앞 의자 뒤의 그물망에 서 우유 한 곽을 꺼내 순녀한테 내밀었다.

"예에"

순녀가 눈을 뜨며 우유 곽을 받았다. 짝꿍은 예의가 발랐다. 생긴 것 하고는 딴판 달랐다. 하지만 모를 일이었다. 야누스처럼 두 얼굴을 가진 위인인 줄도. 겉과 속이 다른 표리부동으로 악함을 발톱 밑에 숨기고 착함만 겉으로 드러낸 채 그럴싸하게 포장한 야누스. 이런 야누스가 세상에 좀 많아야 말이지.

"자, 이제 다 왔습니다. 그만 일어나시죠."

얼마나 지났을까 짝꿍이 흔드는 바람에 순녀는 눈을 떴다. 정신이 멍하고 머리가 지끈거렸다.

"목마르시지요. 여기 물 있습니다."

짝꿍이 종이컵에 미네랄워터를 따랐다. 순녀는 물 두 컵을 거푸 마시고야 정신이 좀 드는 것 같았다. 시계를 보니 5분 모자라는 열두 시였다.

"여러분, 목적지에 무사히 도착했습니다. 즐거운 여행 되셨는지요? 지금부터 오후 네 시까지는 완전 자유시간입니다. 짝꿍이랑 맛있는 회도 잡수시고 바닷가와 송림 산책도 하시며 맘껏 즐기시기 바랍니다. 출발은 정각 네 시에 하겠습니다. 그러니 시간 꼭 엄수하셔서 승차해주시기 바랍니다. 그럼 부디 추억에 남는 멋진 시간되시기 바랍니다."

기사가 버스를 대형 주차장 한쪽에다 세우고 방송을 하자 남녀 짝꿍 사십여 명이 일제히

"기사님 수고하셨습니다."

하고 박수를 쳤다.

버스는 기사의 말대로 정확히 오후 네 시에 출발했다. 사람들은 반나마 취해 있었고 어떤 사람들은 진작부터 차에 올라 쿨쿨 자고 있었다. 소주를 곁들인 생선회와 매운탕으로 점심을 먹고 난 사람들은 열두 시부터 네 시까지 짝꿍이랑 혹은 바닷가를 거닐고 혹은 송림 속으로 들어가고 혹은 횟집에 그대로 앉아 술을 마시곤 했다. 그리고 더러는 또 러브호텔 같기도 하고 리베호텔 같기도 한 곳으로 가뭇없이 찾아들어 인홀불견因忽不見이 되기도 했다. 순녀는 물론 이 네 유형 속에 끼었는데 딱히 어떤 유형이었는지 알 수가 없었다. 짝꿍이랑 바닷가를 산책하거나 횟집에 그대로 앉아 술을 마신 기억은 전혀 나질 않았다. 어찌 어찌 떠올린 기억 저편으로 안개처럼 희미하게 떠오른 것은 송림이었고 그 송림에서 짝꿍이 권하는 술을 몇 잔인가 받아 마신 것 같은데 그 이후는 전혀 생각이 나질 않았다. 아니 생각이 나는 게 하나 있긴 하다. 그것은 술이 어떤 것인지 술에 취하면 어떤 기분이 되는지 알고 싶어 한 번 실컷 취해보고 싶었다. 그래 짝꿍이 주는 대로 술을 마셨는데 두 잔째부터 알딸딸한 술기운이 전신에 퍼지며 머리가 어지럽고 정신이 아뜩해졌다. 그랬는데 석 잔을 마시고는 비몽인지 사몽인지 알 수 없는 환각 속에 빠져들어 깊은 나락으로 가물가물 가라앉았다. 그리고는 그만이었다.

순녀는 몽롱한 의식 속에서 몸을 떨었다. 술이 아직 반나마 덜 깬 상태라 목이 타고 정신이 어리어리한데도 몸 어딘가에 이상함을 느꼈다. 그것은 오줌을 지린 듯 음부가 축축한 것 같았고 옷매무새도 처음과는 달라져 있다는 점이었다.

'이상하다. 왜 이럴까?'

순녀는 자신이 숲에서 의식을 잃은 사이 분명 무슨 일이 일어났음을 직감했다. 순녀는 상상력을 동원해 유추하기 시작했다.

평소 술이 어떤 것인지, 술에 취하면 어떤 기분이 되는지 이게 몹시 궁금해 순녀는 기회가 되면 술을 한 번 취하게 마셔보리라 했다. 그랬는데 행인지 불행인지 술 마실 기회가 번외로 일찍 찾아와 순녀를 도연케 했다. 순녀는 얼마는 저어됐지만 천재일우의 기회다 싶어 짝꿍이란 사내가 따라주는 대로 술을 마셨다. 순녀로서는 미증유의 파천황이요 무모하기 짝이 없는 파격행위였다. 순녀는 석 잔을 마셨는지 넉 잔을 마셨는지 혹은 그 이상을 마셨는지 알 수 없었으나 거무하에 의식을 잃고 쓰러졌다. 이때 짝꿍은 회심의 미소를 지으며 쓰러진 순녀를 깨운답시고 몸 여기저기를 흔들며 걸터듬었을 것이다. 그러다 순녀를 번쩍 둘러업고 여관으로 달렸을 것이다.

여기까지 유추한 순녀는 어리어리한 상태에서 실눈을 뜨고 옆 좌석의 짝꿍을 훔쳐봤다. 짝꿍은 의자를 뒤로 벌렁 젖히고 편안한 자세를 취한 채 자고 있었다. 짝꿍은 정말 잠을 자고 있는 것인지 잠을 안 자면서도 자는 척 능청을 떨며 천연덕스레 내전보살 하고 있는 것인지 알 수가 없었다. 버스 안은 오전보다 더 요란해 춤추고 노래하고 떠들고 박수치느라 제정신들이 아니었다.

순녀는 다시 상상의 날개를 펴 유추하기 시작했다.

순녀를 여관으로 업고 간 짝꿍은 순녀를 침대에 눕히기 급하게 아랫도리만 벗기고 허겁지겁 욕정부터 채웠을 것이다. 그리고 약국으로 달려 가 술 깨는 약을 사다 목을 젖히고 입을 벌린 채 먹였을 것이다. 그런 다음 순녀의 몸을 전라로 벗겨 놓고 구석구석 만졌을 것이다. 침을 질질 흘리며.

이러기를 몇 시간. 순녀가 만취에서 조금씩 깨어나려 할 즈음, 짝꿍은 아무 일도 없었다는 듯 순녀에게 옷을 입히고 건너편 소파에 점잖게 앉아 있다가 순녀가 부스스 눈을 뜨자 정중한 자세로

"이제 술이 좀 깨십니까?"

하며 양의 탈을 쓰고 개고기를 팔았을 것이다. 하지만 이는 어디까지나 추리요 상상이지 백 퍼센트 정확한 사실이라 할 수는 없었다. 다만 여러 정황으로 미뤄볼 때 허위 보다는 사실 쪽이 훨씬 더 무게가 실려 있다는 점이었다.

오, 이게 깔축없는 사실이라면 어떡하나. 일생일대의 씻을 수 없는 이 오욕을 대체 어떡하나. 순녀는 몸을 부르르 떨었다. 남자와 관계한 여자를 가리켜 세상에서는 죽 떠먹은 자리니, 한강에 배 지

나간 자리니 하며 견유적으로 말하지만 순녀는 이를 견유로 받아
들일 수가 없었다.

　아, 뭐가 뭔지 모르겠다. 제발 내가 상상한 것들이 모두 사실이
아닌 상상 그 자체였으면 좋겠다. 내가 술이 취해 의식을 잃었을 때
짝꿍이 나를 여관으로 업고 가 술 깨는 약을 사다 먹이고 내가 술에
서 깰 때까지 곁에서 걱정스런 표정으로 지켜준 그런 멋진 짝꿍이
었으면 얼마나 좋을까. 머리는 벗어지고 배는 튀어나오고 얼굴은
검고 개기름이 줄줄 흘러 속물처럼 보였지만 행동 하나는 예의 발
라 일거수일투족이 신사였지 않았는가. 그런데도 짝꿍은 어째서
오전과는 달리 나에 대해 돈단무심 관심조차 가지지 않는가. 순녀
는 이 점이 못내 수상쩍었다. 남들은 다 웃고 떠들고 노래하고 춤추
며 희희낙락인데 나는 이게 도대체 뭐란 말인가. 그리고 짝꿍은 왜
또 의자를 뒤로 벌렁 젖힌 채 자는 척 하고 있는가. 순녀는 눈을 감
고 이를 사려문 채 버스가 얼른 목적지에 도착하기만을 애타게 기
다렸다. 이 차에서, 그리고 이 짝꿍이랑은 일 분 일 초를 함께 있고
싶질 않았다. 그런데도 버스는 굼벵이 천장遷葬하듯 느려 터져 날개
달린 듯 달리던 아침나절과는 달리 엉금엉금 기다시피 했다.

　참 이상한 일이다. 참 희한한 일이다. 아니 땐 굴뚝에 연기가 나
도 유분수지 세상에 어찌 이런 가당치도 않은 일이 벌어질 수 있단
말인가. 그것도 터무니없이 생게망게하게.

달수는 가슴이 덜컥 내려앉았다. 며칠 전부터 오줌을 누면 요도가 뻐근하고 따끔거리며 귀두가 가렵더니 어처구니없게도 코 같은 고름이 요도로 질질 흘러나왔기 때문이다.

'이게 무엇인가? 이게 대체 무슨 변괴인가.'

달수는 머리를 세게 흔들며 복장을 쳤다. 지명의 나이가 넘도록 여자라고는 아내 밖에 몰라 외도 한 번 하질 않았다. 그랬으므로 밖에서 파정破精하거나 씨물 한 번 뿌리질 않았고 자녀恣女나 논다니, 또는 계명워리와 몸 한 번 섞질 않았다. 그런데 생뚱맞게 무슨 이런 병이 다 걸리는가. 달수는 여자관계가 깨끗해 성병은 절대로 걸릴 리 없다 믿었다. 그런데도 달수는 불가사의하게 성병에 걸렸다.

'귀신이 곡할 노릇이다. 마른하늘에 날벼락이라더니 내가 그 짝이로구나.'

달수는 몇 날 며칠을 고민하다 마침내 병원을 찾아갔다. 혼자 싸매고 들어앉아 고민한다고 해결될 일이 아니었다. 물레는 괴머리서 병난다고 모든 병은 반드시 그 병원체病原體가 있을 것이었다.

"임질입니다."

달수의 얘기를 듣고 진료를 마친 의사가 시큰둥하게 입을 열었다.

"예? 임질이요?"

달수는 기겁을 하다시피 놀라며 눈을 화등잔 만하게 떴다.

"조심하셔야죠. 애먼 부인까지 욕보이게 생겼으니……."

의사가 빈정대는 투로 말하며 달수를 쳐다봤다. 어찌 그리 칠칠치 못하냐는 듯.

"아니 선생님. 이게 대체 무슨 소립니까. 애먼한 집사람까지 욕보이게 생겼다니요?"

달수가 빙판에 자빠진 황소 눈을 해 가지고 의사를 흡떠봤다.

"그렇잖습니까? 부인께서는 아무 잘못도 없이 당하는 것 아닙니까. 콘돔이라도 사용하셨으면 이런 일이 없지요."

의사가 훈계조로 말하며 달수를 일별했다. 그런 의사는 다분히 힐난조였다.

"선생님, 전 말입니다. 맹세코 제 아내 외엔 그 어떤 여자하고도 관계하지 않았습니다. 그런데 왜 자꾸 엉뚱한 말씀만 하십니까. 예?"

의사가 가리산지리산으로 엉뚱한 소리를 하자 달수는 화가 나 오달지게 말했다.

"뭐라고요? 부인 외엔 그 어느 여자하고도 관계를 하지 않았다고요?"

의사가 이게 무슨 소린가 싶은지 황망히 물었다.

"그렇습니다. 전 제 아내 외엔 그 어떤 여자도 모르고 삽니다. 지금까지 그래왔고 앞으로도 그럴 겁니다. 정절이, 절개가 왜 꼭 여자에게만 있어야합니까?"

달수는 고개를 빳빳이 쳐들었다. 의사가 고개를 주억거리더니 다시 물었다.

"부인과는 언제 관계하셨습니까."

"한 열홀 쯤 됐습니다."

"그 이후론 관계하지 않았나요?"

"그렇습니다. 요도가 가렵고 뻐근하고 따끔거리고 고름이 나오고부터는 관계하지 않았습니다."

"그게 며칠이나 됐나요?"

"오류일 쯤 됐습니다."

"오늘 주사 맞고 처방전 받아 약국에서 약 사다 드시고 며칠 후에 다시 오세요."

"그럼 괜찮아질까요?"

"괜찮아지겠죠. 참, 부인께서도 빨리 병원에 가셔야합니다. 아셨죠?"

의사가 간호사를 불러 영어로 뭐라고 찍찍 갈겨주며

"이 분 주사 놔 드려요."

했다. 달수는 떨리는 가슴을 가까스로 억제하며

"안사람두요?"

"물론이죠. 원인 제공자가 병원엘 안 가면 어쩝니까. 오늘이라도 당장 가야합니다. 아셨죠?"

의사가 명령하듯 말했다. 달수는 주사를 맞으면서도 의사가 말한 원인 제공자가 병원엘 안 가면 어떡하느냐던 말을 곱씹었다. 그러며 주먹을 부르쥐고 이를 사려물었다.

"뭐, 원인제공자? 아니 그럼 아내가 외간 남자와 몸을 섞어 성관계라도 가졌단 말인가. 그것도 성병환자와 난질을 해 임질 매독에라도 걸렸단 말인가?"

달수는 생각할수록 곡지통할 노릇이다 싶어 가슴에서 쿵쿵 바위 구르는 소리가 났다.

"그럴 리가 없어. 절대로 그럴 리가 없어. 세상 여자가 다 그래도 내 아내 순녀만은 그럴 리가 없어."

달수는 머리를 세게 흔들며 아내의 부정 不貞을 부정했다. 그러다 얼핏 의사가 한 말이 강하게 뇌리를 파고들었다. 그것은 '원인제공자'였다.

원인제공자!

그렇다. 의사의 말대로 아내는 원인제공자일 수 있다. 아니 원인제공자다. 이는 아내와의 관계 이후 나타난 신체 변화로 알 수 있지 않은가. 그리고 의사의 진단 결과가 이를 증명해주지 않는가. 더 확실한 것은 아내와의 관계 이후 성기와 요도가 가렵고 따끔거리며 고름 같은 액체가 줄줄 흘러나오는 것으로 알 수 있지 않은가.

"그래. 맞다. 원인제공자는 아내다. 아내!"

달수는 울부짖듯 외치며 어금니를 사려물었다.

내 이놈의 여편네를 당장 요절낼 것이다. 이 앙큼한 것. 이 요망한 것!

달수는 두 주먹을 부르쥔 채 집을 향해 뜀박걸음을 하기 시작했다.

할아버지

할아버지

아침 식사가 끝나자 기호는 주과포와 함께 어머니가 새벽부터 정성스레 만든 도시락을 승용차 트렁크에 실었다. 날씨는 쾌청해 구름 한 점 없었고 햇살은 온 누리에 찬란히 내려 아침부터 눈이 부셨다. 참 좋은 날씨였다.

"할아버지, 준비 다 됐습니다. 이제 출발하시지요."

기호가 거실 소파에 앉아 확대경으로 신문을 보고 있는 태하 옹에게 말하자

"오, 그러냐? 그럼 가자꾸나."

태하 옹이 신문을 주섬거려 한쪽으로 놓으며 벽시계를 쳐다봤다. 시계는 아홉 시 이십 분을 가리키고 있었다. 올 해 산수傘壽의 태하옹은 망구望九를 바라보는 나이에도 자세하나 흐트러지지 않아 몸가짐이 꼿꼿했다. 여기에 태하옹은 또 풍채까지 좋은 옥골선

풍玉骨仙風이어서 모두들 이런 태하옹을 부러워했다. 자세가 흐트러지지 않기는 부인 허 여사도 마찬가지여서 태하옹과 동갑인 팔순인데도 정갈하고 단아해 부부가 함께 나들이라도 할라치면 영락없는 한 쌍의 학 같았다. 태하 옹은 대학에서 한국사를 가르치다 정년을 한 사학계의 태두였고 지금도 하루 몇 시간씩은 불편하고 무거운 확대경을 사용하면서까지 손에서 책을 놓지 않는 수불석권手不釋卷의 학자였다. 그래서인지 태하 옹의 몸에서는 언제나 그윽한 문자향文字香이 풍겼고 서재에는 깊은 서권기書卷氣가 느껴졌다. 이런 태하 옹의 영향 때문인지 가족은 누구 할 것 없이 하루 두어 시간씩 책을 읽었고 저녁엔 뉴스와 함께 중요한 방송이 아니면 텔레비전은 물론 스마트폰도 사용하질 않았다. 태하 옹의 아들 규민 씨는 대학총장이라는 바쁜 자리에 있으면서도 하루 두 시간씩 책을 읽었고 태하 옹의 부인 허 여사도 태하 옹처럼 확대경으로 책을 읽었다. 가족이 모두 이렇듯 책을 읽으니 기호 어머니 최 여사와 아이들도 책을 읽지 않을 수가 없었다. 허여사는 남편 태화 옹 곁에서 평생을 옴살처럼 붙어 남편 수발과 자식 바라지에 정성을 쏟느라 바깥세상을 모른 채 살았다. 이런 허 여사는 남편 공경과 자식 교육에 어찌나 철저한지 조금의 빈틈이나 어그러짐이 없었다. 허여사가 처음 태하 옹과 혼인하고 보니 시댁의 가통이 친정과 같아 안심이 됐다. 그것은 첫째 밤에 부모님 잠자리를 보아드리며 안녕히 주무시라 인사하고, 아침에 부모님께 밤새 안녕히 주무셨느냐고 인사 여쭙는 혼정신성昏定晨省과, 둘째 집을 떠나 어디를 갈 때는 반드시 가는 곳을 부모님께 아뢰고 돌아와서도 반드시 다녀왔음을 아뢰는 출필곡 반필면出必告 反必面과, 셋째 부모님이 시키는 일이면 반대하거나 거역하지 않고 고분고분 순종하는 무위순종無違順從이 두 집 다 같았기 때문이다. 허 여사는 친정에서 돌마낫적부터 부모님을 따라 조부모님께 혼정신성을 했고 부모님께도 그렇게 했다. 허 여사가 좀 더 자라 옆 동네 대소가에 다녀올 때도 출필곡 반필면을 잊지 않았고 부모님이 시키는 일이면 거역 한 번 하지 않고 순종했다. 그런데 시집을 와서 보니 시댁에서도 친정과 똑같아 추호의 어그러짐이 없었다. 그래 허 여사는 남편 태하 옹과 함께 시부모님이 돌아가실 때까지 이 세 가지를 궁행 실천했고 이를 보아온 민규 씨 내외와 손자 손녀 3남매도 어김없이 실천해 꼭뒤에 부은 물이 발뒤꿈치까지 흘러내렸다.

"기호야, 할아버지 자알 모시고 다녀와야 한다? 너는 맏이고 장손이니 할아버지 모심이 각별해야 한다. 기섭이와 기옥이 너희도 할아버지 자알 부액해드리고. 알았지?"

기호가 차에 올라 시동을 걸자 할머니 허 여사가 기호 서껀에게 당부하듯 말하며 조용히 웃음 지었다. 태하 옹은 뒷자리 오른편 상석에 앉았고 그 곁엔 여고 2학년인 손녀 기옥이가 앉았다. 그리고 기호 옆자리엔 올 해 대학에 들어간 차손次孫 기섭이가 앉았다.

"염려마세요 할머니. 할아버지 자알 모시고 다녀오겠습니다."

기호가 할머니 허 여사에게 고개 숙여 대답하자 기섭이와 기옥이도

"할머니, 저희도 할아버지 잘 모실게요."

"예, 할머니. 저는 할아버지 팔짱만 끼고 다니겠습니다."

했다. 그러자 어머니 최 여사가 조근조근한 소리로

"운전 조심해서 하고, 중간 휴게소에서 쉬었다 가고, 할아버지 보리차 자주 챙겨드리는 것 잊지 말고. 알았지?"

하더니 시아버지 태하 옹한테

"아버님, 그럼 먼 길 안녕히 다녀오십시오."

하고 두 손을 앞으로 모아잡고 국궁하듯 절을 했다.

"오, 그래. 우리 잘 다녀 올 테니 염려마라. 이따 저녁에 보자."

태하 옹이 활짝 웃으며 며느리에게 손을 흔들어 보이더니 부인 허 여사한테

"여보, 나 다녀오리다. 보고 싶더라도 꾹 참고 기다리구려."

했다. 그러자 허 여사가 얼굴을 발그레 붉히며

"원 양반도 참. 어서 가시기나 하세요."

하며 고개를 외로 꼬았다. 무척 부끄러운 모양이었다. 차는 곧 이면도로를 빠져나와 국도로 접어들었고 국도로 접어든지 20여 분만에 고속도로로 올라섰다. 태하 옹은 아들 민규 씨와 함께 선영에 성묘 가지 못함이 못내 아쉬웠다. 여느 때처럼 의례적으로 가는 성묘도 아니요 오랜만에 청명과 한식이 같은 날에 겹쳐 의미가 다

른데다 절묘하게 주말까지 함께 끼어 여간 좋은 기회가 아닌데 하필 이런 때 미국에서 세계 대학 총창회의가 열려 아들이 한국 측 대표단의 일원으로 참석했으니 숭조사상이 남다른 태하 옹으로서는 여간 애석한 일이 아니었다. 태하 옹은 해마다 설과 추석은 물론 한식寒食 때도 상자지향桑梓之鄕의 선영에 성묘를 다녀오는데 그것이 다행히 주말이나 공휴일이면 아들과 함께 손자 손녀 3남매를 앞세웠고 가끔은 또 당신 혼자 성묘를 가 산소 한 기 基 한 기를 살피기도 했다.

"할아버지. 심심하시면 음악 틀어드릴까요? 아니면 라디오라도 틀까요?"

차안이 조용해 말이 없자 기호가 후사경을 보며 태하 옹에게 물었다.

"아니다. 바깥 풍경이 참으로 좋구나. 나무마다 새 움이 봉싯봉싯 돋아나 여간 귀엽질 않다. 봐라. 저 건넛산 양지쪽엔 참꽃과 개나리가 한창이다."

태하 옹이 손으로 건넛산 자락을 가리키자 기옥이가

"우와, 정말이네. 근데 할아버지 참꽃이 뭐에요?"

하고 물었다. 그사이 차는 얼마를 달렸는지 참꽃과 개나리는 가뭇없이 사라져 시야엔 논과 밭의 들판이 전개됐다. 주마간산走馬看山이라더니 주차간산走車看山이었다.

"참꽃? 오라. 그리고 보니 우리 기옥인 참꽃을 모르겠구나. 기호와 기섭이도 모르면 잘 들거라."

태하 옹이 어흠어흠 목소리를 가다듬더니 참꽃에 대해 설명하기 시작했다.

"참꽃이란 진달래를 일컫는 순 우리말로 사람이 먹는다 하여 참꽃이라 한다. 참 소박한 이름이지. 참꽃은 또 산에서 많이 핀다하여 산꽃 즉 산화山花라 하기도 하고 두견이가 울다 피를 토하고 죽은 자리에서 피었다 해서 두견화杜鵑花라고도 하는 슬픈 전설을 가지고 있는 꽃이다."

태하 옹이 기옥의 손을 꼬옥 잡고 다감하게 말했다.

"아, 그렇구나. 오늘 할아버지께 좋은 것 배웠네. 할아버지 고맙습니다. 낼 모레 학교 가면 애들한테 자랑해야지. 근데 참 할아버지. 두견이는 어떤 새죠?"

기옥이 깜빡 잊었다는 듯 '참'에 강한 억양을 넣으며 물었다.

"오 참. 두견이도 모르겠구나. 두견이는 이름이 참 많아 열 개도 넘는다. 귀촉도歸蜀道, 두견새, 두우杜宇, 두백杜魄, 두혼杜魂, 망제혼望帝魂, 불여귀不如歸, 시조時鳥, 자규子規, 촉조蜀鳥, 촉혼蜀魂, 촉혼조蜀魂鳥, 사귀조思歸鳥, 망촉혼亡蜀魂 등등. 이 새는 봄과 초여름에 산야에 많이 분포하는 철새로 전설에 따르면 중국 촉나라 황제인 망제의 죽은 넋이 두견새가 되었다 하기도 하고 촉나라가 망한 다음에 생긴 새라하여 망촉혼이라 하기도 한다. 이 새는 뻐꾸기와 아주 비슷해 혼동하기 쉬운데 뻐꾸기 보다는 좀 작다. 너희들 뻐꾸기는 알지?"

태하 옹이 두견이에 대해 자세히 설명하자 기옥이가

"할아버지. 그럼 두견화, 우리말로는 진달래, 아니 참꽃의 꽃말도 아시나요?"

하고 눈을 반짝이며 물었다. 몹시 궁금한 모양이었다.

"꽃말? 글쎄, 할애비가 알 것 같으냐 모를 것 같으냐?

"할아버진 모르시는 게 없으시니까 당연히 아시겠죠 뭐."

"그럼 기옥이 넌 뭐라고 생각하니"

"…….음, 기다림? 그리움?"

기옥이 말하며 얼른 태하 옹을 쳐다봤다.

"야아, 거의 맞혔다. 아주 근접했어."

"그럼 사랑? 행복?"

"사랑 앞에 애젖한 말 하나 더 얹으면 되는데…….."

"그럼 슬픈 사랑? 애끓는 사랑?"

기옥이 몸이 달아 태하 옹의 손을 마구 흔들어댔다.

"까짓것, 우리 예쁜 공주를 위해 할애비가 인심 썼다. 답은 '애틋한 사랑' 또는 '사랑의 기쁨이다.'

태하 옹이 기옥의 등을 토닥이며 자애로운 목소리로 말했다. 그러자 기옥이 좋아라 손뼉 치며 태하 옹에게 꾸벅 절을 했다. 태하 옹은 이런 기옥이 대견한지 빙그레 웃으며 등받이에 몸을 기댔다. 차는 날개라도 달린 듯 훨훨 잘도 달렸다. 길은 마치 거대한 피댓줄을 깔아

놓은 듯 일직선으로 뻗어 있었고 그 뻗은 일직선의 피댓줄을 차는 감아먹듯 그렇게 달렸다.

태하 옹이 놈들을 데리고 선영에 닿은 것은 한낮이 가까운 열한 시이십 분이었다. 집에서 떠난 시각이 아홉 시 이십분이니 휴게소에서 쉰 시간 이십여 분을 뺀다해도 선영까지의 소요시간은 한 시간 사십 분이었다.

"자, 이제 주과포 챙겨들고 고조부님 내외분 산소부터 성묘하자. 돗자리는 가져왔느냐?"

태하 옹이 기옥의 부액을 받고 차에서 내리며 기호에게 묻자

"예, 할아버지. 돗자리는 아침 일찍 차 트렁크에 넣어두었습니다."

기호가 차 트렁크를 열고 제물과 돗자리를 꺼내자 기섭이 재빨리 돗자리를 받아들었다.

"오, 그러냐? 유념성이 제법이구나."

태하 옹이 기특하다는 듯 고개를 주억거렸다. 기호들은 태하 옹을 옹위하며 고조할아버지 내외분 산소로 갔다.

"할애비가 너희에게 성묘 올 때마다 말해 알고 있겠지만 오늘 또한 번 말해둔다. 고조할아버지는 할아버지의 할아버지로 현조玄祖라고 한다. 그러니까 너희는 이 고조할아버지로부터 5대손인 현손玄孫이 된다."

성묘가 끝나자 태하 옹은 산소의 봉분과 용미龍尾, 그리고 상석床石과 혼유석魂遊石을 차례로 돌아보고는 제절에 깔아 놓은 돗자리로 와 앉았다.

"너희들, 고조할아버님 고조할머님 앞에서 잘 들어라. 너희가 이다음에 결혼을 해 아들을 낳고 그 아들이 또 아들을 낳으면 너희는 할아버지 할머니가 되고, 이 할애비는 할아버지의 할아버지로 고조할아버지가 된다. 지금 여기 잠들어 계시는 고조할아버님과 똑같이 말이다."

태하 옹은 그윽한 눈길로 기호들을 바라보더니 다시 자애로운 눈길로 말을 이었다.

"내 너희에게 간곡히 당부하니, 너희는 이 할애비가 죽더라도 시간을 내 조상님 산소에 자주 와 인사 올려라. 지금 세상은 저 농경사회나 전통사회 때와 달리 효孝가 백행지원百行之源으로 모든 행실의 근본이 되고 조상 숭배사상 또한 효에서 말미암지 않은 것이 없음에도 효와 함께 조상 숭배사상이 사라져 가고 있다. 세상이 아무리 바뀌고 변해도 효사상과 조상 숭배사상만은 바뀌거나 변하지 말아야 하는데 그렇지를 않으니 참으로 큰일이다. 조상은 뿌리요 자손은 나무다. 그리고 그 나무에서 나온 가지는 형제자매가 아니냐. 그러므로 뿌리 없는 나무 없고 나무 없는 가지 없다. 너희들도 알겠지만 동양은 특히 우리 한국은 효와 충, 예절과 도덕을 중시한 인의예지仁義禮智의 사단四端과 인의예지신信의 오상五常을 제일의

第一義로 삼고 살아온 정신문화민족이다. 그런데 서양은 이와는 반대로 자연과학을 앞세워 물질 위주의 기계문명으로 일어난 이기주의와 개인주의의 나라들이다. 그래서 동도서기東道西器란 말이 생겼다. 동도서기가 무엇이냐? 동양은 도덕이요 서양은 그릇 즉 기계란 뜻이다. 그런데 이런 동양의 동도東道가 언제부턴가 서양의 서기西器에 야금야금 잠식당해 급기야는 전통사회와 농경사회가 무너져 내렸다. 그러더니 둑 터진 봇물처럼 서양문화가 걷잡을 수 없이 범람해 효와 예절과 조상 숭배사상을 거의 다 잠식했다. 너희들, 저 영국의 세계적인 석학 아놀드 토인비라는 역사학자 알지? 할애비는 사학을 전공해서인지는 모르겠다만 그 분을 존경한다. 토인비는 이튼스쿨이나 캐임브리지 또는 옥스퍼드대학에서 강의할 때 한국의 효와 충, 그리고 예절과 조상 숭배사상을 전 세계에 수출해야 한다고 역설했다."

태하 옹은 여기서 잠시 말을 멈추고 무엇인가를 생각하는 듯하더니

"얘들아, 너희들은 어려서부터 할애비와 할머니는 물론 애비와 에미한테도 매일 혼정신성을 하고, 어디를 갔다 올 때는 반드시 출필곡 반필면을 하고, 어른이 시키면 거역하거나 거스르지 않고 고분고분 무위순종을 해 참으로 고맙다. 이는 할애비가 증조할아버님 내외분께서 하시는 것을 보고 배웠고 이를 너희 애비는 또 이 할애비한테서 배웠다. 그리고 너희는 이를 애비한테서 배워 할애비

와 할머니께 실천하고 있다. 그런데 이 세 가지 덕목, 즉 혼정신성과 출필곡 반필면과 무위순종은 얼마나 귀하고 아름다운 덕목이냐. 이런 귀하고 아름다운 덕목을 집집마다 실천한다면 얼마나 살기 좋은 아름다운 세상이 되겠느냐. 효도의 길이 수백 수천에 이른다 해도 이 세 가지만 실천하면 이로써 세상은 온통 비옥가봉比屋可封이 될 것이다. 너희들 비옥가봉이 무슨 뜻인지 아느냐?"

태하 옹이 에밀무지로 묻자 큰 손자 기호가 손을 번쩍 들고

"예, 할아버지. 비옥가봉이란 중국 요순시대 사람들이 모두 착해 집집마다 표창할 만했다는 데서 나온 말로, 나라에 어진 사람이 많음을 비유적으로 이르는 말입니다."

했다. 그러자 기섭이가

"우와 우리 형 이제 보니 보통 실력이 아니네. 영문학도가 그어려운 고사의 사자성어를 다 알고"

하더니 오른손 검지를 세워 올렸다. 그러자 기옥이도

"그러게 말이야. 우리 큰 오빠 최고 최고. 완전 짱이야"

하며 눈을 화등잔 만하게 떴다. 태하 옹도 만족한지 빙긋 웃으며

"제법이로구나. 국문학도나 한문학도도 아닌 영문학도가 비옥가봉을 다 알고……"

해는 어느새 한낮이었다. 그러고 보니 장대 같이 긴 봄 해가 하늘 복판에 와 있었다.

선영의 산소 성묘가 다 끝나자 태하 옹은 부모님 산소 앞 구목丘木 밑에 자리를 깔고 앉아 아이들과 함께 며느리가 만들어준 도시락으로 점심을 먹었다. 구목은 향나무로 반송처럼 둥글고 타박하게 기른 데다 키가 제법 커 그늘이 좋았다.

"할아버지, 커피 드세요."

점심이 끝나자 기옥이 버너에 커피를 끓여 태하 옹에게 가져왔다.

"오냐, 그래 고맙다."

태하 옹은 커피를 맛있게 마시고는 비로소 산 아래 고향마을로 눈을 보냈다. 고향마을은 초가가 기와집과 함석집으로 변했고 몇 채는 양옥으로 바뀐 데다 마을 어귀까지 아스팔트길이 나 있어 옛 정취는 많이 사라졌지만 마을을 겹겹으로 둘러싼 산줄기와 산 주름은 변하지 않아 예대로 의구했다. 마을 앞으로 흐르는 내는 옛날 같지는 않으나 그래도 사시장춘 마을을 안고 흘러 전형적인 배산임수背山臨水의 마을임을 보여주고 있다. 마을 뒤에는 붓처럼 뾰족한 원추형의 석산이 우뚝우뚝 세 개나 솟아 있는데 사람들은 이 산을 '붓산'이라 불렀고 풍수깨나 본다는 지관들은 이 붓산을 문필사文筆砂니 문필봉文筆峰이니 해 영험시했다. 문필사나 문필봉은 열 가지 길사吉砂 중의 하나인 화산형火山形에 속해 과거급제자가 아니면 명필가나 대 학자, 그리고 대 예술가가 태어날 장원사壯元砂라 했다. 지관들은 풍수서의 경전인 청오경靑烏經과 금낭경錦囊經에 인걸人傑은 지령地靈이라 씌어 있어 인물은 반드시 땅의 지기地氣와 산의 영기靈氣를 받고 태어난다 했다. 그러므로 이 곳에 인물이 끊이지 않고 나서 조선조 때는 조정에 출사하는 당상 관들이 났고 근세엔 판, 검사에다 대 학자와 대제학大提學까지 나 왔는데 이게 다 문필봉의 정기 때문이라 했다. 여기서 대 학자란 사학자 태하 옹을 말함이요 대제학이란 대학총장인 태하 옹의 아 들 규민 씨를 일컬음이다.

'오, 저 마을 저 동네서 나는 잔뼈가 굵었지. 주경야독으로 청운 의 뜻을 품고 법보다 더 무섭다는 태산준령의 보릿고개를 넘었지. 돌도 삭일 나이에 초근목피로 명줄을 이어가며 형설螢雪의 공을 쌓 았어. 그때 나는 맹세를 했어. 남아가 뜻을 세워 고향을 떠나 배움 의 뜻을 이루지 못하면 죽어서도 고향에 돌아가지 않겠다는 남아 입지출향관男兒立志出鄕關에 학약불성사불환學若不成死不還을. 아, 그 때 그 시절 솔봉이 시절. 벽창우처럼 밀고 나가던 고라리 시절. 그 때 그 시절을 내 어이 잊으리. 그 참담, 그 암울, 그 통한, 그 통고를 내 어이 잊으리'

태하 옹은 한눈에 굽어보이는 고향의 전경을 내려다보며 아득히 먼 어젯날을 회억했다. 이때 기옥이 혜살 부리듯

"할아버지, 무슨 생각을 그렇게 골똘히 하세요. 고향에 오시니까 어리실 적 생각이 나세요?"

하며 태하 옹 곁으로 바투 다가왔다.

"오, 그래. 고향마을을 내려다보니 옛 생각이 나는구나."

태하 옹이 기옥을 감싸 안듯 다독이며 깊은 한숨을 토해냈다.

"그럼 할아버지께서 겪으셨던 어리실 적 얘기 좀 들려주세요. 네? 할아버지."

기옥이 떼쓰듯 말하자 기섭이가

"그러세요, 할아버지. 할아버지의 소년시절 얘기가 듣고 싶어요."

했다. 기호도 물실호기다 싶었는지

"할아버지, 그렇게 해주세요. 저희는 할아버지 어리실 적 얘기를 단편적으로만 들었지 이렇게 고향 마을을 내려다보시면서 하시는 건 이번이 처음이잖아요. 할아버지께서 어리실 적 겪으신 얘기는 어디서도 들을 수 없는 아주 귀하고 값진 역사니까요."

했다. 이때 산자락 솔포기 밑에서 장끼 한 마리가 '꿔엉 꿩' 힘차게 울더니 푸드덕 날아올라 저 아래 계곡으로 날아 내렸다. 서슬에 산새 몇 마리가 혼비백산 삐삐거리며 이 나무 저 가지로 포록포록 날아다녔다. 몹시 놀란 모양이었다.

"너희들 뜻이 그렇다면 좋다. 너희들로서는 전설 같은 얘기가 될지도 모르니 자알 들어야 한다?"

태하 옹은 무슨 말부터 할까하다 배고파 허기지던 보릿고개 얘기부터 하기로 했다.

"너희들 보릿고개란 말 들어봤지. 이 할애비가 보릿고개에 대해 단편적으로 몇 번 얘기해 피상적으로만 알고들 있을 게야. 보릿고개란 보리맥麥 자에 고개 령嶺 자 기약할 기期 자를 써서 맥령기라 한다. 이 보릿고개는 이른 봄부터 햇보리가 날 때까지의 네댓 달 동안을 말함인데 지금 이 기간 청명 한식 때가 한창 보릿고개 때다. 이때는 대다수의 사람들이 초근목피로 연명을 했다. 초근목피가 무엇이냐. 풀뿌리와 나무껍질이 초근목피다. 더 구체적으로 말하면 냉이 쑥부쟁이 달래 칡뿌리, 소나무 속껍질 따위 송피松皮가 그것이다. 이런 것을 가리켜 구황초救荒草니 구황식물이니 하는데 사람들은 이런 것만 먹다 부황이 나고 어복이 안 떨어져 나무 등걸처럼 픽픽 나가 쓰러졌고 그러다 굶어 죽는 사람도 건성드뭇했다. 부황이라 함은 오랫동안 굶주려서 살가죽이 들떠 누렇게 붓는 것을 말함인데 이때 손가락으로 살을 누르면 살이 쑤욱 쑤욱 들어가곤 했다.”

태하 옹은 여기까지 말하고 보리차로 목을 축였다. 아이들은 진지한 표정인 채 미동도 하지 않았다. 태하 옹이 다시 말을 이었다.

“한 동네를 통틀어 계량繼糧할 수 있는 집은 몇 집에 불과했고 나머지는 해토머리와 함께 양식이 동나 굶어죽어도 베고 죽는다는 씨오쟁이 속의 씨앗 곡식까지 바수어먹었다. 여기서 계량이란 그해에 추수한 곡식으로 다음해 추수할 때까지 이어갈 수 있는 양식을 말함인데 동네 중 계량할 양식이 있는 집은 몇 집에 불과했다. 그러면 씨오쟁이 속의 씨앗 곡식까지 바수어 먹은 애옥살이들은 길미가 다락 같이 비싼 장리長利쌀을 가을에 갚기로 하고 칠촌의 양자 빌듯 사정사정 몇 말 빌어와 나물죽이나 조당수를 끓여먹었다. 쌀을 장리로 꾸어 올 때는 쌀이 너무너무 아까워 한 움큼 쥐었다 두 움큼 쥐었다 하다 결국 한 움큼만 넣고 나물투성이 죽을 끓여 후룩후룩 마셨고 좁쌀을 장리로 얻어올 때는 좁쌀죽 조당수를 끓여 후룩후룩 마셨다. 그래 말이 있다. 흉년이나 보릿고개 때는 어른들이 굶어 죽고 아이들은 배 터져 죽는다는. 이게 무슨 말이냐 하면 어른들은 죽 한 그릇만 먹고 허리끈을 바짝 조여 맨 채 참고 아이들은 죽을 두 그릇이고 세 그릇이고 실컷 먹여 목은 파리목처럼 댕강 붙어 있고 배만 볼록 튀어나와 마치 저 아프리카 난민촌 아이들 배 같았다. 그래도 이는 똥구멍이 찢어진 찰가난에 비하면 나은 편이다. 내 땅 한 평 없거나 있다 해도 산골 천수답 한 다랑이와 산전 한 뙈기밖에 없는 집은 음력 정월만 지나면 벌써 먹을 게 떨어져 햇보리 날 때까지의 네댓 달이 천년처럼 느껴진다. 생각들 해 봐라. 장대같이 긴 해는 하늘 복판에 붙박여 요지부동이지, 배는 고파 죽을 지경인데 먹을 것은 없지. 그땐 동냥질 비럭질 하는 걸인과 각설이꾼, 그리고 문둥이들은 왜 그리 많았는지 끼니 때면 문을 닫아걸고 식사하는 집이 많았다. 왠 줄 아느냐? 동냥아치들이 불문곡직 방문을 열고 쳐들어와 같이 먹고 살자며 밥상을 채뜨려가기 일쑤였기 때문이다. 이 세상에, 그리고 우리 인간사에 배고픈 것보다 더 서럽고 더 고통스러운 게 어디 있겠느냐. 오죽하면 어쩌다 밥 한 그릇 먹은 아이들이 좋아 뛰기라도 할라치면 어른들이 "뛰지 말아라 배 꺼진다"라고 했겠느냐"

태하 옹은 그때를 회상이라도 하는지 처연한 표정으로 고향 마을을 내려다봤다. 기옥이가 이런 태하 옹의 가슴에 와락 안기며

"할아버지! 할아버지가 너무 불쌍하세요. 할아버지가 너무 가여우세요."

기옥이 금세라도 울듯 말하자

"우린 지금 모두 정신 차려야 돼. 나는 물론이고 기섭이 기옥이 모두 할아버지 말씀 가슴 깊이 새겨야 돼!"

기호가 맏이답게 말하자 기섭이도

"맞아. 우린 그렇게 고생하신 분들 덕택에 이렇게 잘살고 있으니까."

했다. 이때 명지바람 한 자락이 사르르 불어와 이마를 스치고 지나갔다. 그러자 재넘이도 살랑살랑 불어내려 마을 쪽으로 내려갔다.

"고맙구나. 너희들이 그런 생각들을 다 하다니."

태화 옹은 기옥이 따라 주는 보리차 한 컵을 마시고 다시 말을 이어갔다.

"부모에게 있어 제일 보기 좋은 게 뭔지 아느냐? 자식 입에 밥 들어가는 것이다. 그렇다면 농부한테 제일 보기 좋은 건 뭐겠느냐. 마른 논에 물들어가는 것이다. 아직 젖도 채 떼지 않은 두어 살배기 젖먹이가 엄마 젖을 빨아도 젖이 안 나오면 기를 쓰며 울고 엄마는 이런 젖먹이를 껴안고 몸부림치는데 그때는 이런 일이 비일비재했

다. 엄마가 곡기라곤 한 톨 먹은 게 없고 초근목피로만 연명하니 젖이 나올 리 만무했다. 그런데, 그런데 말이다. 한 집에서는 대여섯 살짜리 어린 아이가 배고프다 밥 달라며 울부짖다 쓰러졌는데 할머니께서 "아이구 세상에, 아이구 세상에" 하시며 발을 동동구르시다 낫을 들고 뒷산으로 가 소나무 속껍질 송피를 벗겨다 절구에 찧어 손자에게 먹였다. 그러면 손자는 걸신들린 듯 아귀아귀 먹었다. 한두 번이 아닌 며칠씩이나 말이다. 이러면 어찌 되겠느냐. 아이는 그만 변비가 생겨 똥을 못 눈다. 생각들 해보렴. 그 보드랍고 연한 어린 창자에 질기디 질긴 송피가 들어가니 어찌 소화가 되며 설령 소화가 된다한들 변이 제대로 나오겠느냐. 아이는 똥이 마려운데 똥이 안 나온다며 악을 악을 쓰고 운다. 이때 할머니는 "아이구 하늘님 부처님 천지신명님. 우리 손자 좀 살려주세요. 아이구 우리 강아지 어떡하나"하시며 말을 동동 구르신다. 그러다 손자놈 아랫도리를 벗기고 쭈구려 앉힌 채 똥을 누인다. 이때 할머니는 "아이구 우리 강아지 똥 누신다. 아이구 우리 장군 힘도 세시네"

하고 손자의 등을 두들기며 응원을 하신다. 이때 손자는 할머니의 응원에 힘입어 얼굴이 지지벌개가지고 끙끙거리지만 똥은 야속하게도 항문으로 조금 내비치다 속으로 도로 쏙 들어가 버린다. 그러면 할머니는 "하늘님 맙소사!"를 몇 번이고 되뇌이다 비장한 목소리로 며느리한테 "에미야, 부엌에 가 숟갈총 두 개 가져오너라!" 하시고는 손자한테 조금만 더 힘을 써 똥을 누라며 독려하신다. 손자는 이런 할머니를 쳐다보며 항문에 힘을 주고 할머니는 이때를 놓치지 않고 잽싸게 두 개의 숟갈총으로 손자의 항문을 벌리고 채 소화 안 된 내용물을 손으로 끄집어낸다. 이때 항문이 찢어져 피가 나고 손자는 아파서 죽겠다고 운다. 생살이 찢어져 피가 나니 얼마 나 아프겠느냐. 이런 기막힌 현상은 이 아이만 그런 게 아니어서 동 네마다 있었는데 똥구멍이 찢어지게 가난하다는 말은 이래서 생긴 말이다."

태하 옹은 여기서 세 아이들 손을 한데 그러모아 잡더니 추연한 소리로 "얘들아! 그때 그 아이가 말이다. 똥을 못 눠 죽는다고 울던 그 아이가 말이다⋯⋯."

기호 서껀이 일제히 태하 옹을 쳐다봤다.

"바로 이 할애비다!"

태하 옹이 양팔을 벌려 아이들을 싸안았다. 그러자 아이들이 한 꺼번에 "할아버지!" 하며 울먹였다. 기옥이는 흐느끼는 소리로

"할아버지, 할아버지! 난 몰라. 난 몰라!"

하며 태하 옹의 가슴에 안겨 엉엉 울기 시작했다.

"자자, 기옥아. 이제 그만 울고 할애비 얘길 좀더 들어야지. 무궁 무진한 보릿고개 얘기 몇 가지만 더 들려주마!"

기옥이 태하 옹의 품에 안겨 하염없이 울자 태하 옹이 기옥의 등 을 토닥이며 말했다.

"할애빈 본시 학자 집안의 자손이어서 살기가 어려웠다. 너희 고조부님과 증조부님께서는 한학이 높으신 유학자셨고 할애빈 그런 증조부님께 국민학교, 지금의 초등학교를 나오자 한문을 배우기 시작했다. 이때 증조부님께서는 생활이 너무 어려워 사랑에 서당을 차리고 근동의 학동들을 모아 한학을 가르치셨고 요즘의 수업료에 해당하는 학채學債로 강미講米라고 하는 곡식을 춘추로 몇 말씩 받아 근근이 구명도생하셨다. 이런 중에도 서당에서는 일 년에 두어 번씩 싸리나무 회초리 서당매를 팔아 요긴하게 쓰셨다. 이 서당매는 훈장이 학동들의 종아리를 때려 가르쳤다 해서 가정교육용으로 팔려나갔다. 때문에 웬만한 집은 자식을 가르치고 인간을 만드는 교편敎鞭이라고 해 서당매를 선호했다. 교편이란 가르칠 교 자에 채찍 편자니 왜 안 그렇겠느냐. 그런데 이 서당 매의 값도 서당과 훈장의 유명 도에 따라 값이 싸고 비쌌는데 증조할아버님께서는 유명한 서당의 이름 높은 학자여서 서당매 값이 비쌌다."

태하 옹은 여기서 말을 끊고 보리차 한 잔을 마시더니 눈을 멀리 보내 겹겹으로 펼쳐진 산 주름을 바라봤다.

"매에 대한 얘기가 나왔으니 조상매에 대해서도 말해야겠다. 너희들, 조상매란 소리 처음 듣지. 조상매란 조상님 산소 앞에서 맞는 매를 말함인데 할애비는 너희 고조할아버님 내외분 산소 앞에서 증조할머님으로부터 종아리에 피가 나게 조상 매를 맞았다. 그때가 아홉 살인가 열 살인가여서 무엇 때문에 매를 맞았는지 분명치는 않지만 할애비가 증조할머님 말씀을 거역해서 생긴 일인 것만은 틀림없다. 그때 증조할머님은 싸리나무 회초리를 드신 채 할애비를 앞세워 고조할아버님 산소로 가 절을 하시더니

"아버님, 어머님. 자식 잘못 가르친 죄를 용서받으러 왔습니다."

하시더니 할애비에게 매를 쥐어주시며

"에미가 너를 잘못 가르쳤으니 조상님 앞에서 에미 종아릴 쳐라!"

하셨다. 할애비가 겁이나 증조할머님께 잘못을 빌자 증조할머님께서 매를 빼앗으시더니 당신 종아리를 당신이 사정없이 치셨다. 바로 저 고조할아버님 산소 앞에서 말이다. 할애비는 그때 증조할머님 앞에 무릎을 꿇고 빌며 부모님 말씀에 거역 않겠노라 맹세를 했다. 그러자 증조할머님께서

"그럼 그 증표로 종아릴 맞아라. 할아버지 산소 앞에서"

하시더니 할애비 종아리를 피가 나게 때리셨다. 아, 그때 증조할머님께 맞던 조상 매의 회초리. 할애빈 그 조상 매의 회초리가 그립다. 사람 되라고 조상님 산소에 데리고 가 때리시던 조상매가 사무치게 그립다. 그런데 말이다. 우리 국어사전엔 안타깝게도 '서당 매니, 조상 매니' 하는 이 소중한 낱말이 하나도 등재돼 있질 않다. 어째서 이런 일이 생겼는지 모르지만 통탄할 일이다. 그러나 통탄할 일은 또 있다. 그게 무엇인가 하면 우리 한민족의 암울하고 참담했던 보릿고개가 어느 교과서에서도 단 한줄 언급되지 않았다는 점

이다. 초등학교는 몰라도 아니 초등학교도 고학년인 5~6학년이나 중학교는 어느 학년이라도 그 기막히던 보릿고개 얘기가 실려야 했다. 더욱이 보릿고개가 절정을 이루던 1930년대와 40년대 중반까지는 우리나라가 일본에 나라를 빼앗겨 땅도 말도 성도 문자까지 다 잃고 절치부심의 식민통치를 받는데다 소위 대동아전쟁으로 불리던 태평양 전쟁이 막바지에 있던 때라 일본의 횡포와 탄압, 폭정과 만행이 극에 달할 때였다. 이런 때에 보릿고개까지 겹쳤으니 죽는 건 우리 한민족이었다. 게다가 1950년대는 6·25사변이라는 동족상잔의 한국전쟁이 터졌고 1960대는 자유당 정부의 독재와 부정부패, 부정 선거에 항의해 벌인 민주항쟁의 4·19의거가 있었고, 1961년엔 군부가 민주당의 장면 정권을 무너뜨리고 군사정부를 수립한 5·16 군사정변이 있었다. 이런 소용돌이 속에 죽어나는 건 백성이요 민초들이었다. 그러므로 다른 건 다 그만두더라도 1930년대부터 1950년대까지의 보릿고개 참상만은 반드시 교과서에 수록해 아무 것도 모르는 요즘 아이들에게 반면교사로 삼게 해 아하, 보릿고개가 이런 것이었구나, 우리가 잘사는 건 그분들의 덕이로구나 함을 깨우쳐줘야 한다. 한데 너희들 어떠냐, 보릿고개 얘기 재미없지? 하지만 이왕 말이 나왔으니 한 가지만 더 얘기해주마.

태하 옹의 말에 기옥이가 먼저

"할아버지. 저흰 지금 누구한테도 들을 수 없는 뼈아픈 역사 얘길 할아버지께 듣고 있어요."

그러자 기호와 기섭이가

"할아버지, 보릿고개 얘긴 재미 이상의 그 무엇입니다."

"그렇습니다. 저흰 지금 할아버지 말씀을 재미로 듣는 게 아닙니다."

아이들은 모두 찬성이었다. 태하 옹은 그럼 됐다는 표정으로 말을 이어나갔다.

"너희들 마름이란 말 모르지. 마름이란 한문으론 집사舍 소리음 音의 사음이라고도 하는데 이 사음 즉 마름은 지주를 대리해 소작권을 관리하는 사람을 말함이다. 때문에 유세랄까 세도가 대단해 웬만한 벼슬 마름만 못하다는 속설까지 생겼다. 생각해 봐라. 마름한테 잘못 보이면 땅을 못 얻어 부쳐 굶어죽을 판이니 저두굴신 할 수밖에 더 있느냐. 마름 중엔 아주 고약한 마름도 있어 어느 소작인 딸이 얼굴이 반반하면 땅을 미끼로 흥정을 하기도 한다. 논을 몇 마지기 더 부치게 해줄 테니 딸년을 달라고. 여기서 딸을 달라함은 첩이나 소실로 들여앉히겠다는 수작이다. 그러면 어떤 소작인은 목구멍이 포도청이라 딸을 마름한테 주고 돌림병에 딸을 잃은 셈 쳤다. 이때는 풍진이라는 앞세기와 손님이라는 천연두와 홍역이라는 마진 등의 법정전염병이 창궐해 봄이면 동네마다 아이들이 떼로 죽어나갔다. 그리고 어른들은 염병이라는 장티푸스에 걸려 동네가 쑥대밭이 되다시피 했다. 그랬기 때문에 이 무서운 전염병에 안 걸리는 것만을 천행으로 알았다. 이런 중에도 의기가 있는 소작인은 자기 딸을 소실로 달라는 마름 집에 불을 지르고 가족이 남부여대 야반도주를 했는데 그 곳이 북간도가 아니면 북만주였다. 이렇듯 이민 아닌 이민자로 유랑 아닌 유랑자로 고국을 떠나온 사람들은 헤아릴 수 없이 많았는데 이들은 가난한 소작인이 아니면 일제의 수탈과 질곡과 폭압을 못 이겨 조국을 떠나온 실향민들이었다. 이 때 이들의 심경을 노래한 것이 '고향설故鄕雪'이란 노래였다. 이 고 향 설은 가난과 향수와 망국한을 가슴 절절히 노래한 민족가요로 해방되기 3년 전인 1942년에 백년설이라는 가수가 불러 민족혼을 살린 노래다. 너희들 할애비가 한 번 부를 테니 들어들 보련?"

대하 옹이 눈을 지그시 감더니 노래를 부르기 시작했다.

"한 송이 눈을 봐도 고향 눈이요

두 송이 눈을 봐도 고향 눈일세

깊은 밤 날려 오는 눈송이 속에

고향을 불러보는 고향을 불러보는

젊은 푸념아"

일절이 끝나자 태하 옹은 연이어 이절을 부르기 시작했다.

"소매에 떨어지는 눈도 고향 눈

뺨 위에 흩어지는 눈도 고향 눈

타향은 낯설어도 눈은 낯익어

고향을 떠나온 지 고향을 떠나온 지

몇 몇 해던가."

태하 옹이 '고향설'을 이절까지 다 불렀는데도 아이들은 아무 말 없이 앞산만 바라보고 있었다. 적이나하면 궁금한 것 투성이어서 이것저것 물을 만도한데 놈들은 약속이나 한듯 말이 없었다. 태하 옹은 아, 이놈들이 할애비 말을 듣고 너무 기가 막혀 질문을 못하는 구나 싶어 자신이 먼저 말을 꺼냈다.

  "자, 그럼 이제 할애비가 어떻게 공부했는지 그 애길 좀 해야겠다. 할애비는 앞에서 말 한대로 증조부님께 한문을 배우다 이래서는 안 되겠다 싶어 열여섯 살에야 신식공부를 시작했다. 신식 공부란 서울로 강의록을 주문해 집에서 중고등 전 교과목을 공부하는 것인데 할애비는 한문을 많이 알아 그런지 웬만한 문제는 다 알 수 있었다. 할애비는 일본 공부를 하다 초등학교 5학년 때 해방이 돼 우리 한국공부는 일 년 밖에 못했지만 중고등부 강의록은 일 년 만에 다 마스터 했다. 중등부 6개월 고등부 6개월씩 말이다. 그리고 중학교 검정고시를 비롯해 고검 대검도 일 년 만에 모두 합격해 중고등 학교도 안 다니고 곧바로 대학 사학과에 합격했다. 그런 다음 서울 변두리 먼 친척집에 쪽방 한 칸을 얻어 놓고 그날부터 닥치는 대로 일을 했다. 구두닦이, 신문배달, 군고구마장수, 교정교사 등 등. 그때 할애비는 책상 앞에 뜻이 있으면 마침내 이뤄진다는 '유지 경성有志竟成'과 뜻을 세웠으면 반드시 이뤄야한다는 '입지필성立志 必成'을 좌우명이듯 써 붙였고 출입문 위에는 '무쇠도 갈면 바늘이 된다'와 '논 자취는 없어도 공부한 공은 남는다'는 한국 속담을 써

붙였다. 이렇게 하느라 할애비는 대학 4년을 주간 아닌 야간 대학을 다녔고 대학 4년 내내 장학금을 받았다. 할애비는 대학원도 질풍경초疾風勁草와 견인불발堅忍不拔 정신 하나로 다녔는데 할애비가 이만큼 된 것은 할애비의 노력 보다는 증조할머님의 하늘같은 치성의 공덕 때문이었다. 증조모님은 해마다 칠월 칠석 날부터 석 달 열흘간 밤마다 찬물에 목욕재계 하시고 뒤란의 제단에 정화수 떠 놓으시고 천지신명님께 할애비의 성공을 빌고 또 비셨다. 이 치성은 할애비가 대학과 대학원을 나와 대학에 출강을 할 때까지 계속하셨다. 아니 정확히는 돌아가실 때까지 계속하셨다. 아, 세상에 어느 누가 아들의 어머니 아닌 이가 있으며, 세상의 어느 누가 어머니의 아들 아닌 이가 있으랴만 할애비는 십 년을 해마다 석 달 열흘 백일 간을 자식 위해 일구월심 치성 드린 분은 여기 누워 계신 증조모님 외에 달리 본 일이 없다. 얘들아, 할애비는 지금도 너희 증조모님께서 "비나이다, 비나이다, 천지신명님께 비나이다. 해동 동방 조선지국 우리 태하, 그저 무병장수하게 해 주시옵고 사해 팔방 이름나 훌륭한 사람 되게 해 주옵소서. 나가면 칙사런듯 들어오면 공자런듯 귀히 되게 해 주옵소서" 하시며 제단의 초가 다 타 사위어 들 때까지 천 번이고 만 번이고 비손하시던 이령수 소리가 귀에 쟁쟁 들리는 듯하다."

태하 옹은 끝내 코맹맹이 소리를 하며 깊게 숨을 들이마셨다. 그리고 눈은 고개를 젖혀 하늘을 쳐다봤다. 왠지 자꾸 눈물이 날 것 같아서였다. 이때 기옥이가 "할아버지! 할아버지! 우리 할아버지!" 하며 태하 옹의 품에 안겨 또 엉엉 울기 시작했다. 그러자 기호와 기섭이도 태하 옹의 무릎에 고개를 묻고 황소울음을 터뜨렸다.

"오냐, 알았다. 그래그래!"

태하 옹이 아이들의 등을 쓸어내리며 울음을 달랬다. 이때 해가 서산으로 꼴깍 넘어갔다. 기나긴 봄 해가 얼굴을 감춘 것이다. 그리고 얼마 후 서쪽 하늘이 살굿빛 노을로 곱게 물들어가기 시작했다.

마름과 타작관打作官

마름과 타작관 打作官

마름

마름이란 지주를 대리해 소작권을 관리 감독하던 사람으로
사음舍音이라고도 함. 이는 농사를 직접 지어 경작하는 사람이
땅을 부쳐야 한다는 경자유전耕者有田 원칙에 의해 정부가 1949
년 농지개혁법을 공포, 1950년 3월 실시할 때까지 있어왔던 제
도로 그 세도가 대단했음. 여북하면 '마름 세도 웬만한 벼슬보다
낫다'는 속설까지 생겼겠는가. 초근목피로 명줄을 잇던 찰가난
의 보릿고개 때 마름 마음대로 소작인을 떼었다 붙였다 했으니
왜 안 그렇겠는가. 그 위세를 가히 짐작할 만함. 농지개혁법은
정부가 농촌의 민주화와 농업 경영의 합리화를 위해 농지의 소
유 제도를 개혁한 것으로써 이는 토지 소유권을 부재지주로부

터 실제 경작자인 소작인에게 넘겨주는 것을 주요과제로 한 대
개혁이었음.

타작관打作官

타작관이란 가을 추수나 타작 때 이를 살피거나 감독하기 위해
나라에서 내보내던 벼슬아치. 여기서는 서울의 대지주가 지방의
마름인 사음에게 타작관을 보내 작인들이 타작할 때 벼를 숨기거
나 덜 털어 괴꼴이 많은 짚단이 나오나 안 나오나를 감독하던 사
람. 그 위세가 어쩌나 대단한지 작인들은 감히 부접도 못하고 마름
들도 고양이 앞의 쥐처럼 벌벌 떨었음. 왜냐하면 타작관이 지주한
테 마름에 대한 말을 어떻게 하느냐에 따라 마름의 명줄이 붙기도
하고 떨어지기도 했기 때문임. 그랬으므로 마름은 타작관에게 종
처럼 저두굴신低頭屈身했고 타작관은 마름으로부터 칙사 대접을
받았음.

섬돌 밑에서 '리이리이'울어대는 귀뚜리 소리가 애잔하고 풀숲이
떠나가듯 낭자하던 풀벌레 소리가 시나브로 잦아들자 건들마가 건
듯건듯 불어왔다. 건들마는 그러나 곧 소슬바람을 몰고 와 여기 저
기 뿌려댔다.

가을이 오고 있었다. 하늘은 자꾸 높아졌고 높은 하늘은 또 새털

구름을 동반한 채 점점 파아래졌다. 마당가의 대추나무엔 오복조복 가지가 휘게 달린 대추가 진홍빛으로 익어가고 뒤란의 밤나무엔 형제 삼형제 의좋게 들어앉은 알밤이 역시 진홍빛을 띤 채 금세라도 떨어질 듯 바람에 간당거렸다. 지붕 위엔 탐스러운 흰 박이 옹기종기 엎디어 있고 그 흰 박 꼭지 위로 빨간 고추잠자리가 한가하게 날아다녔다. 아이들은 논가에서 빈 양재기를 두들기며 "우여어우이 우여어우이"하고 참새 떼를 쫓았고 더러는 또 태(새를 쫓기 위해 만든 제구의 하나. 짚과 삼을 섞어 꼬아 만든 것으로, 머리는 굵고 둥글넓적하게 하고 몸체는 길고 꼬리는 가늘게 꼬았음. 이를 '태'라 하는데 이 태의 머리 부분을 잡아 쥐고 공중을 휘휘 몇 번 돌리다가 갑자기 잡아채면 '따악'하는 소리가 남)를 치며 새를 쫓기도 했다. 그러면 멍석 같은 새 떼들은 이 태 소리에 놀라 지지굴지지굴 짓떠들며 다른 논으로 날아 내리곤 했다. 그러나 그 논에서도 빈 양재기를 두들기며 '우여어우이, 우여어우이'하고 새를 쫓았고 그래도 안 되면 태질을 했으므로 새는 종당 공중을 몇 바퀴 선회하다 훼방꾼이 없는 논을 골라 내려앉곤 했다. 한창 여물어 가는 벼를 멍석 같은 참새 떼들이 몇 차례 까먹고 나면 벼는 쭉정이가 많아 소출이 엄청나게 감소돼 벼 익을 때의 새 쫓는 일은 필수였다. 그래 어느 논이고 할 것 없이 벼가 여물 때는 새 쫓는 아이들이 즐비했고 아이들이 없는 집에서는 아낙과 노인들이 논에 나와 새를 쫓았다.

"에이씨, 난 만날 새만 보라하고!"

남의 논을 부치는 소작인 집 아이들은 불평이 대단했다. 그 놈의 새 보는 일 때문에 동무들과 놀 수가 없어서였다. 그런데 소작인이 아닌 집 아이들은 논이 없어 새 볼 일도 없어 동무들과 어울려 개암을 따 먹고 보리수를 따 먹으며 신나게 돌아쳤다.

뿐만이 아니었다. 아이들은 가까운 산으로 가 익을 대로 익은 으름을 따 먹고 알밤을 따 먹고 팥배와 돌배까지 따 먹으며 하루해가 짧아라 돌아쳤다. 이럼에도 논에서 새 보는 아이들은 따분하게 한 자리에서 하루 종일 새만 쫓으니 진력이 나 발싸심이 생겼다. 진펄에 개구리 뛰듯 뛰어다녀야 직성이 풀릴 아이들이 한 자리서 하루 종일 새만 보니 어찌 발싸심이 생기지 않겠는가.

아이들은 바쁘고 고단했다. 칠궁七窮으로 여름내 주린 창자를 개암이나 보리수로 채워야 했고 밤을 비롯한 으름이나 팥배 따위로 채워야 했기 때문이었다. 이 중에서도 밤이 가장 인기가 있어 아이들은 날만 새면 밤나무 밑으로 모였다. 아니 날이 아직 새기도 전에 새벽부터 모이는 아이들도 있었다. 밤사이 떨어진 알밤을 먼저, 그리고 하나라도 더 줍기 위해서였다.

아이들은 등불을 밝혀 들고 작대기로 이슬이 함초롬히 내린 풀을 헤치며 알밤을 줍는데, 많이 줍는 아이들은 하루아침에 세 사발도 더 주웠다. 이 바람에 아이들은 밤잠을 설쳤고 밤잠을 설친 아이들은 늦잠이 들어 알밤 줍는 시간을 놓치기 일쑤였다. 그러면 이게 그만 분하고 속상해 온 종일 애성이 나기도 했다. 그래 어떤 아이들은 토끼처럼 자다 깨다 자다 깨다 하는 수잠으로 애를 태우다 한 밤중에 등불을 들고 나가 알밤을 줍기도 했다. 시계가 없던 시절이라 닭 우는 소리로 시간을 가늠할 수밖에 없는데, 닭이 하필 잠든 사이 울고 보면 들을 수가 없어 잠깨는 시간이 알밤 줍는 시간이었다. 이 알밤은 물론 주인이 있고 밤나무 또한 당연히 주인이 있어 원칙대로라면 주인 허락 없이는 주울 수가 없었다. 그런데도 주인은 아이들이 알밤 줍는 것을 알고도 모른 척 했으므로 알밤 줍는 일은 묵시적으로 허용됐다. 이럼에도 아이들은 마음을 졸이며 알밤을 주웠다.

마음 놓고 줍는 알밤은 산밤이었다. 산밤도 산주인이 있고 산주인이 있었으니 임자도 있었지만 집밤이나 들밤처럼 마음 졸이진 않았다. 우선 주인이 보지 않아 마음 편했고 설혹 본다 해도 주인 자신이 산밤을 원두한이 쓴 외 보듯 했기 때문에 마음 졸일 필요가 없었다. 그런데도 아이들은 산밤보다는 집밤이나 들밤 쪽으로 모여들었다. 밤이 더 굵고 맛이 좋은데다 벌레가 먹지 않아서였다. 산밤은 돌보지 않고 함부로 버려둬 그렇지 않아도 잘고 맛도 없는데다 벌레 투성이어서 인기가 없었다.

알이 잘지만 맛이 좋기로는 평양률平壤栗이 단연 으뜸이었다. 평양률은 여느 밤과 달리 거의 외톨박인데 생김생김도 동글동글해 보기에 예뻤다. 그리고 솜털이 송송 돋은 몸체는 기름을 발라놓은 듯 윤기가 자르르 흘렀고 맛도 어찌나 달고 고소한 지 꿀맛 같았다.

그래 평양률을 단밤 감률#栗이라고도 했다.

뿐만이 아니었다. 평양률은 여느 밤과는 달리 속껍질 보늬도 홀랑홀랑 잘 벗겨졌고 속살의 빛깔도 노오란 게 무척 고왔다. 여느 밤은 풋밤 때는 보늬가 잘 벗겨지다가도 알밤이 돼 오래 있으면 잘 안 벗겨지는데 이 평양률은 풋밤 때나 알밤으로 오래 묵었을 때나 보늬가 잘 벗겨졌다. 평양률은 밤나무 자체도 여느 밤나무와는 달라 아무렇게나 자라지 않고 흡사 손질 잘된 관상수처럼 동그랗고 소복하게 자라 앙바틈한 다복솔 같았다. 그래 그런지 밤도 동그랗고 앙바틈해 여간 귀엽질 않았다. 그러나 무엇보다 맛이 좋은 평양률은 맛 좋은 것만큼 귀하기도 해 몇 동네에 한 그루 있을까말까 했다. 때문에 보통 밤 다섯 개와 평양률 한 개를 맞바꿀 정도로 인기가 높았다. 그리고 이 평양률은 속껍질 보늬를 벗기지 않고 먹어도 여느 밤처럼 떫질 않았고 껍질이 옷에 묻어도 다른 밤처럼 흉한 물이 들지 않았다. 그런데 여느 밤은 보늬를 벗기지 않고 먹으면 땡감을 먹은 것처럼 입안이 텁텁했고 옷에 묻으면 삶아 빨아도 칙칙한 밤물이 지워지지 않았다.

아이들은 알밤 먹을 계절만 되면 밥은 뒷전이었다. 아침부터 저녁까지 쉴 새 없이 밤을 까먹어대 속이 더부룩하고 입안이 깔깔해 밥 생각이 없었던 것이다. 밤은 또 소화도 잘 안 돼 똥을 누면 옥수수를 먹었을 때처럼(옥수수도 소화가 잘 안 됨) 노오란 알갱이가 그대로 오소소 나온다. 그런데도 아이들은 눈만 뜨면 밤나무 밑으로 갔고 가선 입 쉴 새 없이 밤을 먹어댔다. 그러노라 남의 집 간장독을 깨뜨리고 밤송이에 얻어맞아 눈을 다치곤 했다. 밤은 돌멩이를 던져 올려 따기도 했지만 대개는 생나무 작대기로 만든 물매를 던져 거꾸로 매달려 간당거리는 알밤을 따기도 했다. 그러다 보면 돌이나 물매에 맞은 간장독이 '쨍그랑' 하고 깨지는 소리가 났고 때로는 '퍼억'하는 둔탁한 파열음과 함께

"아이구, 이를 어째. 장독이 깨졌네!"

하는 아낙의 비명에 가까운 소리가 들려오기도 했다. 이럴 때면 대개의 아낙들은 누구의 소행이고 또 무엇 하다 그랬는지 단박에 알아

"아이구, 저 개토시 같은 놈들이 또 울안 밤나무에 돌 던져 저지렐 했구먼. 아이구, 저놈들을 그저. 야, 이놈들아, 이리와 장물 값 물어내고 간장독 사내!"

하면서 이쪽으로 달려오곤 했다. 그러면 아이들은 걸음아 날 살려라 하고 삼십육계 줄행랑을 놓았다. 이러노라 아이들은 어느 한 날 조용한 날이 없었다. 그래 늘 바쁘고 고단했다. 그러나 이렇게 바쁘고 고단한 아이들도 대추나무와 감나무, 그리고 고욤나무에 까치밥이 생기면 그때부터 한가해지기 시작한다. 밤을 모두 털어 더 이상 밤나무 밑에 갈 필요가 없기 때문이다. '까치밥'이란 까막까치를 위해 과일을 다 따지 않고 얼마큼씩 남겨 놓는 것을 말함인데 감은 여남은 개, 대추와 고욤은 몇 백 개씩 남겨놓는다.

눈 내리는 한 겨울, 아무 것도 먹을 게 없을 때 까막까치가 먹을 월동 양식이다.

아이들이 까치밥과 함께 한가해지면 어른들은 반대로 바빠지기 시작한다. 할 일이 태산 같이 많아서였다. 밭 갈고 씨앗 뿌리는 파종기의 봄철보다 더 바쁜 나날이 계속되는 것이다. 큰 산에 가 송이를 따고 도토리를 줍고 석이石耳를 따야 했기 때문이다. 송이는 따서 그때그때 먹고 또 동네 어른들께 맛이나 보라며 나눠드리지만 석이와 도토리는 겨울이 돼야 소용되기 때문에 잘 갈무리 해 두었다가 겨울에 먹곤 했다. 도토리는 묵으로 해 먹기도 했지만 쪄서 방아나 절구에 찧어 저녁 또는 밤참으로 먹는 집이 많아 내남직없이 주워 날랐다. 많이 줍는 사람은 하루 보통 서너 말은 줍기 때문에 한 파수만 주워도 도토리 몇 가마니는 장만할 수 있어 겨울 양식으로 톡톡히 한 몫을 했다.

이런 고된 신역 중에서도 사람들은 농사일 틈틈이 머루 다래를 따왔고 도라지 더덕을 캐다 장아찌를 담았다. 그러노라 가을이 얼마만큼 깊었는지 헤아리질 못했다.

이러구러 가을은 깊어 노루가 아이를 업어가도 뒤돌아 볼 새 없다는 추수가 시작되었다. 추수가 시작되자 사람들은 눈코 뜰 새 없이 바빠 종종걸음질을 했다. 게다가 낙엽을 재촉하느라 그런지 가을비까지 찔끔거려 바쁜 손을 더 바쁘게 했다. 그런데도 손포 많고 일꾼 많이 얻은 집은 남 먼저 마당질이 시작되었다. 동네 중 타작을 제일 먼저 시작한 집은 마름 박용칠네였다. 박용칠은 광작을 하는데도 자기 집 일꾼과 소작인 일꾼이 많아 맨 먼저 타작을 했다. 소작인들은 자기 일 제쳐놓고 박용칠네 추수와 타작부터 했다. 물론 품값 안 받는 공짜로였다.

박용칠은 타작이 끝나자 며칠 간 어딘가를 부지런히 돌아치다 오더니 집안을 청소하고 고기를 사오고 닭을 잡고 야단법석을 떨었다.

"또 때가 됐구먼. 박용칠이 설치는 걸 보니."

"때? 때라니?"

"서울서 타작관打作官 올 때 말이여."

"타작관? 벌써 그렇게 됐남?"

"벌써가 뭐여. 한로寒露가 곰비임빈데."

"하기사……"

사람들은 고기 굽는 냄새가 등천하는 박용칠네 집을 바라보며 입을 삐죽거렸다.

"올핸 또 뭘 진상할라나?"

"글쎄. 인삼녹용에 꿀단지는 물론일 테고."

"인삼? 인삼이 뭐여. 산삼이여 산삼. 아, 작년 재작년 다 산삼 진상했잖아. 동막골 심마니한테 산삼 한 뿌리에 쌀 세 가마씩 주고 사서 말이여."

"그랬남?'

"그랬지? 지지바는 안골 이태평이 논 닷마지기 도지 안 받는 조건으로 딸년 데려다 상납하고……."

"그건 나도 알아. 그러니 이태평이 그게 인간이여? 아무리 땅에 포원이 졌기로서니 논 닷 마지기 도지 안 받는 조건으로 딸년을 바쳐? 그 놈 죄 받어 되졌어. 왜 허구한 사람 다 괜찮은데 그놈만 홍수에 사태 만나 깔려죽어. 그 놈은 논만 준다면 못할 것이 없는 놈이여. 그 놈은 또 박용칠이한테 기생년 상납 잘해 다른 작인들보다 논 더 얻어 부쳤잖어. 김천수 그놈과 같이 말이여."

그랬다.

이태평은 박용칠이 논 다섯 마지기를 도지 안 받고 부쳐 먹게 해줄 테니 딸년을 하룻밤만 보내 달라 하자 그 즉석에서 허락을 했다. 박용칠은 우리 두 사람만 아는 비밀이니 안심하라 하고는 이태평의 열일곱 어린 딸을 타작관이 오는 날에 맞춰 읍내 여관으로 데려가 진상했다.

그러나 세상에 비밀이 어디 있던가. 멋모르고 따라간 이태평의 어린 딸은 꿈에도 생각 못한 엄청난 일을 겪자 그 길로 울며불며 부지거처 없이 떠나버렸다. 아버지를 원망하면서. 타작관을 저주하면서.

발 없는 말이 천 리 간다고 소문은 삽시에 꼬리에 꼬리를 물고 사방팔방으로 퍼져갔다.

"이태평이 그 놈, 지 딸년 팔아먹었다며? 논 닷 마지기 도지 안 받는 조건으로?"

"그렇다는구먼."

"이런 순 개돼지만도 못한 놈 같으니라고. 그래, 뭘 못 팔아먹어 어린 딸년을 팔아먹어."

"다 가난이 죄지 뭐"

"가난이 죄? 가난하면 딸자식 다 팔아먹남? 그럴 말이면 딸자식 안 팔아먹을 놈 몇이나 돼?"

"그러게나 말이여"

"타작관한테 잘 보일려고 소작인 딸 진상한 마름 놈이나 마름 놈한테 잘 보일려고 지딸 팔아먹은 소작인 놈이나 그 놈이 그 놈이여. 그런 놈들은 똥물에 튀를 해도 똥이 아까운 놈들이여."

사람들은 분격해 흥분했고 더러는 당장 쫓아가 도륙을 내자 했지만 똥 뀐 놈이 성내듯 됩데 큰 소리 치면 자칫 척 隻만 질 것 같아 참고 또 참았다. 그러나 사람들은 분한 씨름에 샅바가 끊어진 듯한 심사였고 똥 누고 밑 안 닦은 것처럼 마음이 개운칠 않았다. 그랬는데 서울서 타작관이 온다고 저리 지지고 볶고 굽고 삶고 야단법석이니 심기가 장히 편칠 않았다. 그러면서도 사람들은 얼른 타작관이 왔으면 했다. 찬밥 두고 잠 안 온다고 언제 먹어도 김가가 먹을 밥이라면 한 시 바삐 먹는 게 낫지 싶었던 것이다.

아침 숟갈을 놓자마자 박용칠은 머슴 출이를 앞세워 집을 나섰다. 읍내 정거장 기차역으로 타작관 마중을 가기 위해서였다. 타작관이 열두 시 기차로 온다했으니 읍내서 제일가는 태화관에서 일등 청요리를 시켜놓고 정거장에 가 미리 기다려야 했던 것이다. 그러니 아침을 뜨자마자 천둥의 개 걸음으로 서두르지 않을 수가 없었다. 아차 한 발 늦어 타작관이 먼저 와 있기라도 하면 이런 낭패가 없는 것이다. 마름의 목줄은 타작관에게 달려 있고 마름을 떼고 붙이는 것도 타작관에게 달려 있기 때문에 자칫 밉보여 눈밖에라도 나면 끝장인 것이다. 그러므로 마름에게 있어 타작관의 존재는 범보다 무섭고 저승사자보다 두려워 하늘 바로 그것이었다. 그래 타작관이 최고 최대의 귀빈이요 상전이어서 깍듯하고 정중하게 칙사 대접을 해야 하는 것이다.

박용칠이 태화관에 들러 최고급 청요리를 주문하고 정거장에 도착한 것은 열한 시가 다 되어서였다.

"출이 자넨 예서 기다리게. 난 역장실에 좀 들어갔다 올 테니."

정거장에 닿자 박용칠이 조끼 주머니에서 회중시계를 꺼내 보더니 출이에게 말했다.

"예, 쥔 어른."

출이는 박용칠이 역장실로 들어가자 나팔담배 한 대를 말아 물고 벽 가장자리를 따라 놓인 대합실의 일자의자에 앉았다. 이때 매표소 쪽이 시끌하는가 하더니 딱딱 어르는 소리가 들렸다.

"해 봐 일본말로. 못하면 차표 안 쥐! 당신들도 그렇게 알고 있어. 일본말로 '고오고꾸 신민노 세이시 皇國臣民의 誓詞'를 못 외면 차표 못 살 줄!"

역원 한 사람이 매표구 맨 앞에 선 오십대 아낙을 딱딱 어르고는 뒤에 선 사람들을 향해 소리쳤다.

"와, 와레라와 고오고꾸 고오고꾸(우, 우리들은 황국 황국)······"

아낙은 여기까지 말해 놓고는 그만 울상을 지었다.

"고오고꾸 담은 뭐야?"

역원이 계속 딱딱 어르며 쥐어박듯 말했다.

"모르겠구먼요, 그 담은······"

"그럼 안 돼!"

"안 되면 어떡한대요. 좀 봐 주세요 나리. 딸년이 몸을 풀어 급히 산 구완을 가야되는구먼요."

아낙이 난감한 표정을 지으며 간절한 눈빛으로 역원을 쳐다봤다.

"그래도 안 돼. '고오고꾸 신민노 세이시' 하나 본토(일본)말로 못 외면 비국민 아니요. 그건 불충한 적자賊子요. 다음 누구 없소? 황국皇國말로 할 사람?"

"역원이 아낙을 한쪽으로 밀쳐내며 뒷사람을 보고 소리쳤다.

"저요. 전 할 수 있어요."

제법 나이 들어 늙수그레해 보이는 사내가 행렬 가운데서 손을 번쩍 들었다.

"해 보시오!"

"하이(예). 와레라와 고오고꾸 신민나리. 츄세이 못떼 궁고꾸니 호젱. 와레라 고오고꾸 신민와 다가이니 상아이 교로꾸시데 당께 스오 가다꾸셍. 와레라 고오고꾸 신민와 닝꾸단렌 지까라오 야시나이 고오도오셍 요셍!"

사내는 '고오고꾸 신민노 세이시'를 큰 소리로 외고는 여봐란 듯 역원을 쳐다봤다.

"좋소, 당신부터 차표 사시오. 헌데 그 뜻이 뭔지도 아시오?"

역원이 머리를 끄덕이며 사내를 노려봤다.

"하이!"

"말해보시오!"

"하이. 우리들은 황국신민이다. 충성으로써 군국에 보답하자. 우리들 황국신민은 서로 신애협력해서 단결을 굳히자. 우리들 황국신민은 인고단련 힘을 길러서 황도皇道를 선양하자입니다."

사내가 외워둔 글귀를 내려읽듯 줄줄 설명하곤 가슴을 쫙 폈다. 그 표정은 장하고 자랑스러워 여봐란 듯 한 표정이었다.

"좋소! 아주 자알 했소!"

역원은 만면에 미소를 띠며 사내를 매표구 앞으로 인도해 차표를 사게 했다. 그러더니 다른 사람도 '고오고꾸 신민노 세이시'를 일본 말로 하는 사람만 골라 차표를 사게 하고 못 하는 사람은 옆으로 밀쳐내 차표를 못 사게 했다. 그러나 '고오고꾸 신민노 세이시'를 일본말로 하는 사람은 스무 남은 명의 승객 중에 고작 서너 명에 불과했다.

"저, 나리. 한 번만 봐 주세요. 예? 나리, 담엔 꼭 외워가지고 올게요. 예? 나리!"

"저, 선상님! 가친께서 위독해 빨리 가야합니다요. 그러니 요번만 용서해주세요. 예? 나리!"

'고오고꾸 신민노 세이시'를 일본어로 못 외워 한쪽으로 밀려난 사람들은 발을 동동 구르며 애원했지만 역원은 매몰차게

"안 된다지 않소. 가서 빨리 외워가지고 오시오!"

하고는 횅하니 안으로 들어갔다.

"원 저런 제미 씨발놈을 다 봤나. 지 놈도 조선 놈 같은데, 뭔 놈의 일본말이여, 일본말이. 원님 행차에 이방 놈이 더 꺼떡댄다더니 저놈이 그 짝이구먼. 엠병에 땀도 못 내고 뒈질 놈 같으니라고!"

벽의자에 앉아 주인 나올 때만 기다리며 나팔담배를 뻐끔거리던 출이는 역원이 하는 짓거리에 심사가 뒤틀려 저도 몰래 가래침을 캬악 돋워 뱉고는 상욕을 해댔다. 그런데도 출이는 뒤틀린 심사가 안 풀려

"지랄할 놈의 새끼, 굿하고 싶어도 며늘년 엉덩춤 추는 꼴이 보기 싫어 못 한다더니. 저놈의 새끼가 그 꼴일세. 오나가나 저런 놈의 새끼 꼴 보기 싫어 못 살겠네. 니미랄!"

했다. 생각할수록 역원이 밉살스러워 견딜 수가 없었다. 마음 같아서는 놈의 멱살이라도 틀어잡고 자리개질 하듯 메다꽂았으면 좋겠는데 그렇게 못하는 게 한이었다.

주인 박용칠이 역장실에서 나온 건 이때였다. 박용칠은 금테 모자를 쓰고 타블레트를 든 역장과 함께 개찰구 쪽으로 나오더니

"자넨 예서 좀 더 기다려. 난 저 안에 들어가 마중할 것이니"

하고 벌떡 일어나 엉거주춤 서 있는 출이에게 이르고는 역장을 따라 플랫포옴으로 나갔다.

기차는 이러고도 한참이 지나서야 '꽤액'하는 기적소리와 함께 시커먼 연기를 토하며 칙칙폭폭 칙칙폭폭 산모롱이를 돌아섰다. 출이는 목을 길게 빼고 플랫포옴 쪽으로 눈을 주었다. 기차가 서서히 멎고 승객들이 하나 둘 내리기 시작하자 박용칠이 웬 사내 앞으로 쫓아가 코가 땅에 닿도록 허리를 굽혔다. 그러더니 사내가 든 '오리가방'을 잽싸게 받아들었다. 서울서 내려온 타작관인 모양이었다. 출이는 얼른 개찰구 쪽으로 다가가 타작관을 주시했다. 타작관은 작년에 왔던 그 사람으로 여전히 희어멀끔 풍골이 좋았다.

'어쩌면 저렇게 풍채가 좋을까 그래. 환갑이 내년인데도 저러니 젊었을 때는 얼마나 근사했으까.'

출이는 옥골선풍 같은 타작관의 풍채에 새삼 주눅이 들어 혀를 홰홰 내둘렀다. 회색 두루마기에 명주 바지를 곱게 받쳐 입고 나까오리(중절모)를 반듯하게 쓴 저 풍골. 게다가 신발은 눈이 부시도록

흰 백구두를 신어 더 한층 근사했다. 출이는 괜히 가슴이 벌렁거려 타작관이 개찰구를 나오자 굽벅 절부터 했다.

"자넨 누구야?"

타작관이 굽벅 절하는 출이를 보고 괴이쩍다는 듯 물었다.

"예, 저희 집 머슴입니다. 나리!"

박용칠이 득달같이 대답하며 굽신 허리를 꺾었다.

"오라, 그리고 보니 알 만하군. 자네 이름이 출이라 했던가?"

"예, 나리!"

박용칠은 출이가 대답할 사이도 없이 자기가 먼저 대답했다.

"나리께선 참 기억력도 좋으십니다. 어떻게 이런 머슴 이름까지 다 기억하십니까. 잊지 않으시고!"

박용칠이 또 허리를 꺾으며 얼굴 가득 웃음을 흘렸다.

'미친 놈 지랄하고 자빠졌네. 뭐? 이런 머슴 이름까지 어떻게 기억하냐고? 머슴은 뭐 사람도 아니여?'

출이는 속으로 이렇게 뇌까리며 박용칠이 들고 있는 가방을 빼앗듯 채뜨렸다.

'드런 놈! 작인한테는 쥐 앞의 고양이처럼 나대면서도 타작관 앞에서는 고양이 앞의 쥐처럼 쩔쩔매는 드런 놈!'

출이는 또 가래침을 캬악 돋워 뱉고는 역 광장을 가로질러 성큼성큼 걸어갔다.

김만석은 먼동이 트자마자 타작할 준비를 마치고 집안을 돌아봤다. 그러며 타작관이 올 해도 제발 작년처럼 수월하게 넘어가 주면 얼마나 좋으랴 싶었다. 재작년에 왔던 타작관처럼 꾀까다롭게 까탈부려 괴꼴(타작할 때 나오는 벼알이 섞인 짚단이나 짚북데기)이 있나 없나 짚단마다 살피면 이게 보통 신경 쓰이는 게 아니어서 타작은 타작대로 힘들고 눈치는 눈치대로 보여 여간 불편한 게 아니다. 호랑이 날고기 먹는 줄 뻔히 알아 인심 후한 타작관은 벼 알이 듬성듬성 섞인(달린) 괴꼴이 나와도 오죽하면 저러랴 싶어 모른 척 눈감아 주는데, 성질이 까다롭고 인심이 사나운 타작관은 시시콜콜 지키고 서서 볏단마다 눈을 주는 바람에 타작마당이 살얼음판이 되곤 했다. 재작년에 왔던 박 아무개라는 타작관이 바로 이런 타작관이었다. 그 자는 생김생김부터가 노랑물 한 방울 안 나게 생겨 아흐레 삶은 호박에 이도 안 들어갈 인상이었다. 눈코가 다데다데 붙어 조밭무처럼 오종종하게 생긴 얼굴에 키는 왜 또 그리 작은지 난쟁이 뭐 길이만 했다. 그래 그런지 하는 짓도 고리고 배려 난알 하나에도 눈꼬리가 올라갔다. 그런데 여기에 비하면 작년과 금년에 온 김 타작관은 우선 허우대부터가 희어멀끔한 데다 풍채가 남달리 좋아 넉넉하고 풍더분한 인상을 주었다. 그리고 인심도 풍채 못지않게 좋아 웬만한 괴꼴은 보고도 못 본 체 했다. 겉 볼 안이라더니 과연이었다. 그러고 보면 산이 커야 골이 깊고 헌 데가 커야 고름이 많다는 말이 노상 헛말만은 아닌 성 싶었다.

'그래, 올 해도 작년처럼 모른 척 눈감아주면 오죽이나 좋을까. 그래만 준다면 얼추 벼 한 가마니는 벌 수가 있는데……'

김만석은 볏가리를 쳐다보며 혼자 소리로 중얼댔다.

그랬다. 타작관이 작년처럼 보고도 못 본 체 내전보살만 해 준다면 벼 한 가마니는 벌 수가 있었다. 탈곡기에 댄 볏단을 서너 번씩만 덜 돌려도 볏단 한 단에 벼 한 움큼씩은 나왔다. 어떤 해는 타작이 끝난 얼마 후 괴꼴을 다시 털어보면 수월찮이 벼 가마니나 나왔다. 그런데 그 망할 놈의 박 아무개 타작관 때는 벼 한 됫박 나오질 않았다. 눈에 불을 켜고 타작마당을 지켜보고 있으니 도리가 없었던 것이다.

'더도 덜도 말고 벼 여남은 말만 나왔으면…'

김만석은 다시 볏가리에 눈을 준 채 이런 생각을 하다 박용칠네 집을 향해 종종걸음 질을 했다. 타작관을 모시러 가기 위해서였다. 그러나 김만석은 걱정이 태산이었다. 조반상이 부실하지 않을까 해서였다. 딴으론 정성을 다해 닭도 한 마리 구해다 잡고 굴비와 김, 자반고등어와 송이버섯도 상에 올렸다. 그리고 여간해서는 구경도 할 수 없는 저냐와 청포도 상에 올렸다.

뿐만이 아니었다. 삼십 리 밖 술도가에 가 맑은 술까지 맞춰다 놓은 터였다. 그밖에 산나물이며 산더덕 산도라지 등을 장만했지만 워낙 귀한 사람이고 또 서울 같은 대처에서 포시랍게 주지육림과 산해진미만 먹던 입이라 이게 못내 걱정스러웠다. 입이 걸어 아무

음식이나 잘 먹으면 이런 부조가 없겠으나 입이 짧아 들이 썹고 내썹으며 깨작깨작 고양이 밥 먹듯 하면 보통 일이 아닌 것이다. 그러나 김만석은 웬만큼은 안심했다. 작년에 보니 타작관이 생각보다는 밥을 많이 먹어 얼추 팔홉 사발은 비웠던 것이다. 타작관이 음식타박이나 하고 매사에 찐조기 대가리처럼 까스러기나 일으키면 마름도 마름이지만 마름한테 논을 얻어 부치는 작인들이 지레 죽을 노릇이다. 마름은 서울 대지주로부터 논 수백 두락이나 수천 두락을 위임받아 관리하기 때문에 누구보다도 타작관에게 잘 보여야 한다. 만약 타작관에게 밉보여 타작관이 지주에게 마름에 대해 좋지 않게 말하면 마름의 목이 달아날 수 있으므로 마름에 있어 타작관은 절대자였다. 그리고 또 작인들은 마름한테 잘 보여야 논마지기나 얻어 부칠 수 있어 작인에게 있어 마름은 또 절대자였다.

이런 관계로 마당질이 시작될 벼 타작 무렵이면 동네마다 신경들이 바짝 곤두서 마름이고 작인이고 여간 조심하는 게 아니었다. 타작관은 한 번 오면 이 마을 저 동네를 다니며 작인들의 타작마당을 감시 감독하기 때문에 보통 두어 파수씩은 묵었다 갔다.

작인과 함께 농민들이 치르는 고통은 이것만이 아니었다. 가을이면 해마다 나오는 벼 공출, 이 벼 공출이 농민들을 못 살게 달달 볶았다. 벼 공출을 처음에는 자원봉사란 미명을 붙여 할당하더니 나중에는 책임량을 할당해 내보냈는데 벼가 특히 더 심했다. 그래 농부들은 타작마당에서부터 당국의 눈을 속이고 엄살을 부렸다.

이는 벼를 털 때 볏단에 벼가 상당 부분 달려 있게 턴다든가 뒷목이나 짚북데기에 벼가 끼어들어가게 했다가 나중에 덜 턴 볏단과 함께 다시 타작하는 것을 말함인데, 이는 공출에 벼를 한 톨이라도 덜 뺏기기 위해 취해진 조치였다. 그러나 이도 금년부터는 할 필요가 없었다. 해마다 가을이면 벼 공출이 나왔고 공출 등쌀에 너나없이 아우성이었지만 그래도 마지기당 한 가마니 정도였는데 흉년이 들거나 천재지변이 생겨 농사를 망치면 미미한 양의 공출이 나왔다. 그랬는데 작년부터는 생게망게하게 '쓰보가리'라는 평예법坪刈法이 생겨 벼를 빼앗다시피 거둬갔다. 쓰보가리 평예법이란 당국에서 직접 나와 농작물의 작황을 실지實地 검사한 후 평균작으로 된 논의 한 평을 베어서 전체의 수확량을 계산하는 산출방법으로, 보통 수확량의 8할 가량이 공출로 매겨졌다. 이러니, 아니 이렇게 다 빼앗기다시피 하니 엄살을 부릴 필요가 없었다. 게다가 반타작의 배매기 병작竝作이 아니어서 지주 7할 작인 3할의 3~7제로 벼를 나누고 여기서 또 일찌감치 매겨놓은 쓰보가리의 공출산법으로 벼를 수탈해 가니 작인은 빈 손 털기 십상이었다. 그래도 작인들은 올 해는 설마 올 해는 설마하고 그 설마에 명줄을 걸었다. 하지만 공출물供出物이 '쓰보가리' 하나라면 말도 안 한다. 당국은 눈에 불을 켜고 마초馬草 공출이다 송탄松炭 공출이다 하며 사흘이 멀다고 동네를 돌아쳤고 칡껍질, 개가죽, 쇠가죽, 싸리나무 열매, 아카시아 열매 등을 할당했고 종당엔 놋주발, 놋식기, 놋수저, 놋요강, 놋대야 등

놋쇠란 놋쇠는 모조리 거둬갔다. 심지어는 겨울에 이風까지도 공출이 매겨져 살이 토실한 수퉁니를 잡아 병에 넣어 보내기도 했다. 그러느라 뭐 하나 남아나는 게 없었다.

하지만 어디 또 이뿐인가.

청년들은 징병 때문에 전전긍긍 했고 장년들은 보국대報國隊 때문에 전전긍긍 했다. 여자들은 애국반이다 뭐다해 몸뻬 입고 동네 마당에서 훈련을 받게 했고 처녀들은 성전聖戰을 승전으로 이끌기 위해 내지의 공장에 가 기술을 익힌다는 그럴듯한 미명을 씌워 잡아갔다. 처녀공출이었다. 아니 종군위안부였다. 아니 성적 욕구의 노리개로서의 대상물이었다. 그래 딸을 가진 집에서는 딸이 열댓 살만 되면 아무 사내한테나 시집을 보냈다. 읍내의 경찰서와 주재소의 일경이 면서기를 대동해 잔칫날 개 쏘다니 듯 동네마다 돌아쳤다. 그러며 말끝마다 불충한 적자賊子니 비국민의 불령선인不逞鮮人이니 했다. 아니 황은皇恩에 보답하는 천황폐하의 충용한 적자赤子가 돼야함에도 불구하고 불충하기 짝이 없는 불령선인의 적자賊子가 돼 용서할 수 없다며 걸핏하면 잡아다 패고 때리고 고문을 했다.

타작은 해돋이와 함께 시작되었다.

어울이나 품앗이 또는 울력으로 하는 타작은 먼동이 트기 전부터 하는 게 상례였으나 오늘은 타작관을 모시고 하다 보니 새벽부터 할 수가 없었다. 하늘같은 타작관을 아침 일찍부터 두들겨 깨울 수도 없고 깨운다 해도 어렵고 죄스러워 타작하자는 말이 안 나올 것 같았다. 그러므로 타작관을 모시고(입회시키고) 할 때는 언제나 해가 돋아야 했다.

"거, 섣부른 짓 하지 말고 양심껏 잘해. 알지. 만석이?"

타작이 시작되려 하자 마름 박용칠이 타작관을 힐끗거리며 큰 소리로 말했다.

"섣부른 짓하면 내년부터 논 뗄 거여. 그러니 알아서 해. 내 신세 생각해 후살이 가는 법이여."

박용칠이 또 타작관을 힐끗거리며 마당을 빙빙 돌았다. 박용칠이 말하는 '섣부른 짓'이란 괴꼴을 두고 하는 말이었다.

"염려 마세요, 마름 어른. 지가 어디 논을 한두 해 부치남유. 그리고 타작도 어디 한두 번 하남유?"

김만석이 싱글거리며 엉너리쳤지만 속은 어이쿠 이거 타작관에게 선수치는구나 했다. 그러나 이때 이 풍년이 김만석에게 눈을 찡 긋하며 의미 있게 웃어보였다. 그러자 다른 일꾼들도 알았다는 듯 탈곡기를 힘주어 밟았고 갈퀴질이며 도리깨질도 힘차게 해댔다. 그런데도 타작관은 사랑방에 덩그렇게 앉아 마당엔 눈길 한 번 주지 않은 채 바둑판만 보고 있었다. 바둑판은 박용칠이 줄이를 시켜 집에서 가져온 것으로 면장이나 주재소장이 올 때면 두던 것이었다.

"저어 나리, 빈 바둑만 두실 게 아니라 내기바둑이라도 한 판

두시지요."

바둑을 몇 판이나 두었을까, 박용칠이 조심스럽게 입을 열었다.

"내기바둑?"

타작관이 바둑판에 눈을 준 채 물었다.

"예, 나리!"

"그댄 난가爛柯를 아시오?"

"난가라 하옵시면…… 바둑 두는 재미 말씀이십니까?"

"아는군. 그렇다면 휼중지락譎中之樂이 뭔지도 아시오?"

"글쎄올습니다. 그건……"

"모르겠소?"

"예, 나리!"

"그럼 내 설명해주지. 저 중국 파앙巴仰 사람이 뜰의 귤나무에 열린 귤을 따서 타 본즉 두 늙은이가 그 속에서 바둑을 두고 있더라는 고사에서 유래된 말로, 바둑을 두는 즐거움을 휼중지락이라 하지."

"아, 예. 나리!"

박용칠이 허리를 굽신 꺾었다.

"그리고 난가는 술이기述異記라는 책에 나오는 고사로 진晋나라의 왕질王質이라는 나무꾼이 신안信安이라는 곳의 석보산石寶山에서 두 동자가 바둑 두는 것을 보는데 바둑이 끝나기 전에 도끼 자루가 썩어 고향에 돌아가 보니 친구가 모두 죽었더라는 고사에서, 도끼 자루가 썩는 줄도 모를 만큼 바둑, 즉 휼중지락에 빠진 것을 말하는 것이오."

"아, 예. 나리! 나리께선 참으로 박식하십니다."

"헌데 그대는 삼매경에 빠진 내 난가를 방해했소. 그러니 이제 빈 바둑은 작파하고 내기 바둑을 둘 수밖에 없군. 무슨 내길 하겠소?"

타작관의 이 말에 박용칠이 만면에 미소를 띠며 말했다.

"예. 제가 지면 산삼 녹용에 석청을 드리겠습니다."

"내가 지면?"

"소인을 변함없이 보살펴 주시면 됩지요."

"그건 너무 불공평하잖은가. 누군 산삼 녹용에 석청을 거는데"

"아닙니다, 나리. 나리의 사랑이 제겐 최고의 선물입니다."

"그래?"

"그럼은요"

"그렇다면 어디 한번 두어볼까"

"예, 나리!"

이리하여 타작관이 백을 쥐고 마름 박용칠은 흑을 쥔 채 내기 바둑은 시작되었다. 그런데 이상한 것은 아까 빈 바둑을 둘 때는 박용칠이 판판이 이겼는데 내기 바둑을 두자 내리 세 판을 지고 말았다는 사실이다.

"거참 희한하군. 아까는 그대가 계속 이기더니 이번엔 왜 계속 지지?"

"글쎄 말입니다. 이제 나리의 본 실력이 나오시는 모양입니다."

"일부러 저준 건 아니고?"

"아, 아닙니다. 내기 바둑인데 일부러 질 리가 있습니까?"

박용칠은 내심 회심의 미소를 지었다. 미소는 그러나 타작관도 짓고 있었다.

"자, 이제 내기 바둑도 승부가 났으니 마당에 나가 타작구경이나 해볼까?"

타작관이 마당으로 눈을 주며 권련을 빼물었다. 한 갑에 12전 하는 최고급 아사히朝日였다.

"그러시지요, 나리"

박용칠이 조끼주머니에서 얼른 성냥을 꺼내 그어댔다.

"어떻소. 금년에도 평년작은 될 것 같소?"

"타작관이 권련을 빨다 말고 박용칠을 쳐다봤다.

"예, 나리. 워낙 가물었는데다 뒤늦게 장마가 져서 소출이 좀 줄 것 같습니다. 헌데 나리, 어쩐 일로 당국이 금년엔 공출의 '쓰보가리' 조사를 나오지 않는지 모르겠습니다. 예년 같으면 벼를 베기 전에 검사를 마쳤잖습니까?"

박용칠이 말하고 타작관의 표정부터 살폈다.

"그랬지. 헌데 그 점은 염려 마시오. 다른 데는 몰라도 이곳 박마름 구역만은 내가 당국에 특별히 손을 써놨으니까."

타작관이 한껏 거드름을 피우며 헛기침을 두어 번 해댔다.

"아이구, 예. 나리! 이 은혜 백골난망입니다. 죽어도 이 은혜 잊지 않겠습니다."

"백골난망은 무슨. 다 오는 정 가는 정이지. 헌데 내일은 뉘 집이오?"

"김천수라고 요 아래 안골 사는 사람하고 저기 저 이 풍년이 하고 또……"

박용칠이 문 앞 쪽으로 다가앉으며 갈퀴질하는 이풍년을 가리켰다.

"앞으로 모두 며칠이면 끝나겠소. 두어 파수면 끝나겠소?"

"예, 그 정도면 끝날 것 같습니다. 나리!"

"허면 말이오. 내가 한 파수 쯤 있을 테니 나머지는 박마름이 알아서 하시오. 다른 데도 또 가봐야 하니 어쩌겠소."

"예, 알겠습니다. 나리! 철저하게 감독해 실수 없도록 하겠습니다. 나리!"

박용칠은 말끝마다 '나리 나리'해 가면서 혀의 침처럼 나긋나긋 부닐었다.

"그렇게 하시오. 마름만 믿소. 자, 그럼 이제 타작마당으로 나가볼까?"

타작관이 재떨이에 담배를 비벼 끄고 몸을 일으켰다.

"나리, 고단하실 테니 이제 저희 집에 가서서 한 잠 주무시지요.

사랑에 요 깔아났습니다."

점심을 먹고 담배 한 대를 태우자 박용칠이 숭늉을 대령하며
말했다.

"한 잠 자라고?"

"예, 나리! 먼지 많이 마시면 몸에 해롭습니다. 옷에 때도 타
고요."

박용칠은 주인한테 꼬리치는 강아지처럼 타작관을 쳐다보며 허
리까지 굽혔다.

"그러다 이따 밤에 잠 안 오면 어떡하라고. 추야장 긴긴 밤 아
닌가."

타작관이 아주 싫지는 않은 듯한 표정으로 회중시계를 꺼냈다.

"아니 벌써 두 실세. 점심이 너무 늦었나?"

타작관이 해를 한 번 쳐다보더니 시계를 주머니에 넣었다.

"점심이야 보통 이 때쯤 먹잖습니까. 아침 먹고 새이(곁두리) 먹
고 점심 먹으니까 좀 늦습지요. 예."

"하긴 하루 다섯 끼를 먹으니 점심이야 늦겠지. 그럼 가서 잠깐
누워있을까."

타작관이 이 말과 함께 머리에 모자(중절모)를 얹더니 횃대에 걸
쳐두었던 두루마기를 벗겨들었다.

"보게들, 나 마름 댁에 가 좀 쉴 테니 그리 알고 일들 잘하게."

두루마기를 입고 마당으로 나온 타작관이 마침 밤나무 그늘에

앉아 쉬고 있는 일꾼들을 향해 말하고는 고샅으로 발길을 돌렸다. 일꾼들은 타작관의 작정 없는 행동에 일순 당황하는 눈치더니 일제히 일어나 두 손을 모아 잡았다. 그러자 박용칠이 득달같이 달려가 타작관 뒤에 바짝 붙어 섰다.

그런데 이 어찌된 영문인가.

타작관이 막 고샅을 빠져나와 우물터 샘가에 이르자 조용하던 타작마당이 갑자기 와자해지며 '와랑와랑' 탈곡기 돌아가는 소리로 요란했다.

"……?!"

벼락 치듯 돌아가는 탈곡기 소리에 타작관이 우뚝 걸음을 멈추며 타작마당 쪽으로 몸을 돌렸다.

"왜 그러십니까, 나리!"

박용칠이 의아해 물었지만 타작관은 대답하지 않았다.

"따라 와!"

타작관이 명령하듯 말하고 오던 길을 되짚어 내닫기 시작했다.

"나리, 대체 왜 그러십니까. 예? 나리!"

박용칠이 타작관의 뒤를 쫓으며 재차 물었지만 타작관은 여전히 대답하지 않았다. 박용칠은 영문도 모른 채 타작관의 뒤를 쫓았다.

"잠깐, 잠깐 그대로들 있어!"

타작관이 타작마당으로 들어서며 대성일갈 소리쳤다.

"……?!"

순간 일꾼들은 예기치 않은 타작관의 출현에 당황하는 표정이더니 그 표정은 곧 낭패감으로 바뀌었다.

"이게 뭐 하는 짓이야? 왜 눈 감고 아웅 하고 있나?"

타작관이 일꾼의 손에 들린 탈곡 볏단을 채뜨리며 눈을 부라렸다.

"이게 뭐야? 빈 볏단에 왜 이리 벼이삭이 많아?"

타작관이 이번엔 탈곡해 한 쪽에 처쟁여 놓은 빈 볏단가리에서 탈곡된 짚단 하나를 뽑아 보이며 소리쳤다.

"이거 이러면 안 되잖아. 내가 당신들을 인간적으로 대해주면 당신들도 나를 도와줘야 하잖아. 이제 어쩔 거야. 내년부터 논 안 부칠 거야?"

타작관은 들고 있던 짚단을 내동댕이치며 박용칠을 불러 세웠다.

"이보, 박마름! 내년부터 이 자들 논 못 부치게 해! 알았지? 만일 이자들이 내년에도 또 논을 부치게 되면 마름도 못할 테니 그리 알아!"

타작관은 이러고도 분이 안 풀리는지 식식 거친 숨을 몰아쉬었다. 일찍이 볼 수 없었던 일이었다. 성품이나 거조가 풍모처럼 젊잖아 옥골선풍의 값을 한다 했는데 화가 나니 그게 아니었다.

이날 밤.

사음舍音 박용칠은 타작관 앞에 무릎을 꿇고 앉아 손이 발이 되도록 비대발괄 빌었다. 그런데도 작인 김만식은 문밖에서 발만 동동 구른 채 램프 불이 환한 방문만 애타게 쳐다봤다. 감히 방에 들어가 하늘 같은 타작관에게 용서해 달라고 할 용기가 없었다. 마름이라면 용서를 구할 수가 있겠는데 타작관은 너무 엄청나 엄두가 나질 않았다. 김만석은 뒤가 급한 사람처럼 쩔쩔매며 용만 써댔다. 그러면서도 방안에서 들려오는 타작관과 박용칠의 대화에 귀를 쫑긋 세웠다.

"그래, 내가 만일 용서해준다면 어떡하겠소? 앞으론 더 잘해 충성을 맹세할 수 있겠소?"

타작관이 헛기침을 두어 번 하더니 박용칠에게 물었다.

"여부가 있겠습니까? 나리. 용서만 해주신다면 나리의 충실한 종이 되겠습니다. 맹세하겠습니다. 나리!"

박용칠이 다급한 소리로 말했다.

"충실한 종?"

타작관의 입에서 비꼬는 듯한 어투가 튀어나왔다.

"예, 나리!"

"언제는 불충실한 종이 되겠다. 했소? 그 소린 많이 들었소. 헌데 말이오……."

"예, 나리!"

"인간이란 동물은 간사하기 짝이 없어 한이부 염이기寒而附 炎而

棄를 밥 먹듯 하니 탈이오."

"한이부 염이기시라면?"

"추우면 붙잡고 더우면 버린단 얘기요."

"……?!"

김만석은 타작관의 한이부 염이기란 말에 가슴이 덜컥 내려앉았
다. 김만석은 방문 앞으로 좀 더 바투 다가앉으며 귀를 바짝 치켜세
웠다. 타작관의 말이 마름 박용식을 포함해 소작인들 모두를 싸잡
아 하는 말로 들렸기 때문이었다. 이때 박용칠이 대죄하듯 머리를
조아렸다.

"이보, 박마름!"

얼마를 머리를 조아린 채 죽은 듯 엎드려 있었을까. 타작관이 한
결 누그러진 목소리로 박용칠을 불렀다.

"예, 나리!"

박용칠이 고개를 번쩍 쳐들었다.

"내가 만일 용서한다면 앞으로 더 잘할 수 있겠소?"

타작관이 의미 있게 웃으며 박용칠을 흡떠봤다.

"물론입니다. 신명을 다해 모시겠습니다!"

"그래요?"

"예, 나리!"

"응, 신명을 다해 모시겠다?"

타작관이 조끼 주머니에서 궐련을 꺼내 물었다. 박용칠이 재빨

리 성냥을 그어댔다.

"좋소! 그럼 앞으로 박마름 당신이 하는 걸 보고 용서할 수도 안할 수도 있소. 내 말이 무슨 말인지 알겠소?"

타작관이 의미 있는 웃음을 박용칠에게 보내며 궐련을 빨았다.

"예, 나리! 이 은혜 결초보은 하겠습니다. 기필코 결초보은 하겠습니다!"

박용칠이 황공무지하여 타작관에게 넙죽 큰절을 했다.

"결초보은까지야 뭐……."

타작관이 다소 멋쩍어하며 자세를 고쳐 앉았다.

"하오면 나리. 김만석은 어떡할까요. 사람이 본심은 착해 용서만 해주신다면 신명을 다해 일할 사람입지요. 아까 낮에 타작마당에서 있었던 일은 나리의 대인다우신 도량으로 용서해주신다면……."

박용칠이 말하며 타작관을 일별했다.

"웅, 그것도 박마름 하기에 달렸소."

타작관이 좀 전과는 달리 거드름을 부렸다.

"예, 알겠습니다. 나리!"

"그럼 나가보시오. 나 좀 쉬어야겠소."

"예, 나리. 그럼 편히 주무십시오!"

박용칠이 이 말과 함께 자리에서 일어났다. 김만석이 문에 귀를 대고 엿듣다가 소스라치게 놀라 몸을 벌떡 일으켰다. 그리고는 집을 향해 부리나케 내달았다. 이런 상황에서도 김만석은 속으로 이렇게 뇌까렸다.

'오냐, 소금 먹은 놈이 물켠다 했다. 기생 오입에 쌀 세 가마니 값 6십 원은 뭐 하늘에서 뚝 떨어진 돈인 줄 아나? 오냐. 타작관 가거든 내 또 기생 오입에 쌀 세 가마니 값 6십 원 주마!'

김만석은 가슴이 벌렁거리면서도 안도의 숨이 쉬어졌다. 믿는 구석이 있어서였다.

"만석이, 만석이 있나?"

김만석이 벌렁거리는 가슴을 억누르며 막 방에 들어 숨을 고르는데 박용칠이 헐레벌떡 달려와 다급히 소리쳤다.

"예, 저 여기 있습니다. 마름 어른!"

김만석이 한 달음에 쫓아 나와 박용칠을 맞아들였다.

"자네 왜 사람이 그리 데면데면한가. 난 자네만은 태산 같이 믿었는데 자넨 날 배신했어. 글쎄 타작관한테 괴꼴이 덜 털린 볏단을 무더기로 들켰으니 이 일을 대체 어쩔 텐가. 타작관이 자네 같은 사람한테는 논을 부치게 할 수 없다고 야단이여 지금!"

박용칠이 자리에 앉자마자 좁은 골에 돼지 몰 듯 김만석을 몰아붙였다.

"죽을 죄를 졌구만요 마름 어른. 면목은 없지만 용서해주세요 마름 어른. 제 목숨이야 오직 마름 어른 손에 달렸잖습니까? 마름 어른!"

김만석은 박용칠 앞에 두 손을 모아 잡고 비대발괄 빌고 빌었다.

"나 참 이거야 원. 아, 이 사람아. 자넬 용서하고 안 하고는 타작관님한테 달렸지. 나야 뭐 힘이 있나. 그러니⋯⋯."

박용칠이 좀전과는 달리 한결 누그러진 목소리로 말했다.

"아닙니다요. 마름 어른. 저를 용서하고 안 하고는 물론 저를 살리고 죽이는 것도 마름 어른 손에 달렸습니다. 그러니 제발⋯⋯."

김만석이 속으로 '요노옴' 하며 박용칠 앞에 무릎을 꿇었다.

"자네하고의 정리로 봐서는 그러고 싶지. 아니 내 힘으로 할 수만 있다면 그러고 싶지. 헌데 지금 타작관님의 노여움이 하늘에 닿아 있어!"

박용칠이 김만석의 눈치를 슬쩍슬쩍 보며 입가에 묘한 웃음을 흘렸다.

"아닙니다. 저를 살리고 죽이는 것은 마름 어른께 달렸습니다. 이는 저를 비롯한 삼동네 사람들이 다 아는 사실이잖습니까. 그러니 마름 어른, 제발 활인공덕 하시는 셈 치시고 저를 살려주세요. 안 그러면 저는 물론 마름 어른께서도⋯⋯."

김만석은 징징 우는 소리로 말하며 박용칠을 흡떠봤다. 박용칠은 일순 흠칫 놀랐다. 김만석의 말이 심상찮았기 때문이다. '안 그러면 저는 물론 마름 어른께서도⋯⋯.'라는 말은 다분히 협박성 발언이 아닌가. 그러니까 수틀리면 너 죽고 나 죽자 식이 될 가능성이 다분한 것이었다. 그것은 가령 김만석이 타작관에게 직접 마름이 작인들로부터 뇌물을 받고 그 뇌물의 과다로 논도 많이 주고 적게 준다는 비리를 까발려 마름 노릇을 못하게 할 수도 있다는 협박이었다.

'햐아, 이놈 봐라!'

박용칠은 가슴이 뜨끔하면서도 짐짓 아무렇지 않은 듯 태연을 가장했다. 그래 한껏 온화한 웃음으로 입을 열었다.

"알았네. 내 어찌 해볼 테니 그리 알게. 그 대신 앞으론 잘해야 하네."

박용칠이 신축성 있는 말을 하며 황소숨을 몰아쉬었다. 김만석이 재빨리 박용칠의 말을 받았다.

"여부가 있겠습니까. 이번 일만 잘 수습되면 과부 대돈변을 내서라도 마름 어른을……."

김만석은 속으로 또 요노옴 했다. 박용칠이 자신이 쳐놓은 덫에 술술 잘 걸려들었기 때문이었다.

"고맙네. 난 그럼 자네만 믿고 이만 가보겠네."

박용칠이 멋쩍은 웃음을 입가에 흘리며 자리를 일어났다.

"염려 마세요, 마름 어른! 아, 제가 어디 마름 어른을 한두 번 모십니까"

김만석이 유들유들 웃으며 박용칠을 따라 일어났다.

이렇게 하여 박용칠은 타작관이 타작 감독을 마치고 상경할 때 산삼 네 뿌리와 녹용 두 제劑, 석청 한 단지와 쌀 스무 가마니 값 4백 원을 상납했고, 김만석은 타작관이 가자마자 박용칠을 읍내 기방으로 데려가 기생 오입을 시켜주고 따로 쌀 세 가마니 값 6십 원을 상납했다. 박용칠은 타작관이 오면 주려고 미리 동막골의 심마니에게 산삼을 부탁했고 녹용과 석청도 미리미리 준비해 놓았었다. 당시 쌀 한 말에 2원이었으니 쌀 스무 가마니 값 4백 원은 굉장한 돈이었다. 이는 김만석도 마찬가지여서 쌀 세 가마니 값 6십 원은 엄청난 액수였다. 아니 남의 논을 얻어 부쳐 근근득생 먹고 사는 소작인 김만석으로서는 쌀 세 가마니 값 6십 원이 대단한 거액이어서 지주의 논을 관리해 작인을 뗐다 붙였다 마음대로 전횡하며 작인들로부터 온갖 뇌물을 받아 챙기는 마름 박용칠의 쌀 스무 가마니 값 4백 원보다 훨씬 더 큰 액수였다. 그랬으므로 김만석에게 있어 돈 6십 원은 가운을 건 큰돈이라 해도 과언이 아니었다.

소슬한 바람이 옷깃을 파고들자 낙목한천을 독촉하듯 떠르르 삭풍이 불어 몸을 움츠리게 했다. 추수와 마당질이 끝난 들녘은 을씨년스럽게 휑뎅그렁했고 하늘은 음울한 잿빛으로 내려앉았다.

그러고 보니 서리가 내린다는 상강이 며칠 전에 지났고 겨울로 들어선다는 입동도 코앞으로 다가왔다. 시절이 찬바람 부는 한천이 되자 남정네는 이영을 엮어 지붕을 해 이는 개초蓋草가 끝나기 무섭게 겨우내 땔 농목農木 준비에 바빴고, 아낙들은 겨울의 반양식이라는 김장 준비에 삼이웃이 골몰했다. 작인들은 타작마당에서 다락 같이 높은 소작료를 갚고 나면 그 길로 떡심이 풀려 한숨을 토했다. 마름한테 잘 보여 논을 많이 얻어 부치는 소작인은 안 그렇지만 논을 한두 마지기밖에 못 얻어 부치는 소작인들은 지주 7할 소작인 3할의 3·7제 소작료에 골병이 들었다. 어느 고을에선가는 인심 후한 지주가 소작료를 수확량의 절반으로 매기는 반타작의 병작竝作 배메기가 있는 모양이나 이는 여간해 기대할 수 없는 일이어서 거개의 소작인들은 가혹하기 작이 없는 노동 착취로 등골을 파 먹히는 실정이었다. 여기에 식솔까지 많아 어느 집 할 것 없이 식솔이 보통 예닐곱은 돼 품값으로 받은 벼 몇 가마니로는 삼동 三冬을 지나 햇보리가 날 때까지 너덧 달을 초근목피로 견뎌야 하는 기막힌 춘궁기春窮期여서 눈앞이 캄캄했다.

그렇다면 어디 세상이라도 편한가. 당국은 이때 하루가 다르게 조선인들의 목줄을 죄어 미친 듯 발호했다.

'조선 놈과 기름은 짤수록 더 나오고, 조선 놈과 북어는 두들겨 팰수록 부드러워진다. 반도인(조선인)들은 못살게 굴어야 말을 잘 듣는다!'

일제는 이 말을 전가傳家의 보도寶刀처럼 써먹으며 날이 다르게 조선인을 압박, 극악무도하게 날뛰었다. 그것은 흡사 피를 본 맹수 같았다. 일본 관헌은 걸핏하면 조선인을 잡아다 개 패듯 두들겨 팼고 잔혹한 고문을 밥 먹듯 능사로 했다. 작년까지는 말 사료의 건

초와 송탄, 아카시아 열매와 싸리나무 껍질, 개가죽과 쇠가죽 등을 가져오라고만 하더니 금년부터는 강제성을 띠어 집집마다 할당량을 매겼고 놋주발, 놋식기, 놋수저, 놋대야 놋요강, 놋화로 등은 군복에 각반을 치고 어깨에 견장을 단 일본관헌이 그 무서운 니뽄도(일본검)를 절그럭거리며 집집마다 들이닥쳐 빼앗아 가다시피 했다. 처녀 공출이라는 종군위안부 정신대도 내지의 공장에 가 돈 벌고 기술 배운다 꾀어 데려갔고, 전장에서 군수품을 져나르다 죽으라는 총후노무대銃後勞務隊 징용도 황국에 보답하는 보국대報國隊라 하여 데려갔다. 징병도 이에 다르지 않아 전장에 총알받이로 끌고 가면서도 황국에 보답하는 출정 장정이라 하여 가슴에 무운장구武運長久라고 쓴 띠를 둘렀다. 이때 사람들은 길가에 도열한 채 손에 손에 일장기를 흔들며 '출정 병사를 보내는 노래'를 목이 터지게 불러야 했다.

"갓떼 구루소또 이사마시꾸
지갓떼 구니오 데다가라와
데가라 다데즈니 시나레요까
싱궁랍빠 기꾸다비니
마부다니 우까부 히다노나미"

(이기고 돌아오리 맹세를 하고
용감히 고향을 떠났을 바엔

전공을 안 세우고 어찌 죽으랴
진군 나팔소리 들을 때마다
눈시울에 어른대는 환송의 깃발)

　노래는 그러나 이것만이 아니어서 씩씩한 행진곡조의 군가도 있어 이도 함께 불러야 했다.

"반다노 사꾸라와 에리노 이로
하나와 요시노니 아라시 후꾸
야마도 오도꼬또 유마레데와
삼베이센노 하나 또지레"

(가지마다 사꾸라는 노을의 빛깔
요시노(吉野) 꽃동산엔 폭풍이 분다
일본의 남아로 태어났으니
산병전(散兵戰)의 꽃으로 지다)

　사람들은 군가나 출정 병사를 보내는 노래를 다 부르는 이는 많지 않아 일본 관헌이 선창을 하면 따라 불렀고 이마저 못하는 이는 "다이닛뽄 데이고꾸 반자이. 덴노헤이까 반자이(대일본제국 만세. 천황폐하 만세)를 외치며 팔이 떨어져라 일장기를 흔들어야 했다. 이때 일본 관헌은 출정 장정 환송식을 독려하다 무명지를 우지끈 깨물어 황국신민만세皇國臣民萬歲와 천황폐하만세天皇陛下萬歲를 혈

서로 써서 흔들며 감루感淚를 펑펑 쏟기도 했다. 그러면 백차일처럼 모인 사람들은 박수와 함께 황국신민만세와 천황폐하만세를 따라 불렀다. 그러나 이 무슨 소용이랴. 이때 일본은 이미 기우는 해처럼 힘이 점점 약해져 기진한 상태에 있었다. 그러면서도 일본은 싸우기만 하면 연전연승해 패망하는 건 미 · 영美英의 귀축鬼畜이라 했다. 그런데도 시국에 어두운 촌맹들은 이를 까맣게 모른 채 하늘만 쳐다보고 있었다. 싱가폴을 비롯한 버마(지금의 미얀마)에서의 전황이 불리했고 마샬 군도와 뉴기니아 섬 등에서는 패전까지 해 낙심천만한 상태에 놓여 있었다. 이럼에도 대본영大本營의 발표는 영·미 귀축은 곧 항복할 것이라 큰소리쳤다. 하지만 미국과 영국은 너무나 강해 일본이 대적하기엔 수레에 덤벼드는 버마재비 꼴이었다. 이를 간파한 미·영은 엄청난 물량이 소모전으로써의 지구전持久戰을 획책했다. 싸움은 처음부터 바늘과 도끼 싸움이어서 일본은 연전연패를 면치 못했다. 더구나 이즈음 일본은 솔로몬 해전에서 대패했고 북태평양의 아츠 섬에서도 엄청난 피해를 입어 절망상태에 빠져있었다. 그런데도 일본은 이긴다며 큰소리를 쳤다.

땅거미가 내리고 한참이 지나자 최태식은 부푼 가슴을 안고 마름 박용칠을 찾아갔다. 박용칠이 좀 만나자 연통을 해 와 혹여 논이라도 몇 마지기 더 부치게 해 줄지도 모른다 싶어서였다. 최태식이 이런 기대를 갖게 된 것은 박용칠이 얼마 전 최태식에게

"어떤가? 논 서 마지기 소작으로는 일곱 식구 죽도 먹기 힘들지? 내 유념할 것이니 그리 알고 곧 한번 만나세"

하며 장히 희망적인 언사를 보내왔기 때문이었다. 전황이 아무리 위급해 한 치 앞을 내다볼 수 없다 해도 먹어야 사니 배고픔 앞에는 장사가 없었던 것이다. 기실 사람에게 있어 먹고 사는 것 이상 더 큰일이 어디 있는가. 천지조판 이래 민民은 이식(以食)이 위천爲天이어서 백성은 먹는 것으로써 하늘을 삼았다. 어찌 백성뿐이겠는가. 성인 군자 왕후 장상 귀인 영웅도 먹지 않고는 살 수 없어 궁극적으로는 먹는 게 하늘일 수밖에 없었다. 이러니 황차 남의 땅을 몇 마지기 얻어 부치는 찰가난의 애옥살이 소작인들이야 마음 놓고 밥 한 번 실컷 먹는 게 소원이었다.

"편히 앉게. 저녁은 드셨는가?"

최태식이 한쪽에 쪼그려 앉자 박용칠이 전에 없이 다정스레 말을 건네며 입가에 미소까지 띠었다.

"예, 마름 어른. 헌데 무슨 일로 저를 보자 하셨는지……."

최태식은 몹시 의아해 박용칠을 쳐다봤다.

"사람, 참 급하기는……."

박용칠은 벽장에서 최고급 담배 아사히를 한 갑 꺼내 최태식의 주머니에 넣어주며

"살기 힘들지? 시국도 날이 다르게 들볶아대고 헌데 길이 없는 건 아니야. 자네 맘먹기에 따라 편하게, 그리고 배 주리지 않고도 살 수가 있어!"

박용칠은 또 입가에 미소를 머금으며 최태식의 손을 덥석 잡았다.

"아니, 그게 대체 무슨 소립니까? 맘먹기에 따라 편하게도 살고 배 주리지도 않게 산다니요?"

최태식은 왠지 얘기가 이상한 쪽으로 흐른다 싶어 귀를 바짝 세우는데

"잘 듣게. 이대로 간다면 자넨 곧 징용으로 끌려가 총알이 빗발치는 전장에서 군수품 져 나르다 총에 맞아 죽어. 그리고 자네 딸네미도 처녀 공출로 잡혀가 어느 지경에 이를지 모르고. 그래서 내 하는 말인데……"

박용칠이 담배에 불을 붙여 물며 심각한 표정을 지었다.

"자네 맘먹기에 따라 나는 자네와 자네 딸을 구해줄 수 있어. 물론 몇 마지기의 경작 논도 열댓 마지기, 아니 그 이상 한 섬지기 스무 마지기도 경작할 수 있게 해주고 말이야……"

박용칠은 최태식의 눈치를 슬쩍슬쩍 봐 가며 말을 이었다.

"내 그래서 말인데, 자네 빨리 결정하게 시간 없어"

박용칠은 독촉이 성화같았다. 최태식은 점점 더 이상하다 싶어 바짝 쪼그려 앉았다.

"마름 어른! 그게 대체 무슨 소립니까. 제 맘먹기에 따라 저와 제 딸년을 구해줄 수 있다니요. 그리고 또 논도 서 마지기에서 한 섬지기 스무 마지기까지 부치게 해줄 수 있다니요. 에둘러 말하지 말고 쉽게

말씀해 보세요."

최태식이 눈을 모로 세우고 박용칠을 채근했다.

"……. 그러니까 내 말은, 내 말은 말일세……."

박용칠이 순간 말을 더듬었다. 최태식이 얼른 말꼬리를 잡았다.

"그러니까 뭡니까. 예? 마름 어른!"

"자네 딸을, 자네 딸을 말일세……."

"예, 제 딸을요?!"

"……. 내 소실로 주면 어떨까 싶어서……."

"뭐가 어쩌고 어째요?"

최태식이 눈을 부라리며 주먹으로 방바닥을 내리쳤다. 사품에 박용칠이 움찔 놀라며

"아니 이 사람아. 화 내지 말고 내 말 좀 들어봐. 이게 다 서로 좋자고 하는 일 아닌가. 자네가 내 말대로 한다면 자네 딸은 처녀 공출에서 빼줄 것이고 자네도 징용에서 빼줄 것이니 겹경사 아닌가. 게다가 논도 지금의 서 마지기에서 한 섬지기 스무 마지기로 늘어나니 춘하추동 쌀밥 먹고 고깃국도 실컷 먹을 게 아닌가."

박용칠은 '어흠 어흠' 헛기침까지 해가며 몇 가닥 되지 않는 염소수염을 만지작거렸다. 이때 최태식이 벽력같은 소리로

"무엇이 어쩌고 어째요? 내 딸아이를 소실로 달라고? 그러면 처녀 공출에서 빼주고 나도 징용에서 빼준다고? 그리고 논도 서 마지기에서 한 섬지기 스무 마지기로 늘려준다고? 그래서 춘하추동 쌀

밥 먹고 고깃국도 실컷 먹으라고?"

최태식이 부사리처럼 식식거리며 몸을 벌떡 일으켰다. 그러더니 박용칠이 주머니에 넣어준 고급 담배 아사히를 꺼내 방바닥에 내동댕이쳤다. 서슬에 박용칠이

"아, 이 사람아! 내 말 좀 들어 봐, 내 말 좀!"

하며 최태식을 붙잡아 앉히려 했다. 그러나 최태식은 이런 박용칠을 완강히 뿌리치며 절규하듯 소리쳤다.

"자알 들으시오. 쇠가 쇠를 먹고 살이 살을 먹는다더니 이게 바로 박 마름 당신을 두고 하는 말 같소. 나라 잃은 망국한도 기막혀 절치부심할 일이고 같은 민족 같은 동포의 가난한 소작인 고혈을 빨아 먹는 것도 견디기 어려운 고통인데 이제는 열일곱 어린 내 딸아이까지 미끼로 흥정을 해? 정신대에 안 끌려가게 해줄 테니 소실로 달라고? 그러면 나도 징용에서 빼주겠다고? 당신이 이러고도 사람이오? 당신은 인두겁만 뒤집어 쓴 짐승이오. 내 단문해 잘은 모르지만 옛글에 출호이자 반호이出乎爾者 反乎爾란 말이 있소. 이게 무슨 말인지 아시오? '네게서 나온 것이 네게로 돌아간다는 뜻이오.'"

최태식은 가래침을 캬악 돋워 박용칠의 얼굴에 뱉고는 문을 박차고 밖으로 나갔다. 그런 다음 뒤도 돌아보지 않고 집을 향해 뚜벅뚜벅 걸었다. 박용칠이 이런 최태식의 등에다 대고

"너 이놈 어디 두고 보자. 내 당장 네놈부터 징용에 끌려가게 만

들고, 네 딸년도 처녀공출 정신대로 끌려가게 할 것이다. 네놈이 감히 내가 누군지 알고 덤벼? 겁도 없이?"

하며 소리쳤지만 그러나 이 소리는 마침 등성이 쪽에서 이쪽으로 컹컹 짖어대는 개 소리에 묻혀 아무도 듣지 못했다. 개는 이때 마실 가는 사람을 보고 짖는 모양이었다.

다음 날 밤.

몇 시 경이나 되었을까. 서쪽 하늘에 개밥바라기가 돋은 걸 보니 밤은 그닥 깊지 않아 아직 초저녁인 듯했다. 다만 눈썹달 아미월蛾眉月이 하늘 한 쪽에 비수처럼 새파랗게 걸려 있는 것으로 봐 초사흘 쯤 되는 듯했다. 그런데 이때 어디선가 난데없이

"불이야 불!"

하는 소리가 들려왔다. 사람들은 삽시에 밖으로 뛰쳐나왔다.

"아니 저 불은?"

불은 박용칠네 집에서 났다. 화광은 순식간에 혀를 날름대며 온갖 것을 다 집어삼킬 듯 요동쳤다. 이때 마을 뒷 고개 황토마루엔 남부여대의 일곱 사람이 허위허위 재를 넘고 있었다. 40대의 부부와 딸 셋 아들 둘의 일곱 식구. 맏이로 딸은 올 해 열일곱 그 밑으로 열다섯 열 세 살의 삼 자매. 그리고 그 밑으로 열두 살과 열한 살의 연년생 아들 형제. 이들은 올망졸망한 보따리를 지고 이고 안고 들고 황토마루를 넘었다. 그러며 화광이 충천하는 박용칠네 집을 다 자꾸 뒤돌아 봤다. 최태식네 가족이었다. 한 식경 전 박용칠네 집에

불을 지르고 남부여대 북간도로 살길을 찾아 유민流民의 길에 오른 최태식네 가족이었다. 일본 관헌의 압제와 질곡. 나라 잃은 설움과 견딜 수 없는 배고픔. 언제 잡혀갈지 모르는 징용과 정신대. 이때 최태식은 결심했다. 앉아 죽으나 서서 죽으나 어차피 죽는다면 북만주로 가다 죽자고. 용케 일본 관헌한테 잡히지 않고 북만주까지 간다면 그 곳에 이미 가 개간을 하고 있는 동포한테 의지해 함께 개간하며 살리라고.

이 무렵 일제의 압제와 배고픔에 견디다 못한 촌맹들은 목숨을 걸고 북만주로 내빼다 혹은 잡혀 죽고 혹은 성공해 개간하며 살았다. 그리고 더러는 독립군에 투신, 나라 찾는 일에 목숨을 걸기도 했다. 그러나 북풍한설 몰아치는 동토凍土의 땅 북만주. 그 북만주로 가는 길이 얼마나 지난한가. 반겨주는 이 하나 없는 극한의 땅 북만주! 나라 잃은 망국한과 고향 잃은 실향한이 뼛속 깊이 사무친 북만주! 아, 그래서 우리는 잊지 못한다. 그때 만들어져 지금까지 가슴 절절히 불러지는 민족가요 고향설故鄕雪을…….

한 송이 눈을 봐도 고향눈이요
두 송이 눈을 봐도 고향눈일세
깊은 밤 날려오는 눈송이 속에
고향을 불러보는 고향을 불러보는
젊은 가슴아

소매에 떨어지는 눈도 고향눈
뺨 위에 흩어지는 눈도 고향눈
타향은 낯설어도 눈은 낯익어
고향을 떠나온지 고향을 이별한지
몇 몇 해던가.

서당 개 풍월 읊다

초판 1쇄 인쇄일	2015년 4월 26일
초판 1쇄 발행일	2015년 4월 27일
지은이	강준희
펴낸이	정구형
편집장	김효은
편집/디자인	김진솔 우정민 박재원
마케팅	정찬용 정진이
영업관리	한선희 이선건
책임편집	우정민
표지디자인	박재원
인쇄처	월드문화사
펴낸곳	국학자료원 새미(주)
	등록일 2005 03 15 제25100-2005-000008호
	서울시 강동구 성내동 447-11 현영빌딩 2층
	Tel 442-4623 Fax 6499-3082
	www.kookhak.co.kr
	kookhak2001@hanmail.net
ISBN	979-11-86478-00-4 *03800
가격	14,000원